AF289758

Företal

Jag blandar och ger mellan faktiska och fiktiva personer i boken, samt bland geografiska orter. Men jag har förty, ändock tagit mig vissa friheter i förhållandet till existerande platser och företeelser. Eventuella likheter med verkligheten och personer, är naturligtvis korrekta men kan likväl vara rena tillfälligheter dock i så fall med gott uppsåt.
Trots omsorgsfull research och faktakontroll blir man ibland ändå tvungen som författare att nagga på sanningens marginal för berättelsens bästa.

/ författaren

Utan att fråga...

LARS HOLMBERG

Utan att fråga...

en roman om brott

Av Lars Holmberg har tidigare utgivits

Hilly Ulrika, en filares dotter… 2012
Kråkan, mellan minne och verklighet 2019
SPÅR 1 en kriminalroman 2020
Hilly Ulrika, en filares dotter… andra upplagan 2020
Operation Mona en kriminalroman 2021
Dagar… få leva, en roman om ett brott 2022

© Lars C Holmberg 2023
Omslagets framsida: F. Löte
Text omslagets baksida: F. Löte
Författarfoto: Fredrik Holmberg
Förlag: BoD – Books on Demand, Stockholm, Sverige
Tryck: BoD – Books on Demand, Norderstedt, Tyskland

ISBN: 978-91-7969-838-6

Till Anita

1

Anton Franke satt och vägde på stolen med fötterna vilande på ett lågt bord belamrat med, förutom Antons kängor, en trave församlingsblad över Västra Ryd och deras ålderdomliga kyrka. En del böcker låg där också travade ifrån Hembygdsföreningen eller någon lokal författares ord om Ryds bondesamhälle en gång i tiden.

Han sträckte på sig i väntan på att få komma ner till likboden i andra änden av kyrkobyggnaden och få börja arbeta. För tillfället hade teknikerna lagt beslag på lokalen som stod fylld med kyrkans verktyg och redskap för skötsel inom dess hägn. Egentligen var det en gammal likbod som nu plötsligt även gjorde skäl för namnet. Det regnade och regnet stänkte smattrande på plåttaket till en sövande kuliss. Det var en perfekt plats för kontemplation och att samtidigt vänta i medan regnet öste ner, istället för att stå utanför likboden och bli genomblöt i väntan på klartecken från teknikerna att få komma in under bodens tak.

Han såg sig om på de vitkalkade väggarna.

Ett litet fönster med vattrat glas var den enda ljuspunkten av dagligt ljus.

Han undrade vad rummet hette, eller kallades i den sakrala världen där de satt? Ja, även Janne Klinga och hans nya kollega och parkamrat Mia Bengtsfors väntade i samma rum, på samma sak. Janne var som Anton kriminalinspektör, medan Mia var aspirant och hittades oftast på deras gym där hon lyfte skrot. Hon var relativt ny i gruppen, ett litet krutpaket med blont kortsnaggat hår. Eftersom Gunvor Larsson återvänt till span, för ibland handlar det mycket om att det kanske är grönare gräs på andra sidan staketet, passade det nu med en aspirant i ledet. Alla tre ingick i den numera legendariske kriminalkommissarien, Pierre Sigurd Svanstrands brottsutredare inne på Bergsgatan och Krim i Stockholm.

Anton tog lite förstrött upp ett av församlingsbladen, eller om det var en form av broschyr, som låg där på bordet och började planlöst bläddra i den lite okoncentrerat och frånvarande. Mest för att sysselsätta sig med något. Så fann han i broschyren vad rummet kallades där de satt och väntade, som i ett slags väntrum. Det var ett namn som föll Anton på läppen, vapenhuset!

– Då passade han på att fråga sina kollegor om de visste vad rummet hette, eller kallades, där de satt?

– Väntrum, gissade Janne?

– Fel, sa Anton. Likboden är i så fall mer som ett väntrum.

– Skulle inte Svanstrand dyka upp, undrade Mia för att prata lite arbete och samtidigt slippa svara på Antons fråga medan hon drog handen över sin snaggade skalle?

– Han messade nyss, sa Janne. Är på ingång.

– Vet vi vad detta handlar om, undrade Mia igen och slog ut med händerna som i en uppgiven gest?

– Varför vi sitter här, menar du, sa Anton?

– Ja, någonting ditåt.

– Jo, de som sköter om gräsmattor, träd och buskar här på kyrkogården, skulle in i sin arbetsbod för att hämta några redskap och fann plötsligt tre likkistor i boden. Och av vad jag förstått, har de inte hamnat där av sig själva. Kistorna måste körts dit med bil.

– Okej, det känns lite avigt rent generellt i jämförelse med all kriminalitet i det norra förorterna att det skulle hamnat här ute bland spenaten. Undrar varför man lämpat kistorna vid vägs ände och av vilka?

– Ja det är ju långt ifrån strålkastarljuset menade även Janne.

– Kanske för att man inte ville stå i just detta sken. Men, det visar ändå på att man måste haft, eller har, en viss lokalkännedom om lilla Ryd ändå. Någon kanske som är väl bevandrad i kyrkans lokaliteter och hur den ligger till, utan att sticka ut. Vi kanske får börja läsa på om denna helgedom.

– Ja, man är ju inte så hemtam i denna lantliga och kyrkliga miljö direkt. Ibland kan det vara så att vi får börja gräva ifrån grunden. Men innehållet i lådorna känner vi inte till ännu Det kanske är potatislårar med lite grotesk utformning bara. Ibland är det så att man tager vad man haver.

Anton sträckte sig fram mot bordet för att nappa åt sig en av de böcker som låg där. Han räknade med att boken skulle ha titeln, Från ax till limpa, Herrens hus eller, Hur man binder en hässja. Ja något liknande. Men boktiteln var, Röjning? Vad betyder röjning, tänkte han när dörren öppnades…

– Guds frid i stugan, sa deras chef som öppningsfras då han klev in i vapenhuset. Giv mig gärna en snabb genomgång av spaningsläget?

– Visst, sa Anton. Läget är att, två kyrkogårdsarbetare tidigt i morse skulle hämta lite redskap i deras bod. Den ligger i andra änden av denna byggnad. Tidigare har detta utrymme varit en likbod, men det var länge sedan. Men nu fanns det plötsligt tre likkistor i boden. Innehållet okänt. Enligt en förhandsrapport är dessa furulådor nysnickrade samt oöppnade.

För tillfället har vi teknikerna Herbert Bergman, den gamle uven, samt Alfie Kron i boden, för den tekniska undersökningen innan vi får komma dit och lusa ner, som Herbert sa, med våra dna. Eftersom grabbarna Karlsson är utlånade till Malmö så får Alfie och Herbert göra skäl för traktamentet, det var fan i mig på tiden. Det är läget för nu. Vi sitter här och väntar på klartecken från Hebbe att få komma ner och in i likboden. Sitter bättre här i vapenhuset än att stå ute i regnet och bli blöt i väntans tider.

– Vet vi något om vad de tre likkistorna innehåller, undrade Sigurd?

– Nej, inte för nu. Men man kan ju gissa vad sådana där lådor vanligen brukar innehålla.

– Okej, Anton. Jag går till boden och ser mig om, någon som hänger på?

– Jo, vi hänger på sa Mia och pekade på Janne Klinga och Janne hade nickat.

– Regnvatten är bra för hårväxten, sa Anton och log. Jag blir här till dess teknikerna kallar. Jag har ju inget problem med hårlängden och ska inte på kollo.

Anton lutade sig igen och greppade åter boken Röjning och började blada lite förstrött. Något kändes bekant med boken. Undrar varför boktiteln är som den är? Vad betyder Röjning, kan de ha något samband? Han började läsa.

2

"När mor Edla öppnade dörren för att gå till avträdet, hade det slutat snöa. Det gnistrade i nysnön och det var ordentligt kallt. Hon beslöt att bära in en famn, ved på tillbakavägen. Kisade mot den blåsvarta himlen och kunde förnimma någon enstaka flinga som kom singlande ner genom luften och landade på hennes schalett och axlar.

Månskäran skymtade hon mellan de söndertrasade molnen och lyste upp lite det få stegen hon hade kvar fram till stugan. Hon stannade till, var det en räv som skällde? Hon vände sig om bort mot skogen på andra sidan åkern och höll handen bakom örat. Det lät precis så som hon var van att räven lät. Deras höns var inne i hönshuset så dem behövde hon inte oroa sig för. Hon fortsatte de få stegen till stugdörren, veden började bli tung över hennes arm.

Vägguret visade på kvart över fem, det var kanske dags att stiga upp. Det snusades annars i stugan. Hennes gubbe Johan sov djupt som vanligt och dottern Elvira liksom John, följde deras pappas timmerstockars sågande.

Hon travade upp veden intill spisen så den kunde torka. Det var gammal värme kvar i spisen så det skulle bli lätt att få upp lite gemyt.

Hon satte fyr i spisen för att få den lite efterlängtade värmen i köket och satte på en kastrull med vatten över elden. Hon var glad över att få någon timma för sig själv. Det var hennes frid på jorden. Någon kylslagen timma för sina egna tankar vid vedspisen, innan hennes lagvigda och deras två barn skulle vakna i den breda fällbänken.

Edla hade sett bortåt vägen mot kyrkan och klockstapeln, där var det dystert mörkt. Ryds kyrka hade inget kyrktorn, vilket hon tyckte var lite märkligt. Klockstapeln, kändes bara som den inte hörde hemma där den stod. Den hade eldhärjats två gånger och någon måste sett till att få den att brinna. Länsman hade gjort sina undersökningar, utan resultat.

Vid Landboda torp, var man tydligen uppe, precis som hon själv. Men det var då, tid gick och annan tid kom. Jodå, man fick vänja sig. Hur som helst hade man börjat vakna lite runt om i stugor och gårdar nu. Dagen var ny, och klockstapeln var numera borta. Kyrkan hade byggts om och fått ett kyrktorn. Byborna skulle snart kliva in i sina väl valda, om än på många håll, trista uttjatade passningar.

Det skulle inte vara tråkigt att komma in mot staden. Gatlyktor, någon krog, folk och säkert även fä, torgmarknader och gyckel, men det var vad de yngre önskade sig. Att stanna i byn, överta gården med plöjning och kor i bete var inte intressant men var vad morgondagen hade i sitt sköte men vad som kunde ske, skulle framtiden få ådagalägga. Vad visste man egentligen om vad som fanns i staden? Ja, arbete förstås, men utöver arbete?

Livet var väl egentligen betydligt vidare än så… arbete?

På Ryd, tog man en dag i sänder, Gud ske pris, amen.

Granveden knäppte och knastrade hemtrevligt och kärt ifrån spisen, liksom en svag doft av rök som slingrade sig ut vid rökröret i skorstenen bakom spisen. Nog skulle Edla allt önska sig lite bättre, men hon gnällde aldrig på Johan för det. Hon nöjde sig med vad hon hade.

Petter på Landboda, hade det riktigt skapligt, de visste hon. Han var
snickare och hade arbete som drog in slantar så det verkade räcka och
till och med bli över. Men nä, inte var hon avundsam för de.
Petter var visst inte lätt att tas med sades det och i höstas hade han
slängt ut både kärringen hans och de två ungarna.
Nu gick han där själv över sina marker med både uthus, ladugård och
en lillstuga i sin ägo, men inget kvinnfolk hade han till hjälp vare sig till
det ena eller till det andra, tänkte Edla och vände blicken in mot stugan
där Johan och ungar fortfarande slumrade..."

En kuslig känsla spred sig i kroppen när han läste. Det kändes som om han satt i händelsernas centrum just i vapenhuset, men för ett helt sekel sedan. Bilden på bokens omslag visade kyrkan från mitten på 1700-talet. Med livlig fantasi kunde han faktiskt föreställa sig att det var samma kyrka trots att på bilden så var det en klockstapel bredvid kyrkan, men vapenhuset där man satt nu, det kunde han identifiera sig med. Han kunde se att där fanns utdrag ur brev från denna gumma, Edla. Ett tidsdokument, tänkte han. Måste bara fortsätta att läsa i väntans tider. Ska bli intressant att läsa de gamla breven...

"Hjärtligt tack för båda breven, men jag har varit så sjuk så jag har inte
orkat besvara dom. Jag är ännu så dålig, jag vill helst ligga, med mina
ögon igen. Jag är så trött. Vi har ju haft influensan på hela hemmet och
sjukstugan så här har ingen fått besöka oss. Även flera av biträdena har
legat sjuka. Jag var en av de första som fick influensan och bland dem
som hade det värst. Jag har så ont i ryggen och stuss, men det har väl
aldrig blivit riktigt utläkt. Sedan utslagen. Men allt går ju en dag om-

sänder. Jag har ju min goda mat och kaffe men vi har en kall sal så det är till att bylta på sig, så jag inte fryser. Men Gud skall veta vad jag tänker på eder både natt och dag och ber till Gud för eder. Jag tror ni både fryser och svälter, det gör mig mycket ont. Så vet jag du har haft en veckas arbete, hoppas det blir fler. Jag har skrivit till Elvira så hon vet vad jag lovat dig…

Jag har inte varit uppe något idag. På det nya året står väl allt i Guds hand om jag lämnar vid. Jag undrar vad svar Gustav fick av ordförande angående sin pension.

Det var väl den, att ni får betala för mig här med. Idag har jag skickat efter ett paket rån-kex att köpa, jag längtar efter lite gott till kaffet. Jag hade brev från Johansson i veckan. Mostern är dålig hon låg i influensan. Idag har jag fått brev från Elsy Hillgren hon skriver att fru Dalsten på Bålsta, nu är på Ulleråker, stackars gumma. Di hade influensa alla i Ryd, skrev hon.

Ja nu mina kära orkar jag ej mer. Må Gud beskydda er. Jag förstår att det blir tungt för min kära sonhustru ibland att ha det knapert att röra sig med, men efter mulet väder blir det solsken.

Hälsa också så hjärtinnerligt ifrån mig och skriv snart svar, det är det enda nöjet som jag har att läsa dina rader.

Hjärtliga hälsningar till eder båda från din jämt lidande mor Edla.”

Men tänkte Anton, nu låter det som Edla, har hamnat på hemmet. Nu behöver hon inte bliga bort mot Petter på Landboda, om inte han också satt på hemmet. Kanske samma hem, för ibland är ju världen bra liten ändå. Undrar hur mycket skönlitteratur det är i dessa ord, eller är det dokumentärt?

3

Dörren öppnades och Sigurd kunde nu berätta att det var fritt fram att kliva in i likboden trots att deras tekniker hade en hel del kvar att göra.

Han reste sig upp och följde motvilligt efter chefen ut i det strilande som rådde, följde Sigge som tagit täten. Motviljan kunde förstås bara Anton tala för, vad Janne och Mia tänkte, hade han inte en susning om. Själv var han bara så fast vid boken han hittat i vapenhuset att han inte orkade reta upp sig på regnandet. Han undrade om eller hur, han kunde betala för boken, för han ville plöja vidare i den. Han hade en magkänsla, sådan som Sigge brukade snacka om men som nu drabbat även honom med den där boken, Röjning. Det var något med boken, något han inte nu kunde sätta fingret på. Kanske det skulle klarna om han fick fortsätta med läsningen. Han tänkte tala med chefen om denna hans magkänsla.

Möjligen skulle Sigge förstå om han tänkte på den där boken han tidigare läst med sin figur som en frände, väl var en nyutnämnd furir. Furir Will Knot, har jag för mig han hette, eller?

Kanske han kunde få Sigurds nickande till ett godkännande.

Nu upptäckte han att det regnade fortfarande och han svor över detta förbannade väder, trots allt. Men det var inte särskilt långt att gå innan de fick komma inomhus igen. Då i den sakrala boningen med det föga inbjudande tillmälet.

– Vi kan alltså se oss omkring nu i den före detta likboden, med hjälp av starka strålkastare som Alfie och Herbert monterat upp. Här varde ljus! Likboden användes numera som verkstad för kyrkogårdsarbetarna. En mindre traktor och likaså, en mindre grävmaskin, står här tillsammans med en större mängd handverktyg. Det är idag, och kanske har varit så även tidigare, som ett större garage. Ett dubbelgarage. Men naturligtvis under senare år och vid någon av alla om- och tillbyggnader av kyrkan, blev det såhär. Som ni ser, har någon eller troligen några individer, nu använt sig av likboden som dess tidigare användningsområde förevisade deras chef.

Sigurd visade med handen vid kortväggen bakom den lilla traktorn där tre kistor stod travade på varandra.

– Vad som finns i, vet vi inte till hundra, vi kan bara gissa vad sådana tingestar brukar innehålla. Av tyngden att döma, innehåller de hur som helst någonting. Teknikerna har gjort en viktbedömning av det två övre kistorna. Den ena väger minst 85 kilo, medan den andra ligger någonstans runt tio kilo mindre. Vi väntar nu bara på Tryggve Ekholms ankomst så han får göra en första besiktning av innehållet i kistorna innan dessa kommer fraktas till Solna och rättsmedicin där troligen Emma Winston kommer ta över, om innehållet är det jag tror.

– En vild gissning, sa Anton. Kistorna innehåller troligen några lik? Vad ska dom annars till Solna och göra?

– Tror du har en poäng där, sa Mia.

Inpasset lät Anton inte beröras av. Han såg sig istället om som för att nonchalera vad hon nyss sagt. Det var nog bara lite ungdomligt vapenskrammel från hennes sida. De hade ju blivit lite onödigt tjafs då Gugge kom till gruppen, henne och Anton emellan. Anton ville försvara sitt väl inpinkade revir, medan hon troligen hade tänkt, här ska du inte komma... å komma. Men Mia och han hade en bättre personkemi, trevligare, än vad han och Gunvor hade haft.

Garaget var alltså som ett dubbelgarage som han stod i, men med bara en garageport. Till traktorn som stod längst in i garaget, hörde mindre redskap som kunde kopplas på till hydrauliken. Roterande borste, snöplog, en mindre skopa och en harv. Vad man hade den lilla grävmaskinen till, som också stod i garaget och som gick på larvfötter förövrigt, kunde han bara ana sig till.

Vid ena långväggen, bakom traktorn, stod ett flertal redskap mot väggen för skötseln av kyrkogården, antagligen. Räfsor, spadar, skyfflar, sopkvastar och flera typer av spadar och krattor. Där fanns också en verktygstavla med allehanda verktyg, från skiftnycklar och hylsnycklar med spärrskaft, till vanliga hammare och mejslar, tänger samt en mindre kofot. Kofoten kallades inom polisen för "huvudnyckel". Mot kortväggen vid sidan av traktorn, noterade han att de tre kistorna stod staplade på varandra. Kistor av typ för begravning. De var av ordinär typ på både längd och bredd samt höjd vad han kunde se. Samtliga var av vanlig furu och obehandlade. Deras tekniker hade säkert mätt in allt utom de som eventuellt fanns i kistorna.

– Sa du att Ekholm var på väg, undrade han vänd mot Sigurd?

– Stämmer!

Han har ju en bit att åka, men känner jag honom rätt, är han här alldeles strax. Vi väntar med att skruva av locken på kistorna till dess han kommer. Men ni kan ju kolla upp om det finns någon skruvdragare bland alla verktyg och lämplig bits, så är de klart.

Janne och Mia började se sig om i redskapsboden.

Här fanns en arbetsbänk med en röra av handverktyg. Det var en ganska omfångsrik verktygsuppsättning för att vara på en kyrkogård, var deras allmänna uppfattning. Påminde mer om en mindre bilverkstad. En bilverkstad i likboden på Ryd…

Anton tog Sigurd i armen och nickade mot dörröppningen och det numera lätta regnet som föll.

– Något särskilt du vill, undrade han med blicken naglad vid Anton?

Anton sa ingenting, bara nickade ut mot dörröppningen och den friska luften.

– Det här verkar allvarligt sa Sigge?

– Nej då, bara några tankar jag vill vädra.

– Gäller jobbet?

– Gäller jobbet, ja. Så vitt jag förstår i alla fall.

Oj, detta låter både allvarligt och intressant, tänkte Sigurd medan han klev ut i det lätta duggandet.

– Lätta ditt hjärta för farbror Svanstrand så ska vi se vad vi kan göra åt dina bekymmer, sa han och log varmt mot Anton.

– Fan, började Anton. Jag inbillar mig det skulle vara lättare att snacka om man hade haft ett röka att blossa på. Det skulle lätta på den åtdragna knuten.

Anton försökte lossa sin imaginära knop i tanken.

– Men kom igen Anton. Jag är här, jag kommer lyssna och det kommer stanna mellan oss om du föredrar det.

Anton såg sig om som för att kontrollera att ingen kunde höra dem där de stod.

– Jag minns ett fall vi hade och du hade fastnat för en romanfigur ur en bok. Jag tror boken hette, I månens klara sken, eller något liknande. Sigurd hade nickat igenkännande. Det var väl bokens huvudfigur från andra världskriget som hette furir Will Knot. Du lierade dig med honom och han var gruppledare för en spaningsstyrka, precis som du själv.

– Låter välbekant det du säger. Ja, jag kommer naturligtvis ihåg denna gruppledare och vi hade många tankar som strävade åt samma håll. Det var liksom min fiktive kollega då vi jobbade med Operation Mona, om jag inte tar fel. Men varför drar du i denna tråd nu?

– Jo, när vi satt upp i vapenhuset och väntade på att få komma in här då teknikerna höll på som bäst, då hittade jag en bok som handlade om denna ort, Ryd. Den berättade om hur det var för runt hundra år sedan i byn. Jag har svårt att släppa den precis som du hade svårt att släppa furiren Will Knott i Ardennerskogarna.

– Okej, jag förstår mer än väl om du möjligen funnit och fastnat för en röd tråd, eller?

– Ja, låt oss kalla det för en röd tråd, men jag vet verkligen inte. Men som arbetshypotes duger den bra. Jag får en känsla som jag inte kan sätta fingret på när jag lite på måfå bläddrade i boken och läste lite här och där. Vi jobbar ju inte med spågubbar eller folk som Saida som hittar i sin inre syn borttappade ägodelar som folk mist. Jag vet mer än väl. Men låt oss nöja oss med att jag fick en magkänsla om ett möjligt sammanhang som kanske kan förklara. Det är därför jag ville tala med dig mellan fyra öron.

– Men jag förstår ändå inte riktigt hur du menar? Vad har det med oss att göra idag vid det här tre kistorna, som vi inte ens vet vad de innehåller?

– Jo, jag tänker så här. Den eller de, som placerat kistorna här måste vara ganska väl bevandrade i kyrkan och dess område. De måste vara väl bevandrade i trakten och känna till denna likbod som dock idag inte är vad namnet skvallrar om, utan en redskapsbod för kyrkogårdsarbetarna. Någon med lokalkännedom. Jag tror att en ledtråd till gagn för oss, kan finnas i boken, men det gäller bara att förstå och hitta vad det är.

– Vet du vad, Anton? Jag tycker du ska läsa boken, men hur fick du tag i den?

– Jag tror att man säljer boken under vissa tider i kyrkan eller hur man nu gör. Det fanns ett tiotal exemplar av boken så jag ska bara försöka fixa det ekonomiska med kyrkvaktmästaren. Det var han som släppte in oss för övrigt i vapenhuset. Så det är inga problem på det viset.

– Sa du vad boktiteln var?

– Nej, men jag kan göra det, den heter kort och gott, Röjning! Jag tar ett snack med kyrkvaktmästaren Sigurd?

– Röjning! Ja ja, gör upp med vaktmästaren, gör så. Fixa boken så är det din tur att ha lite kvällslektyr och så hoppas vi din magkänsla blommar ut i verklighet. Ska vi kanske gå in igen, regnet har tilltagit?

4

Anton fällde upp kragen på jackan, men regndropparna som föll letade sig ändå ner genom hans korta nackhår och ner innanför kragen. Han rös. Tog rygg på Sigurd som säkert blivit lika våt han, in i den gamla likboden igen som tydligen fått en renässans. Samtidigt när de var på väg in under tak, kom en bil nedrullande på den grusade vägen utefter den breda stenmuren. Den fick genast blickarna på sig. Det kunde väl knappast vara Ekholm redan, hade Sigurd tänkt.

Det var en Land Rover som kom rullande, så långt var det nog riktigt. Men de kände inte igen den, kanske mest beroende på att det var den senaste modellen. När den närmade sig platsen där Anton och Sigurd stod, kände de igen mannen bakom ratten. Deras rättsläkare Ekholm! Han hade en ny bil, det var därför de inte känt igen den. Det går tydligen bra på firma Ekholm, han kör alltid en fyrhjulsdriven bil för att kunna ta sig till oländiga platser. Det var den nya Land Rover Defender han skaffat sig som tjänstebil, jo men! Han rullade vidare ner över gruset och fram mot den gavel på kyrkan där redskapsboden var sammanbyggd med kyrkan. Boden, var det inte många som kände till, än mindre dess historia.

Den som inte såg, eller som inte förstod vad den en gång varit, hade heller inte svaret.

De kunde inte heller fantisera om vad utbyggnaden var ämnad till för något lång tid tillbaka. Aningen lite för spöklikt och i exklusivaste laget kanske som redskapsbod. Men nu var det så.

– Nu har du nog fartrekord från Eskilstuna till Ryd, log Sigurd när han hälsade rättsläkaren Ekholm välkommen. Bra att du kunde komma så snabbt. Vi har väntat med att öppna emballagen för du kanske hade någon synpunkt på det, tänkte vi.

– Tack för välkomnandet, sa Ekholm. Vad har ni nu hittat här av hemskheter ute i det trevna landskapet?

– Egentligen vet vi inte, sa Sigurd. Vi har bara så att säga snubblat över några likkistor med varierande vikt, men vi känner inte till innehållet. Det kanske bara är potatislårar. Vi ville inte öppna för att glutta vad det kunde finnas under locket. Ja, vi kanske skulle sabba något för dig av utredningsteknisk art. Jag kan inte i min vildaste fantasi gissa mig till vad vi skulle kunna sabba, i så fall. Kanske någon lukt som för dig skulle vara vägvisande, vad vet jag?

– Tycker jag låter som genomtänkt och klokt. Bättre om vi tar en bit i taget. Det var fler än en kista, sa du?

– Ja, det är faktiskt tre stycken. Tidigare, för många år sedan, var denna redskapsbyggnad en likbod som hörde till kyrkan. Nu är det ju annat som gäller med bårhus och sådant.

– Känner ni till hur de är förseglade mellan låda och lock? Jag menar är de hopspikade eller mer troligen, skruvade?

– Ja, spikar har man säkert inte använt. Det hör nog till Hedenhös tid.

Anton kände utefter kistkanten.

Troligen skruvar tänkte han, någon annan hopfogning kunde han inte tänka sig. Kistan såg väldigt hantverksmässigt tillverkad ut där man använt sig av snickerimaskiner, var hans tanke. Vi hade kunnat fråga Herbert eller Alfie om det vi undrade över. De hade genomfört sin tekniska undersökning, men nu var ju de inte kvar, det tar upp sitt jobb i Solna vad det lider.

– Det är en konventionell sammanfogning varför jag anar att det är skruvar som gäller.

– Vi har fixat skruvdragare, så när du ger klartecken, börjat vi avlägsna skruven från locket. Lite framförhållning bara eftersom vi trodde på skruvar.

Ekholm tog sin väska med sig och lotsades fram bland det redskap som fanns i utrymmet.

– Jaha, sa han. Snygga konventionella likkistor i furu. Vet ni om det finns någon lokal snickeriverkstad i området?

– Vi har inte hunnit så långt än, sa Sigurd. Själva har vi egentligen nyss kommit.

– En kortis bara. Vem har larmat om dessa likkistor och när samt hur, har de kommit hit?

– Vi fick larmet i morse vid åttatiden och de som fann det makabra, var de två kyrkogårdsarbetarna när de låste upp sin redskapsbod vid sjutiden i morse. Så det var låst som vanligt när de kom, inget sönderbrutet. De såg inte kistorna på en gång. Alltså, måndagen den 20 september klockan 07:13 fick vi larmet från 112 SOS alarm. Våra tekniker har jobbat av kistorna på utsidan, så vi har fritt fram nu på insidan.

– Bra, då kan vi lyfta ner den översta kistan och placera den på bockarna där, sa Ekholm och pekade.

Alla hjälptes åt att lyfta ner kistan och placera den som Ekholm ville ha den. Den var ordentligt tung.

– Anton hade funnit fyra skruvar på varje långsida. Det tarvades en bits för Torx-skruv. Att han visste det, kunde han läsa sig till på den ask bitsen låg i. Det fanns en bitslåda bland alla verktyg, kunde Anton berätta. Skruvdragaren stod på arbetsbänken, så det var bara att köra.

Efter någon minut, hade han skruvat bort alla åtta skruvar och den som kände sig manad, fick lyfta på locket.

– Okej, Anton! Jag tar här och du där vid fotänden, nickade Ekholm.

5

En unken lukt steg upp ur innandömet som påminde om komposterad gräsklipp. En icke alls särskilt angenäm odör. Men eftersom det var en likkista, så var det väl egentligen inget annat att vänta sig. Återfann man ett lik i kistan, så var det också liksom symptomatiskt. Det man fann i kistan var kvarlevor efter något som varit en yngre man. Det sydländska utseendet var påtagligt och Ekholm skrev en anteckning om trolig preliminär härkomst, Iran. Troligen runt 20 - 21 år gammal och cirka 168 centimeter lång. Han hade en tydlig skottskada i nacken som efter en avrättning.

Han slog ihop anteckningsblocket och vände sig om mot de närvarande poliserna.

– Utan att behöva vara på min mammas gata, så kan jag säga att han är skjuten. Tänker inte gå in mer på det för nu, förklarade Ekholm.

– Med ett skott eller flera, undrade ändå Sigurd?

– Du kommer att inom en inte alls för avlägsen tid, få den information och den vetskap du behöver Sigurd, sa Ekholm.

Han blängde på Svanstrand som teatraliskt tog ett steg bakåt.

– Kan ni inte sätta er i något väntrum så länge, så säger jag till när det är er tur fortsatte han med sin vässade blick och tunga.

– Visst, vi väntar. Ala bonne heure. Får vi en kölapp eller, undrade Anton? Minst lika vässad tunga som Tryggve, men syrligare.

Det var såklart Anton som hängde ut några franska glosor han snappat upp någonstans. Ekholm besinnade sig som den i alla avseenden lugne man han var, medan Anton i vanlig ordning inte kunde bärga sig, och muttrade lite mest för sig själv antagligen, si bonne.

Han vände sig mot Janne Klinga och Mia.

– Varför har man dumpat några lik här? Hur visste man att de kunde komma hit och dumpa sådant man ville bli av med? Är det en rituell markering? Varför, fanns det inga brytmärken på garageporten? Finns det någon övervakningskamera över kyrkan? Vad tror ni, vad säger ni? Men för fan, kom igen nu?

– Ja, sa Janne. Jag har inte hunnit reflektera ännu.

– Inte reflekterat? Du måste väl för fan reagerat precis som jag gjort. Vem kör hela vägen ut till Västra Ryds kyrka för att ställa ifrån sig några lådor med lik i? Det är långt ifrån både Järfälla, Kista och Upplands Väsby liksom Bro och Husby. Och som sagt, hur enda in i helvete visste man att det gick att dumpa några lik här, i en före detta likbod utan brytmärken på porten? Fundera på det ett tag. Jag återkommer.

Anton gick därifrån upp mot kyrkan för att antagligen försöka träffa kyrkvaktmästaren. Kanske var det vädret som fått Anton på sitt vanliga artiga vis att snedtända på allt.

– Är han inte riktigt klok, undrade Mia och tittade på Janne?

– Jo, han är mer klok än vi är tillsammans, sa Janne. Men han tänder på alla fyra i sådana här lägen. Säg inget ont om Anton så Sigurd hör det. Då kan du söka dig en ny tjänst på direkten. Anton är en jäkla bra brottsutredare, bufflig kanske, men bra. Han vill oftast bara vända på alla stenar samtidigt. Kokar den som förorsakat någon något illa, i ett tvålsjuderi för att göra någon form av tvål av fanskapet ämnat för hästar. Sparkar aldrig på någon som ligger.

– Men det var ju alltid något, sa Mia medan sarkasmen studsade mellan väggarna.

– Men, han spikar upp packet på väggen om tillfälle bjuds, där har du dagens Anton Franke.

– Ja han verkar ju onekligen sympatisk.

Regnet hade troligen slutat eller kanske rent av ledsnat. Det såg ljusare ut utanför porten.

– Du, sa Mia, kyrkoförvaltningen har nog bra med slantar i kollekten. Kolla bara på grävmaskinen?

– Ja, den verkar ganska så ny. Liten, men därmed anpassad för att tuffa runt bland gravstenarna. Perfekt för en liten firma som sysslar med grundläggning och schakt. Det finns tre olika skopor ser jag som de kan använda sig av beroende på vad de ska göra. Så tekniskt bevandrad är jag. Två av skoporna är helt oanvända, verkar nya. De gamla kanske har ledsnat eller satta ur funktion och bruk.

– Tror skoporna är precis lika sprillans nya som grävaren.

– Jo, så är det nog sa Janne och sneglade bort mot Ekholm som fortfarande rotade i den kista de tidigare lyft ner.

– Du, sa Mia igen.

Det är två kistor till att bära ner och lägga på bockarna.

Här kommer vi att få stå och glo resten av dagen. Och han verkar stå och snacka i mobilen till på köpet.

Precis när Mia hade snackat om hans telefonerande, vände han sig om och vinkade dem till sig.

– Nästa man till rakning sa han och pekade på nästa kista i tur att vädras. Kan vi klara den på tre?

– Klart vi kan, sa Janne.

Det kunde dom. Nu stod kista nummer två på bockarna. Janne var i färd med att skruva loss alla åtta skruvarna som höll locket.

Man lyfte bort locket och kunde se icke helt oväntat, ytterligare ett lik. Alla tre kunde också se att ynglingen som låg där, också var skjuten.

– Tack så länge, sa Ekholm. Det är en politivagn på väg hit för att ta med sig liken till Solna. Men jag hör av mig då det är dags för den tredje kistan. Kommer ta någon timma.

– Jahaja, sa Janne. Då drar vi till macken i Kungsängen och handlar en hamburgare och kaffe.

– Ska vi ta med oss en mugg fika från macken till dig, ropade Mia åt Ekholm?

Ekholm hade vänt sig om och gjort tummen upp. De båda travade upp mot kyrkans besöksparkering där de parkerat sin målade tjänstebil.

– Skönt att få röra på sig lite sa Mia som var den som glidit in i bilen på förarsätet. Janne hade nöjt sig med att nicka.

På andra sidan kyrkan, strövade Sigurd runt för att liksom läsa in sig på platsen och bebyggelsen runt om kyrkan. Nu satt han på en bänk med mobiltelefonen för örat.

6

Anton å sin sida, hade träffat kyrkvaktmästaren direkt när han hade gått upp mot kyrkans huvudport. Det såg ut som han hade väntat att Anton skulle komma. Men han låtsades vara i färd med att vittja sin och kyrkans brevlåda. Det fanns bara tre brevlådor i hörnan vid kyrkan plus då postens egna gula låda för avgående post. Lådorna var upphängda under ett litet skärmtak som kröntes av tegelpannor. Det berättade lång väg att han var på landet på något vis. Det såg också ut som vägs ände. Det låg ett par mindre stugor vid vägkorset, varav den ena beboddes av kyrkvaktmästaren. Stugorna var rödfärgade med vita knutar, vad var annat att vänta. Ska det vara på bystan tänkte Anton, så ska det vara falurött och vita husknutar samt Mårbackapelargoner, syrener och äldre aplar. De passade väl in i den avstressade lantliga miljön. Dom hade sett en del gårdar med tillhörande hästhagar på vägen dit då de hade passerat försvarsmaktens och infanteriets övningsområde för Livgardet i Kungsängen. Därifrån till att finna tre nytillverkade likkistor i redskapsboden, var märkligt och rimmade illa.

Hur kistorna kommit dit och när, står vi för tillfället helt frågande inför funderade han, då han styrde sina steg mot kyrkvaktmästaren.

– Anton Franke polisinspektör, sa han då han hälsade på kyrkvaktmästaren vid brevlådorna.

Han kände igen honom sedan tidigare då han släppt in dem i vapenhuset när det hade regnat som värst.

– Vaktmästaren hade nu tagit i hand och presenterat sig som kyrkvaktmästare Augustsson vid Västra Ryds kyrka. Nils Einar Augustsson, hade han lagt till. Men alla kallar mig August, det har de gjort i långliga tider. Jag har varit vaktmästare här sedan drygt 45 år fortsatte han utan att Anton behövt fråga. Ja innan dess var jag klockare, men nu har tekniken tagit över den sysslan. Bara trycka på en knapp. Man har sett och hört det mesta, sa han och log ett ganska tandlöst leende.

– Men, det passar mig alldeles utmärkt, sa Anton. Då kanske Augustsson minns när man köpte in grävmaskinen som står nere i redskapsboden?

– Jodå, tror nån de, visst minns jag de. Men säg August, vet ja. Först har vi alltså en traktor, den står till vänster om grävaren. Det är en blå New Holland TC35DA som är 12 år. Vi har den för att klippa gräs och ploga undan snö bland annat. Det finns en tvåaxlad vagn också som hör till.

Oj, tänkte Anton. Denna farbror har koll på läget och låter väldigt trovärdig. Tror antagligen han gillar sitt arbete trots att han väl jobbar på övertid och mer än det.

– Och grävaren då, undrade han, den gula?

– Ja grävmaskinen se, den maskinen är helt ny den. Det är en Rhinoceros XN16 från Kina om jag inte tar helt fel nu. Den vi hade tidigare var en liten Bobcat men den försvann plötsligt. Det fanns inga brytmärken som tydde på inbrott så det blev en knivig affär med försäkringsbolaget. Men den som tillskansat sig fordonet, kan jag säga så? Den som tagit med sig grävmaskinen från boden, måste haft en släpvagn eller en sådan där trailer, för att köra den härifrån.

En mindre lastbil kanske? Att dom vågade sig på det på denna ensliga väg där alla känner alla och vi har kontroll på varenda bil ifrån våra köksfönster. Ingen har sett någonting. Jag har hört mig för, man känner ju mig. Och trafiken är inte särskilt tät som du förstår, så man reagerar när det kommer en bil. Har den sedan en släpvagn med en grävmaskin på flaket, då missar inte en endaste katt, händelsen skulle jag vilja säga.

– Och någon skåpbil har inte kört förbi och ner till kyrkans bod för traktorer och annat?

– Nää, vad skulle det vara för skåpbil då?

– Ja, inte vet jag. Kanske August kunde berätta det för mig, hade jag hoppats.

– Nää! Bara målarna som skulle vitkalka en del runt redskapsboden, ja den gamla likboden då, för att inget missförstånd nu ska ske.

– Målare?

– Ja, en målarfirma var det. En mindre skåpbil med färgglatt målade sidor som om dom spillt olika färger som runnit.

– Du var aldrig ner för att titta hur det gick?

– Nej, jag är inte så rask i gången nu för tiden. Men förr, då var jag en duktig diskuskastare. Men nu, nää dom vet säkert vad dom skulle vitkalka utan att jag ska behöva peka.

– Var det något kyrkan hade beställt?

– Nä se det känner jag inte till. Jag har inte hört något om någon vitkalkning. Jag gick ju i pension för tio år sedan. Det är inte som förr här, men jag för dagbok, se. Hur många tror du vi har på en högmässa idag? Ja, en vanlig söndag alltså?

– De är väl närmast fullsatt, spädde Anton på?

– Du var en rolig konstapel du. Nää, fem - sex stycken är det.

Något sa Anton att det nog inte var fler än så.

Hur många kyrkor har vi i landet, funderade han vidare? Hur ser deras besökarantal ut? Märkligt att ingen politiker tar bladet ifrån munnen och säger vad han tycker, som många andra säkert tycker och vill ha sagt men inte vågat. Vi kanske skulle lägga ner verksamheterna på både Västra och Östra Ryd?

Anton vaknade till i sina tankar när han liksom hörde lite diffust kyrkvaktmästaren berätta... August förde alltså dagbok om det ena och andra, tänkte Anton. Skrev om vad då?

– Det fanns vid ett par tillfällen, drar jag mig till minnes nu, inte någon i kyrkan förutom prästen och jag samt kantorn uppe på orgelläktaren. Men, vi körde hela programmet ändå. Vad brukar man säga, "the show must go on"?

Men nää, de vanliga var borst-Olle och hans Greta på Dalen. Änkefru Hjort, från Färnebo, bröderna Styrbjörn och Alfred på Smedjan. Ibland var det även Lill-Jan, dräng åt prästen, som satt med. Mest för att vänta på prästen för hemfärden.

– Nej sa Anton som för att förtydliga, här bli inga barn gjorda jag måste ansluta till de övriga kollegerna. Tack ska August ha för pratstunden och tack för boken, jag kanske hör av mig om jag undrar över något mer. Go middag sa han och reste sig, nickade mot kyrkvaktmästaren och gick ner till boden via utkanten av kyrkogårdens stenmur.

7

Ekholm var nu klar med kista nummer två som även den innehöll ett lik, en yngre man med sydländska drag.

Även han såg mer eller mindre avrättad ut, skjuten i nacken och ganska illa tilltygad genom att kulan vridit sig på tvären och slitit bort det mesta av vänstra sidan av hans ansikte då kulan troligen i hög hastighet passerat ut genom hans kranium. De båda liken Tryggve gjorde en undersökning av, visade på att döden hade inträtt inom 48 timmar. Det skulle betyda sent på fredagskvällen, tidig lördagsmorgon. Troligen det senare alternativet men det kommer vi nog till klarhet om senare på rättsläkarstationen, hade hans tankar varit. Det fanns inga id-handlingar, ringar på fingrar eller i öron, eller synliga tatueringar någonstans. Vi visste därmed ingenting om var de båda männen kom ifrån. Syrien, Iran, Irak, Turkiet eller vad? Men jag kan på rak arm säga, att de inte kom ifrån Tomelilla, det är ett som är säkert. Någon eller några måste undra vart dessa unga män och söner tagit vägen. Någon eller troligen några, vet med sannolikhet vilka de är och hur det har slutat sin jordavandring. Det har de sista dagarna mördats i genomsnitt 1 person om dagen i vår närmaste omgivning i Stockholmsområdet. Vi har dock aldrig påträffat offren liggande i en kista, de var ett nytt drag. Likkistorna var dock inte inredda på något vis, utan var mer som en avlång trälåda. Där fanns heller inga handtag utefter sidorna som annars är normalt. Mycket välgjorda kistor men utan den där sista knorren med behagligt liggunderlag och kudde, vem som nu bryr sig. Återstår nu bara en kista att avlägsna locket på och se vad som döljer sig därunder.

– Okej, sa han och vände sig om mot Mia och Janne, där nu även Anton anslutit. Dags för, som jag hoppas, dagens sista kista. Ni kan skruva dit locken på de två kistor jag kollat igenom. Liken får nu företa sin sista resa i lådorna in till Solna.

Med fyra starka armar hade man lätt placerat den tredje och sista kistan på bockarna och Janne tog skruvdragaren för att lossa även på detta kistlock. Sedan förseglade han det två andra kistorna. Utanför likboden stod nu en silverfärgad politivagn Ekholm hade beställt som skulle ta hand om de hädangångna brottsoffren om en stund. Man hade börjat lasta den första kistan när Janne och Ekholm lyfte bort locket på den tredje kistan. Båda stod sedan som förstenade och bara stirrade rakt ner i kistan utan att säga någonting. De ryckte lite i mungipan på Ekholm, men mer än så blev det inte.

– Verkar som vi får nöja oss med två lik, sa Ekholm.

– Vad menar du nu, undrade Anton utan att ta sig några steg fram för att kunna se vad kistan innehöll.

Ekholm tog de sista ur sin kaffemugg, kramade ihop pappmuggen och kastade ner den i den öppna kistan.

Janne gick tillbaka och satte sig på bänken bredvid Mia.

Anton nöjde sig med att höja på ögonbrynen. Gör man så, tänkte han? Vad säger lagen om griftefrid i ett sådant fall där någon kastar en tom kaffemugg ner i kistan. Han ryckte på axlarna och bladade lite i boken om kyrkan. Det stod något om en krypta, vilket fick honom att vässa tankarna. En krypta var väl ett kyrkorum som brukade finnas under golvet i en kyrka. Där kunde förvaras kyrksilvret bland andra dyrbara ting. Här fanns också plats för en vilokammare för någon av kyrkans högre ämbetsmän. Det fanns troligen ingen sarkofag, men någon häradshövding kanske hade sin viloplats i kryptan, tänkte Anton. Men det var väl ingen spöktimme nu?

Anton tänkte vidare… aha, det var därför han hade sett små gallerförsedda fönster strax ovanför markytan på baksidan av kyrkan. Han undrade vad det kunde gömma sig där innanför. Nu förstod han bättre, för enligt den bok han bläddrade i stod det att en krypta brukade innehålla fönster till en del, eller bara i halva kryptan.

– Jag går upp en sväng till vapenhuset, sa han för den som ville lyssna.

Svanstrand vände sig om och nickade som att han uppfattat var Anton skulle ta vägen. Han tyckte nog att det var tillräckligt många ändå på den lilla ytan som fanns kvar mellan traktorn och den lilla grävmaskinen samt de spridda likkistorna som tidigare stått staplade.

Han travade därför ut igen i det lilla duggregn som fortfarande låg som ett dis över kyrkogården. Han följde konturen på kyrkans husgrund och såg de små gallerförsedda fönstren. Kanske en katt skulle kunna hoppa in där, men inte en fullvuxen människa, tänkte han. Rutorna såg bara svarta och spöklika ut med sina galler så de kunde lika gärna vara en fängelsehåla, det var vad som förespeglade honom. Spöklikt.

Han öppnade dörren till vapenhuset och klev in där igen. Plockade upp sin bok ur jackfickan och fortsatte läsa där han tidigare slutat. Det var med en viss pirrande känsla i magtrakten. Krypta, tänkte han och försökte fortsätta läsandet.

... med både uthus, ladugård och en lillstuga i sin ägo, men inget kvinnfolk hade han till hjälp vare sig till det ena och till det andra, tänkte Edla och vände blicken in mot stugan där Johan och ungar fortfarande snusade.

Petter på Landboda hade sitt på det torra. Han hade arbete varje dag och var en eftertraktad snickare.

Landboda var en av de rikaste gårdarna på Ryd, visste Edla att berätta. Som ensam snickare på byn hade han mer arbete än han egentligen önskade sig. Han kunde snickra möbler och finsnida skåp, liksom han i nästa andetag kunde fungera som timmerman och med yxans hjälp sammanfoga stockar till husväggar. Han var den som byggde upp den senaste klockstapeln då någon hade satt eld på den som stått där tidigare. Två gånger hade klockstapeln brunnit och varje gång var det Petter på Landboda, som fått förtroendet av kyrkan att bygga upp en ny klockstapel. Elaka tungor kunde berätta att man nog anade sig till vem som satt eld på klockstapeln när penningpungen började sina. Vad skulle det vara bra för? Snöd och sniken vinning måhända? Hans son hade han slängt ut liksom dotter och kärring. Sonen hans, hade vuxit till sig.

Karl-Olof var nu på det tolfte året och hade börjat som snickargesäll på Tuna. Han skulle bli timmerman, som sin elake far. Byn kände till Petters lynne, den elakingen och vände honom ryggen.

Snickare hade han varit, tänkte Anton? Var ligger Landboda och kan man finna Sylta länsmansboställe? Han såg sig om i vapenhuset som om det skulle kunna peka åt vilket håll Sylta och Landboda låg. Ligger detta inom ramen för de brott vi håller på att utreda? Den där magkänslan fanns där, men med endast en sådan, kan man inte väcka någon åklagares intresse.

Han gick ner till den gamla likboden igen och mötte på grusvägen politivagnen som nu var på väg därifrån och skulle troligen till Solna och rättsläkarstationen.

– När man talar om trollen, sa Mia och nickade mot Anton när han klev in i likboden.

Anton vände sig om mot den vägg som vette upp mot kyrkan och där kunde han se två svarta järnportar, eller dörrar med två kraftiga balkar över, samt både nyckelhål i dörren med plats för en gedigen nyckel liksom ett par kraftiga hänglås i järnbalkarna. När han slog ihop boken tillfälligt, vände han sig mot de andra lite frågande när han hörde Janne och Mia tissla, eller i varje fall förde ett dämpat samtal.

– Vad handlar det om, hade hon viskat mot Janne?

– Kolla så får du se hade han sagt.

Hon tittade på honom och var inte helt förtjust i hans svar. Någon makaber överraskning var hon inte intresserad av. En vink om innehållet i likkistan ifrån Janne, hade varit bättre. Politivagnen hade ju lastat två kistor med kvarlevor efter ett par unga män och rullat därifrån. Fick de inte plats med fler kistor kanske? Nu satt hon och samlade mod, det var ju ändå polis hon var. Ställde sig upp och tog de där fyra - fem kliven fram för att kika ner i kistan och vad som kunde ligga där. Den dåliga belysningen gjorde inte saken bättre, det liksom var fladdrande och hon frågade sig själv vad det var med henne. Mia mindes polisutbildningen där man besökte en obduktionssal för att lära sig se hur en död människa kunde se ut. Hon borde egentligen inte bli överraskad av vad som låg i likkistan. Ett steg till, så fick hon vetskap.

8

Hon sträckte sig lite framåt på tå. Vad hon såg var inte det hon hade väntat sig. I likkistan låg en större samling handeldvapen. Huvudsakligen AK 4:or minst tio stycken, samt ett par kraftiga patronbälten av utländskt och militärt slag, i läder.

– Inte särskilt mycket för mig att dissekera som ni förstår, log Ekholm. Ni får väl köra in skrotet till era tekniker. Kanske något av dessa vapen som har använts för att ända livet för de två unga männen vi nyss hade här. Det ser ut som någon ansett detta vara den optimala förvaringsplatsen för något gängs verksamhet. En liten egenartad vapengömma, det är ju inte här i en likbod den första plats man letar på om det är vapen man söker. Absolut inte i en likkista, därför har man gömt vapnen i en likkista. Ganska genomtänkt. En likkista avstår man lätt att rota i, ja utom då Anton förstås.

– Ja sa Anton. En AK4 tar ju en del plats för att gömma. Och dessa patronbälten sa han och pekade, det kommer ju inte ifrån Sverige kan jag berätta. De är klart insmugglade. Jag tror vi säkert kommer hitta massor av läsbara fingeravtryck.

Möjligen hittar vi även dna på dessa prylar, men vi vet ju inte hos vilka vi ska hitta dess ägare.

– Jag tror inte det är en alldeles för vild gissning att de kommer ifrån Husbys Hyenor. Eller deras gängrivaler ibland något liknande kriminellt nätverk i den problemfyllda regionen Järva. Dom avrättar ju varandra med ett genomsnitt av en tredjedels yngling om dagen. Klart som det bekanta korvspadet att det är där vi kommer hitta bödeln, eller bödlarna och det är därifrån de båda avrättade har haft sitt husrum och hem, mamma och bröder. Men varför dom fraktats hit till denna avkrok i nysnickrade furulådor, övergår faktiskt mitt förstånd. Han vände sig om och tog upp sin mobiltelefon. Svanstrand knappade in numret till sin gamle vapendragare, kriminalinspektör Fredriksson. Han väntade medan han hörde signalerna gå fram. Som en evighet, tyckte han.

– Kommissarie Sivert Fredriksson, hade Sivert svarat!

– Hej Sivert, sa Sigurd. Så glad jag blir att höra din röst. Det var inte i går direkt. Läget, har du blivit kommissarie också?

– Jo tack det är bra. Kan jag få ringa upp dig om en stund, jag är lite upptagen?

– Okej, gör så, jamen visst. Vi hörs Sivert!

Sigurd suckade. Han tänkte såklart på hur snabbt allt händer och sker eller är han bara för gammal och inte hinner med? Inget är ju oföränderligt. Ena dagen är du pigg som en domherre vid en havrekärve, för att nästa dag vara förkyld och känna sig som en snuvig spillkråka. Snabba kast.

Hur livet ändå ändrar karaktär? Hur man i unga år måste välja rätt väg att vandra på. Att välja rätt utbildning, hur vet man sånt i unga år att man valt rätt väg, rätt utbildning? Vad har man för erfarenhet då? Han suckade igen. Tyckte han synd om sig själv nu? Inte så att han vantrivdes med sitt yrkesval, men var hade han stått idag om han valt att fortsätta utbildningen till Art Direktor/Copywriter? Han hade gått hos Berghs Reklamskola innan polishögskolan tog ett kraftigt tag om honom och tog över helt. På reklamskolan hade han träffat sin stora kärlek Gunnel, mindes han nu med värme plötsligt. Dom hade hängt ihop under tiden han gick på reklamlinjen och hon på textildesign. De hade kilat stadigt, som man sa då. Hon hade bott på Badhusgatan på Södermalm mindes han, medan han hade haft sin säng på Biblioteksgatan i City och hade nära till plugget på Berghs som då låg på Sveavägen. När han så klev av utbildningen hos Berghs och sökte in på polishögskolan, så gick hans stora kärlek och han skilda vägar. Det kom aldrig att ses mer, något som han närde en förhoppning att så skulle ske, men det blev inte så. Gunnel var därmed ett avslutat avsnitt ur hans livs historik. Mjölby var ett annat, men inte lika smärtsamt. Det var då de, men han hade haft kvar sin dialekt som minne. Sigurd hade varit en liten plugghäst och hade därmed inget problem med polishögskolan vare sig teoretiskt eller praktiskt. Det var kanske därför han nu var kriminalkommissarie och operativ chef för grova brott.

Svanstrand stod nu i likboden lite vilsen, det var faktiskt han som var chef inte Sivert, tänkte han. Men det är klart sitter man i knät hos Pernilla Öste som särskilt sakkunnig, så är det ju den tjänsten som styr naturligtvis. Inte utan att Svanstrand kände ett styng av avundsamhet. Vad var det Sivert hade tänkte han, som han själv synbarligen inte hade? Vad var det som gjorde att kvinnor drogs till honom som flugor till en klistrig, troligen söt, flugfångarremsa?

Nu satt Sivert i rummet närmast intill sin chef, Pernilla Öste som hennes bollplank och särskilt sakkunnig. Ett bollplank som ändå även Sigurd hade tillgång till fortfarande, så var det. Så gav hans mobil, ljud ifrån sig…

– Ja Svanstrand?

– Hej ursäkta du fått vänta, Sigurd. Vad hade du på hjärtat då om man får fråga?

– Nja, jag har fått för mig att du har lite vetskap om de där gängskjutningarna i Norrort. Du förstår säkert vad jag menar. Jag vet inte riktigt vilket gäng som nu har förtur att skjuta någon i något annat gäng. Vi har ju plötsligt fått två lik på halsen paketerade i likkistor vid en kyrka i Västra Ryd. Den ligger väster om Kungsängen, om du känner till?

– Jo jag vet var den kyrkan ligger och jag har vetskap om era två döda kroppar i en före detta likbod i kyrkan Västra Ryd. Men en likbod som numera är en bod för redskap och annat för kyrkans räkning. Det mesta kan man läsa om i massmedia.

Sigurd bara stirrade på sin telefon utan att förstå vad han nyss hade hört. Kriminalkommissarie Svanstrand och hans brottsutredare fick detta tidigt i morse från SOS 112. Och samtidigt säger Sivert att de hade vetskap om detta, ja!

– Men vad bra att du känner till gängkrigen, för det är väl detta det handlar om?

– Sigge, det är därför jag sitter där jag sitter. Man måste vara med på banan när Pernilla frågar.

– Kan du bara helt lätt berätta för en vanlig enkel gårdfarihandlare vad detta handlar om och vilka de två är som vi har i kistorna? Make my day Sivert?

– Tyvärr Sigurd, där har du min kunskaps gräns. Längre än så sträcker sig inte den.

– Eller du får inte säga mer?

– Nja, ta det inte så Sigurd. Jag vet att det är två araber, men sedan är det stopp. Ingen har ännu skickat in någon anmälan om försvunna araber. Men, det troliga är att det säkert kommer under dagen.

–Vet vi vilka kriminella gäng det handlar om?

– Ja, det kan jag däremot berätta. Det ena gänget i Husby, är enligt den senaste uppgiften, Husbys Hyenor. Det är två olika gäng i området varav Hyenorna är störst och har en gängledare som nämns med respekt, Gulfadern! Men där finns också Rinkeby Råttor. Råttorna är inget öknamn, utan det är något medlemmarna i gänget bär med stolthet, det är något de är stolta över.

– Gulfadern?

– Ja det lär vara en vältatuerad och en situerad asiatisk domptör som pekar med hela handen och får därefter allt utfört som han vill och har pekat på. Gulfadern, är från Kina. Lägg namnet på minnet Sigurd. Gulfadern!

Just nu gör de livet surt med dåligt heroin för sina värsta fiender från Husby. Den gångna helgen exempelvis, greps och anhölls fem personer i Järva. Samtliga har koppling till kriminella nätverk i Husby. Det var efter att polisen plockade in en person misstänkt för att ha sålt narkotika, som en husrannsakan gjordes i en lägenhet i Solna. Där hittades vapen och ännu mera droger.

Vi hittade bland annat kokain och cannabis av stor mängd.

Ja, enligt de senaste uppgifter som sipprat ut till mig. Tror man drog en bit av uppståndelsen på Aktuellt i tv.

Det började med att nätverket misshandlade en ung man från Husbys Hyenor till döds. Detta filmades och spreds på sociala medier. Offrets vänner i Husby hämnades och det ledde sedan till att en ung man mördades inför flera vittnen. Sådär håller man på, dag efter dag. Man tänker lite syniskt, tar dom aldrig slut?

I förlängningen kan man tycka att det är lite som rysk roulett. Men liken vi har i Solna, efter alla skjutningar, stämmer med antalet skjutningar. Lite debet och kredit för en revisor.

Men vi vet alltså att du har två lik i Västra Ryd, väl inslagna, men inte varifrån de kommer. Right?

– Stämmer på öret, sa Sigurd. Alltså, fortsatte han, för att ta över ledarrollen som egentligen är hans men som han tillfälligt tappat taget om, står vi på ruta ett ännu. Trevligt ändå att höra av dig, Sivert. Vi måste träffas och svinga en bägare, helt klart. Det är vi skyldiga oss tycker jag. Du, hälsa Pernilla från mig!

– Absolut Sigurd, absolut! Inte utan man saknar det gamla gardet ska du veta.

– Fortfarande sorgligt att Frida inte finns med oss längre. Hur går det med den biten?

– Tungt ska du veta. Jag är lycklig att ha Pernilla så nära mig det möjligen går. Hon är ett stort stöd.

– Allt är föränderligt, Sivert. Ha det så bra!

– Du med Sigurd, hälsa Britta!

Han stoppade ner mobilen i innerfickan igen och såg sig om lite vemodigt på sitt sätt. Mia, Anton och Janne fanns inom räckhåll.

– Vi plomberar dörrarna in till den gamla likboden och låter avspärrningarna hänga kvar, sa Svanstrand. Vi kommer nog inte just mycket längre här och nu. Det kommer av naturliga skäl bli ett morgonmöte i morgon och jag hoppas vi ses där som vanligt klockan 09:00.

Hade han varit på sitt vanliga humör, hade han antagligen sagt pip också, efter hans tidsangivelse.

Nu hade han mist ett par nära vänner lite plötsligt. Frida hade drabbats av pandemin och orkade inte klamra sig kvar i livet. Sivert Fredriksson, hennes man, hade fått en tjänst nära Pernilla Öste som särskilt sakkunnig i hennes stab. Svanstrand hade därför inte längre samma omedelbara närhet till honom. Inte på samma vis som han haft tidigare. Det blev därför också längre och längre mellan deras träffar vid lunchen nere på Bakfinkan. Sivert lunchade oftast med Pernilla och de andra höjdarna på staben i gräddans eget lunchrum. Sivert hade blivit upphöjd till kommissarie, vilket gav honom en annan aktning och ett betydligt tjockare avlöningskuvert än tidigare, då som kriminalinspektör. Allt var Pernillas verk.

9

– God morgon alla. Jag ser ni startat med lite kaffe, bra där. Då kanske ni håller er vakna. Vi ska gå igenom spaningsläget och jag tänker starta med att rita upp en tidsaxel. Ni fyller på som vanligt när jag missar något.

– Känns lite tomt utan att ha Sivert som föredragshållare, sa Anton.

Spanarna nickade bifall. Svanstrand hade inte sagt något alls utan försökte bara dra upp strecken för tidsaxeln.

– Om vi börjar här, sa han. SOS och 112 fick en påringning måndagen den 20 september klockan 07:13 när kyrkogårdsarbetarna vid Västra Ryds kyrka utanför Kungsängen, kom till sin arbetsplats och klev in i sin redskapsbod samt nästan snubblade över tre likkistor som stod där travade på varann som en virkesstapel vid en gammal nedlagd brädgård. Sedan har allt rullat på. Ekholm kom och tog sig en titt i kistorna vad som kunde döljas där. Två av kistorna innehöll liken efter ett par yngre män. Båda med ett sydländskt utseende, araber av något slag.

– Båda ynglingarna avrättade mer eller mindre med nackskott.

– Och den tredje kistan då, undrade Jonna som var inlånad igen ifrån span?

– Den tredje likkistan innehöll inget lik utan en större vapenarsenal. Handeldvapen och några AK 4:or samt patronbälten av gammalt slag gjorda i läder. Icke av svensk härkomst. Vapnen kommer att identifieras med de vapennummer som finns angivet på samtliga och skickas till FMV för identifikation. För våra klena ögon ser det ut att ha svensk märkning. Vi får se vad Försvarets materielverk säger.

Vad gäller ynglingarnas hemvist, vet vi inte i dagens läge. Ingen hade några handlingar på sig som visade vem de var. Ingen anhörig har heller efterlyst dem som försvunna. Sådant kan ta sin tid. Under dagen ska jag kontakta västerorts polischef, Arnold Steen, för att höra hur de haft det med skjutningar och annat elände sista tiden. Prognosen för att hitta vem som har ändat livet på dessa båda ynglingar, är inte särskilt god. Men som ni vet så är det bara att gilla läget hur trögt det än kan kännas i portgången.

– En kort fråga bara, sa Anton?

– Jamen visst, kom igen?

– Västerorts polischef kommer ifrån Ungern, väl?

– Hans föräldrar kommer ifrån Ungern, ja. Men, Arnold är född i Solna.

Då fortsätter vi. Vi måste också kolla upp vad det finns för snickeriverkstäder i området som tillverkar likkistor.

Och, jo… en sak till innan frågestunden tar vid. Fyndplatsen är ju inte identisk med brottsplatsen, men det har ni säkert redan räknat ut, sa Svanstrand och log.

Inte helt osannolikt är det fler än en, vi egentligen söker och som är inblandad, troligtvis fler än så. Då vet vi med erfarenhet att någon kommer berätta för sin polare, som berättar vidare för nästa i hierarkin eller på stegen. Medan vi jobbar vidare, kommer vi med all sannolikhet få ett tips om vilka de är som blivit avrättade. Man kan också tänka att snickerifirman som tillverkat kistorna, inte visste vad de skulle användas till och för. Men borde naturligtvis anat, men inte frågat. Det är ju särskilt i dessa kretsar, att pengar lockar att hålla truten. Mony talks, låter som en gammal film från slutet av -90 talet. Alltså, hitta snickeriverkstaden och så hoppas jag Arnold Steen har något att berätta från sina breddgrader i västerort. Och, sist men inte minst, kolla upp allt vi har om Gulfadern. Okej?

– Ja, det är helt okej. Men finns det något dopnamn på denne Gulfader, för det är väl inget namn han är folkbokförd som?

– Han lär vara namnad som, Huang He Bincheng, med reservation för uttalet. Tror han är ifrån nordöstra Kina vid Gula floden. Men, där är vi kanske ute och trevar i det okända. Jag är inte heller säker på om han är folkbokförd här i Sverige. Men, han styr Husbys Hyenor bland många andra gäng.

– Det finns redan en hel del i tidningen om detta, sa Anton. Jag såg inte till något massmedialt folk under tiden jag var där vid kyrkan i Ryd. Det kan väl inte vara någon i vår grupp som läcker till nån kvällsblaska för tipspengeslantens storlek av vad en snusdosa, betingar i kostnad? I så fall kan jag slanta upp med motsvarande peng. Vi är inte betjänta av en samling svartfötter med löst fladdrande gomsegel

– Men ingen här inne väl, fortsatte han och såg sig om?

– Vad gör vi nu?

– Ja, jag menar som har prioritet ett?

– Vi får se till att bli klara ute vid kyrkan, som är ett av delmålen. Kanske knacka dörr om någon sett något. Det finns ju inte så många stugor att lyssna med, men det som finns, kanske vet desto mer. Snacka igen med den gamle kyrkvaktmästaren. Är övertygad om att han känner till eller vet mer än han berättat för Anton. Kanske något för Janne och Mia. Anton är liksom lite rökt. Kan vara bra med nya kvastar.

– Håller med, sa Anton. Jag bara funderade att om frakten har utförts med bil ner till kyrkogårdsarbetarnas verkstad och redskapsbod, så har den utförts under dygnets mörka tid.

– Låter logiskt, sa Svanstrand. Du får gärna utveckla din tanke där ändå för oss ovetna.

– Så gärna, sa Anton. Vi alla här är ju inte okunniga om när på dygnet de flesta brotten sker, eller hur? Det är ju så att mellan klockan två och fyra nattetid, sover de flesta utom just en grupp som lever ute i marginalen och vaknar för sin nattliga verksamhet. Det är inte bara tillfälligheterna som gör tjuven eller att någon boende utefter vägen ner mot kyrkan i Ryd, är uppe och tassar och just då tittar ut genom fönstret när en bil passerar. Det kallas i så fall för tajming. Man kan egentligen krympa tiden ytterligare till mellan klockan tre och fyra. Alltså prickar man in allt på en timma. Fordras lite planering bara, men det är klart det går. Timmarna efter tre på morgonen är vi ju som segast i skallen. Halterna av sömnhormonet melatonin i kroppen är höga, förbränningen går på sparlåga, kroppstemperaturen är som lägst, precis som blodtrycket. Vare sig kroppen har pumpat adrenalin exempelvis, eller inte.

Ingmar Bergman, han med Fanny och Alexander ni vet, beskriver att det är vid den timmen då det flesta människor dör. Då sömnen är som djupast, då mardrömmarna är som mest verkliga. Det är timmen då den sömnlöse jagas av sin svåraste ångest, då demonerna är som mäktigast och man rids av maran. Strikt vetenskapligt kan man förstås ifrågasätta demonregissörens analys i mångt och mycket.

Så kontentan är att kistorna fraktats till kyrkan nattetid mellan klockan två och fyra, efter spöktimmens inträde.

– Ni kan väl fundera på vad Anton sagt, rundade Svanstrand av. Inte minst Janne och Mia som fått det delikata uppdraget att lyssna med de odalmän ni kan finna uppe och runt kyrkan.

– Ja, Anton kanske ska plöja vidare i sin bok ifrån kyrkan sa Mia, medan vi jobbar bland andra spöken, är det meningen?

– Så får de bli, sa Svanstrand. Bra idé där, Mia.

– Låter som taget, sa Anton lite ödmjukt konstigt nog.

Han lyckades med konstycket att le på samma underfundiga vis som man påstår Mona Lisa gör. De där att man säger att Mona Lisa ler så hemlighetsfullt medan alla nickar i samtycke. Ändå får mig leendet att likna, om det nu är något leende, som i Kejsarens nya kläder om jag minns H.C Andersen rätt. Han som skrev berättelsen om det två skräddarna som kunde sy så fina kläder att det inte kunde ses av dem som var dumma eller inte kunde sköta sitt arbete nogsamt. Kanske är det samma sak med Mona Lisas grimas, framför allt det så omtalade och så kallade, hemlighetsfulla leendet. Det kanske inte heller kan ses av dem som är dumma och obildbart okunniga i renässanskonstnären Leonardo da Vincis storverk? Man kanske får räkna sig till skaran av de obildbara i så fall.

10

Anton tog sin bok "Röjning" som skulle bli dagens uppdrag på jobbet. Perfekt att jobba hemifrån ansåg han. Han hade en betydligt mysigare arbetsplats i sin trevna tvårummare på Grevgatan uppe på Östermalm, än myndighetens tjänsterum.

Frukosten var avklarad i en blink, utan att för den skull vara särskilt asketisk. Han hade sina rutiner. Startade upp sin laptop för att vara nåbar för mess, men huvudsakligen för att börja dagen med att googla på Västra Ryd. Skaffa sig en grund innan han började läsa boken. Boken var bara på lite drygt hundra sidor, men den kanske ändå var av vikt för dem i deras utredning.

Wikipedia berättar att Västra Ryds socken omtalas första gången i ett odaterat brev från 1200-talets mitt lika som senare i ett odaterat, från 1299. Nuvarande kyrkans äldsta delar härstammar från omkring anno 1250.

Så kanske den där kryptan tänkte han, är kanske ifrån så långt tillbaka som 1250 talet. Kan det verkligen vara möjligt?

När tanken var tänkt, ringde hans mobiltelefon.

– Franke, svarade han?

– God morgon Anton, hörde han Svanstrand hälsa. Hur är det?

– Jo tack, det är bra. Lite ovant att jobba hemifrån bara. Hur är läget själv, chefen?

– Tackar som frågar. Det är bra med mig och hela spanargruppen. Har du hunnit någonstans i boken?

– Nej, jag har inte öppnat den ännu jag sitter bara och läser om historien vad gäller Västra Ryds socken. Ska man forska i sin magkänsla, ska man nog göra som från ett embryo.

– Låter bra och förståndigt Anton. Fortsätt med de. Vem är det som skrivit boken?

– Det har jag inte kollat, har inte tänkt på det. Nån lokal skribent antagligen. Ska kolla när jag kommer ihåg det.

– Gör så, har säkert ingen betydelse. Men du, vi drar ju alla någon form av strå till stacken vilket är bra. Vi hörs!

– Ja, vi lär väl göra så. God morgon Sigurd!

Ingen större skillnad att vara inne på Bergsgatan än att jobba hemifrån tänkte han då mobilen gjorde väsen av sig.

– Anton!

– Läget hade Janne undrat?

Det var alltså Janne Klinga som också hade undrat hur det gick med magkänslan.

– Jo, det känns som det är dags för lite lunch, men det var väl inte det du undrade?

– Stämmer, jag tänkte närmast på den där boken?

– Jag har inte hunnit så långt än sa Anton och stönade. Jag har inte en chans för telefonen ringer oavbrutet.

– Det var såklart inte min mening att störa.

Vi väntar på att få höra vad chefen för distrikt västerort har att förmedla om de senaste skjutningarna i Rinkeby.

– Vi syns Janne, sa Anton och tryckte bort samtalet.

Kommer bergis ringa någon igen, tänkte han och suckade. Nu ska vi se, var slutade jag senast i boken? Jo, här!

"… Edla och vände blicken in mot stugan där Johan och ungar fortfarande snusade… hon tände ett stearinljus, ett långt kraftigt ljus. Hon var glad över att Johan kunde komma över så fina ljus. Hon funderade aldrig var han fick tag på dem och ville egentligen inte veta heller. Edla reciterade för sig själv några rader ur Första Moseboken, hon var naturligtvis inte helt säker, men hon hade läst just de där träffande raderna om "varde ljus och det blev ljus" när hon hade tänt det fina ljuset. Hon trodde på något efter sitt liv, inte på det sättet, men vad hon trodde på var hon aningen oklar över… I begynnelsen skapade Gud himmel och jord. Jorden var öde och tom, och mörker var över djupet, och hans ande svävade över vattnet. Han sade, varde ljus och det vart ljus. Synen han såg var att ljuset var gott och skilde därför ljuset från mörkret. I mörkret fanns det onda anade hon. Han kallade ljuset dag, och mörkret nämnde han som natt. Där fanns afton, och där blev morgon, den första dagen. Var det möjligen där hon satt nu, vid den första dagen?

Hon makade ljuset ut på deras lilla köksbord. Havregrynsgröten puttrade trevligt över spisen och det knäppte om granveden i spisen. Det började bli varmt i det lilla köket.

Antagligen spred sig doften till hennes gubbe Johan för han började röra på sig i fällbänken. Hon öppnade spisluckan och puffade in ett vedträ så gnistor yrde ut ur luckan.

– Är Johan vaken, undrade hon vänd mot fällbänken?

Johan vände sig om och kliade sig i kalufsen.

– Jaså, sa han. Det har åter randats en dag i vår Herres hage.

Det var något han mer sa rakt ut, än som menat för Edlas små öron och mer som ett språkande med en talande tanke. Han sträckte på armarna och gäspade ljudligt, svängde benen över soffkanten.

– Det har fallit lite lätt pudersnö och jag hörde räven skälla tidigare i morse när jag var ut efter lite ved.

Ska du på huset, kan du väl ta in lite ved på tillbakavägen?

Johan hade bara blängt.

– Jämt å städse ska man stå till pass. Det är alltid Johan hit och Johan dit. Varför tog hon inte in mer ved så det räcker några dagar när hon ändå var ute? Ja käre tid…suckade Johan medan han stängde stugdörren och klev iväg för att besöka avträdet.

Edla skyndade sig att duka fram frukosten till Johan så det stod framme när han kom åter. Satte en kastrull med vatten på spisen för att värma om nu Johan kom för att vaska av sig lite. Hastade så iväg över golvtiljorna bort till fällbänken för att stoppa om sina ungar, som gott kunde få ligga kvar ett tag till så Johan fick lite lugn vid frukosteringen.

Det var nog ett elände förr i tiden, särskilt under vinterhalvåret, tänkte Anton. Kallt, dåligt med mat, mörkt och jävligt i största allmänhet. När våren kom, sommaren slog ut sitt blonda hår, det var nog som man föddes som på nytt även i denna avkrok. Men odalmännen blev då istället mer fria trots deras dagliga verk bakom häst eller oxe för att odla den mark de hade till låns. Hade man ingen häst, fick man sela sin kärring att dra plogen. Anton ryste efter sin tanke, men troligen en realitet. Det kanske inte var bättre förr, men det var i alla fall annorlunda, tänkte han. Kallt och dåligt med mat… Mat! Undrade just vad det var som väsnades. Det var hans mage som skrek efter påfyllning. Dags för ett kaloriintag, tänkte han och funderade vart han skulle ställa kosan. Han sträckte på sig och gäspade. Nya Östermalmshallen får det bli, så kan jag kolla om det är några kändisar där idag också. Det brukar vara knökfullt, men krögaren brukar fixa ett bord åt mig.

I ärlighetens namn så kände Anton krögaren. Dom bodde ju grannar på Grevgatan. Man måste ha känningar tänkte han. I varje fall underlättar det en hel del och det blir lättare så. Inte för att han var nyfiken på kändisar, de var bara kul att räkna in hur många han kunde känna igen. Några var han bekant med. Han snackade aldrig om sin lilla hobby på span gruppen, men eftersom han hade de jobb han hade, blev det en vana att kolla in folk. Kanske en form av yrkesskada men integritet var det naturligtvis som gällde. Det var bra på så vis med sin granne och att han alltid kunde fixa ett bord. Hur hans krögare bar sig åt visste inte Anton och brydde sig inte särskilt heller, huvudsaken var att han kunde slå sig ner vid ett bord. Nu hade han bestämt sig, det fick såklart bli den nyrenoverade Östermalmshallen. Han lade ihop boken och tassade via hygienutrymmet, som förövrigt även det var nyrenoverat, ut till hallen för att kränga på sig jackan.

Vad är jag sugen på, tänkte han? Pasta med skaldjur tänkte han, även om det var en begränsad budget han hade att handskas med. Slog igen sin ytterdörr och stegade den dryga metern fram till hissen i ett kliv och tryckte upp elevatorn.

11

Janne Klinga parkerade utanför västerorts polishus i Rinkeby. Han och Svanstrand klev ur och gick en bit genom den grönskade allén vid Rinkebyplan. Myndigheten har ett antal uppradade P-platser för polisens bilar, så det var bara att rulla in på en ledig ruta.

– Nu fick vi en ledig ruta, sa Janne och log, kors i taket.

– Bra pli på konstaplarna här, muttrade Svanstrand. Dom ska vara på fältet och inte sitta och pimpla kaffe i tjänstens lokaliteter och fikarum.

De två civilklädda klev in på polishuset i Rinkeby via det tjocka glasdörrarna. De möttes nästan genast av områdets polischef, Arnold Steen. Steen var svenskfödd av sina ungerska föräldrar i Solna, sedan flyttade man till Rinkeby. Han visade med hela handen vägen till sitt tjänsterum en bit in i korridoren.

– Är det okej med mitt rum, eller ska vi låna ett konferensrum, undrade han lite ödmjukt?

– Räcker fint med ditt krypin, sa Sigurd det blir bra.

Vi har träffats tidigare, fortsatte han. Något seminarium, eller liknande.

– Jo, det var något med knarkhundens betydelse om jag inte minns fel, sa Arnold.

– Ja tiden går, jag minns inte. Du, på tal om ingenting. Nya lokaler?

– Ja, nytt är det. Vi har betydligt större än tidigare men det kanske också har med tidens tand att göra. Det är lite annorlunda idag.

– Okej, du skulle göra en föredragning för oss om ert läge som kanske har med vårt fall att göra, hoppas jag. Du vet vad vi jobbar med har jag förstått, eller?

– Jo, så är det. Ni har ett par lik på halsen som ingen vill kännas vid, har jag tolkat det rätt då?

– Absolut Arnold, absolut. Så du kan gasa på när du vill, vi är som du säkert förstår idel öron.

– Men så bra. Jo, det rör sig en del här i vårt område. Som ett exempel så händer det även dagtid att någon blir skjuten. Oftast är det väldigt unga män som är måltavlor. Lika ofta är det en hämndaktion i Husby för att någon blivit skjuten i Järva. Det sker bland barnfamiljer och parkbänkar. Någon kommer springande med andra efter sig som jagande vargar. Det är unga män, inte sällan tonåringar. Dom tvekar inte att skjuta trots att barn finns omkring dem och kan skadas. Det finns ingen som helst hänsyn. Men, jag tror att detta är inte särskilt nytt för er. Men problemet här är att gängen är så pass stora och man skyddar varandra. Förövarna försvinner som uppslukade av jorden. De vi kan få tag på, är då vi haft civila poliser i området och funnits på rätt plats när det brakat löst.

Dem vi talat med vid senaste händelsen känner en stor otrygghet.

– Men det är väl någon i något kriminellt gäng som oftast blir offret. Jag menar dom skjuter väl inte den första bästa de ser?

– Rätt så. I det här fallet var brottsoffret en ledare för ett kriminellt nätverk i området.

– Har ni någon statistik för hur många av brotten ni klarar upp, undrade Svanstrand?

– Jo det har vi naturligtvis, men det är en dyster läsning. Men de fall jag berättar om i exemplet, så hade vi gripit två personer som var misstänkta och som senare även blev anhållna på sannolika skäl, den högre misstankegraden. En av de gripna är i 20-årsåldern. Förundersökningsledaren har berättat att utredningen är i ett tidigt och känsligt stadium så hon vill inte lämna ut fler uppgifter för tillfället om vilken roll de anhållna ska ha haft vid skjutningen.

Sådär låter det hela tiden. Bara sju timmar efter skjutningen jag nyss berättade om, smällde det i närliggande Hjulsta. Där sköts också en man men vi utreder båda skjutningarna som separata händelser, men tittar också på om de kan ha någon koppling. Stämningen i Husby är nu orolig för man väntar åter en hämndaktion från det kriminella gänget i Hjulsta. Stämningen är hetsig och det finns stor oro bland människorna efter det som hänt. Man är arga och frustrerade. Vem kommer stå näst i tur som brottsoffer är frågan? Vi försöker få de boende att berätta vad de kanske vet eller sett, men man vågar inte för att kanske bli skjutna själva.

– Låter lite åt det vi har själva i både Botkyrka och Södertälje på vår sida om stan.

Vi hade inom vårt distrikt, som du vet, en man som sköts till döds i Skarpnäck och blev därmed det tjugonde dödsoffret hittills i år. En dyster ledsam statistik för oss i regionen.

Steen nickade dystert. Men så vände han sig mot Svanstrand med en frågande blick.

– Vad var det du undrade över, egentligen. Jag menar, orsaken till att ni kom och hälsade på oss?

– Jo som du vet fann vi ju två brottsoffer i en före detta likbod vid Västra Ryds kyrka. En kyrka som väl ligger inom ditt revir. Men, vi vet ju inte vilka offren är. Ingen verkar ju heller sakna två yngre män, även här är det av ringa ålder, runt de tjugo. Vi undrar nämligen vilka två medborgare du kanske saknar? Vi fann dem väl inslagna i var sina likkistor av, som det verkar, nygjorda furulådor.

– Jag har nog funderat en del på det där ska ni veta. Vi har inga uppgifter om någon skottlossning eller saknade i vårt område. Men man kan ju undra varför man gjort sig besväret att skaffa likkistor till några brottsoffer. Kanske för man haft en längre väg att frakta dem, annars är det vanliga sättet en bagagelucka i en stulen bil för att frakta brottsoffer.

– Om vi ska sammanfatta vad vi talat om, sa Svanstrand, så saknar ni till dags dato inga medborgare i er region och ni har inte haft några skjutningar utan att ha funnit måltavlorna. Är det korrekt uppfattat?

– En mycket bra sammanfattning, Sigurd!

– Okej, då står vi fortfarande på ruta ett. Vi som hade hoppats på att du saknat ett par måltavlor efter ert senaste skjutande. Men, det smög sig alltså?

– Ledsen att jag gjorde dig besviken på den punkten.

– Det är väl bara att gilla läget. Vi är väl inte riktigt klara med den tekniska undersökningen vid kyrkan ännu. Man ställer sig ju hela tiden frågan, var fick man nycklar ifrån? Antalet gärningspersoner skriver vi i pluralis. Och huvudfrågan, varför dumpade man liken i Västra Ryd och varför göra sig besväret med konventionella likkistor?

– Ja, ni har en del att fundera över.

– Vi har ju det, men tack för att du tog dig tid och vi fick i alla fall en föredragning om er situation i ditt område. Ha en bra dag och sköt om dig Arnold.

– Det samma till er, hej!

12

Vid lunchtid brukar det även vara ganska gott om kunder i Östermalmshallen. Det är ett väl trafikerat ställe med ett stort utbud av alla delikatesser du kan tänka dig och där man kan förlägga och förena det lukulliska kryddat med smått profana affärer, eller vad man nu använder affärslunchen till, om det nu är en sådan.

Anton scannade av med blicken den pulserande menigheten som en flygledare med hjälp av sin radarskärm. Ännu hade han inte lokaliserat någon kändis som annars brukar vara legio efter bara fem minuter.

Någonstans ifrån hörde han dock en bekant stämma som inte kunde förväxlas. Det räckte att han bara hörde några spridda ord – "ja ja, men då sa Marie ..."

Antons hjärna laddade direkt upp några rader från röstens kända melodi, en röst som han gillade och han svävade iväg i melodin och texten som han mindes den för sitt inre, om än lite vilset... "under alla broar mitt sovgemak jag har, under alla broar min sandbädd ligger kvar..."

62

”…mitt tidningstäcke drar jag kring min trötta kropp…”

Då, i ögonvrån, såg han någon som stod vid hans bord och satte krokben för hans minnes melodi.

Vem det var som stod där, visste han inte för han höjde inte blicken, han ville vara ifred.

– Är det ledigt här, hörde han någon fråga med vän stämma?

Nu lyfte han blicken för att se vem rösten tillhörde. Hans ögon mötte ett par smala ljust blå gnistrande ögon. Något himmelskt.

– Förlåt, sa han?

– Är den stolen ledig, undrade den behagliga rösten samtidigt som den pekade på den tomma stolen vid Antons bord?

Det var en röst han tyckte sig känna igen sedan tidigare men kunde inte nu placera den. Han borde aldrig ha glömt dessa ögon heller. Rösten var som en rökig bärnstensfärgad 12-årig singelmalt whisky, lite sådär. Det han såg var en angenämt behaglig skapelse som stod vid hans bord. Något som vår Herre slöjdat då han var på sitt bästa humör, inte ens slarvat med detaljerna den här gången.

– Beror på vem som frågar, kläckte han ur sig till slut när han för stunden sett sig mätt.

– Anna Winkler, Säpo!

Han tänkte nästan säga, har inte vi setts tidigare, som ju var en gammal raggningsreplik i början på sjuttiotalet.

– Vi har setts tidigare, sa hon som om hon läst hans tankar. Vi gick en kurs ute på Märsgarn några dagar tillsammans med Marinens MP, innan jag flyttade över till Säpo och du skulle fortsätta trampa asfalt.

– Du får gärna legitimera dig, sa han.

Typiskt Anton när han var på det humöret och på sitt vanliga artiga, oförbehållsamma vis.

– Jag har blivit lite petig med åren, lade han till.

Han funderade medan hon plockade upp sitt Säpolegg. Visst var det hon som han hade kärat ner sig i upp över öronen på den där kursen ute i skärgården. Har jag full förståelse för sa han till sig själv. Henne hade jag haft svårt att glömma. Som jag undrat, men nu står hon här. Underbart!

– Märsgarn sa du?

– Ja, det är en ö som ligger i Hårsfjärden känd för en massa ubåtsbesök, innanför den större fjärden Mysingen. Fick du lite att bita i, tänkte hon.

– Tar ett tag att backa i tiden numera, sa han och log.

– Är det här ditt stamställe, undrade hon och såg sig om?

– Nja, det händer att jag tittar in här om jag är i krokarna vid lunchtid. Du själv då, ute på hemligt uppdrag eller bara ser dig om för att inte tappa kontakten med verkligheten?

– Så skulle man kunna uttrycka det som, ja. Det är därför jag sitter här nu. Men vad är det som är verklighet, egentligen?

– Jo, men är det inte så att Säpo idag ägnar all sin uppmärksamhet och har ansvaret för säkerhetsarbetet av den centrala statsledningen i Sverige. Ni sköter väl även säkerheten vid statsbesök. Blir inte det lite enahanda?

– Oj, du skulle bara veta. Men det är riktigt som du säger. Vi finns med en armlängds lucka till vårt skyddsobjekt, det är så allmänheten ser oss. Kan ju då vara svårt att se verkligheten för alla armlängds luckor. Vi ska synas, så fientliga inte skall tro det är fritt fram eftersom det då dräller av Säposnutar vid olika evenemang.

– Det blir mycket att trampa asfalt, ja. Precis som väl du också gör?

– Inte idag kanske på samma vis som då jag var på ordningen. Då skulle man också synas. Idag är det nästan omvänt vi skall finnas, men liksom ändå inte. Vi tar de fulaste fiskarna om vi inte syns, men finns. Var började du någonstans inom brottets bana, eller brottsbekämpningen för att inte blanda ihop det med brottets bana som var det folkliga namnet på en smalspårig decauvillejärnväg för sten transporter genom Stenskogen i Höör. Den gick några kilometer mellan Höörs järnvägsstation vid Södra stambanan och Stanstorp, strax norr om Västra Ringsjön?

– Som jag undrade. Jag började samtidigt som östgöten Sigurd Svanstrand, han på grövre brott idag.

– Min boss, sa Anton och log. Det som var igår, är inte idag. Kriminalkommissarie Svanstrand, är min chef idag.

– Minns hur vi kallade Svanstrand för ”Sigge Banan” som kanske inte var så snällt. Hoppas han inte hörde det bara. Han var väl ifrån Mjölby vill jag minnas.

– Stämmer! Han är ifrån Mjölby och vi kallade honom också för ”Sigge Banan” eller bara, ”Bananen”. Men det var länge sedan. Sitter du i Kronobergaren också?

– I den meningen att förklara min arbetsbeskrivning, kan vara lite grannlaga och tillägger hon, det kan vara svårt att prata om, eftersom det ”sitter inympat i väggarna sedan generationer” att *inte* prata och att *inte* vara öppen. Vi är över 900 anställda som borde vara många fler än så, som arbetar med hotbildsanalyser, kontraspionage och personskydd, för att nu bara nämna några områden. Vi har en del att göra som du

säkert förstår. Välkommen över till oss om du tycker du har
ett enformigt arbete om dagarna.

Personskyddet tar stora resurser hos oss. Ett skydd som ökar
dagligen i stort sett. Någon minskning märker man inte av.
Ibland kan man tycka, men det får man inte, berättas utanför
protokollet, att skyddet har gått till överdrift. Men samtidigt
håller vi ju koll på vem som gör vad. Vi har viss koll på folket
av det ljusskygga släktet och vad dessa smider för ränker.

– Du tror inte du kan lätta lite på sekretessens lapptäcke och
utveckla en aning vad du menar?

– Tänkte hålla dig på den nyfiknes sida. *Inte prata* och inte *vara
öppen*. Det är vårt mantra, sa jag inte det. Har kanske pratat för
mycket.

– Jo jag kan tänka mig att ni har lite pyssel och hysshyss för
er. Men vad konstigt att vi inte synts tidigare när vi sitter i
Kronobergaren, båda två?

– Har du inte hört de där uttrycket att gå över ån efter vatten.
Nu sitter vi på en krog i gamla anrika Östermalmshallen, fjär-
ran från Kronobergaren och Bakfinkan. Jag sitter ju här så att
säga å tjänstens vägnar, men du då, bondpermis?

– Bondpermis kan man knappast påstå. Men, lite avspänt är
det förstås. Jag jobbar för tillfället hemifrån och även om man
gör det, så infaller det lunchtid ändå. En kort promenad bara.
Och så fick jag ju träffa dig, vilket var trevligt, dagen är räd-
dad!

– Jag hoppas det är jag som räddat dig i din dag, eller?

– Absolut, ”du ska veta att jag saknat dig det finns känslor
som aldrig kan ta slut…” som han Ledin sjunger. Visst, som
jag har saknat dig sedan Märsgarn utan att vetat om det Anna.

– Oj vad fint. Vad gulligt av dig. Jag såg dig ju på håll smita in här så jag tänkte… kanske?

– Nu är det du som gör mig tårögd.

– Du kanske har tacklat av. Vill minnas jag hört du är en rättfram typ, ganska jobbig för motståndarna?

– Kanske det är så, men medaljen har ju alltid en baksida också. Jag kan dock inte säga vilken av dessa sidor jag är eller tillhör. Eller det kanske bara är en attityd, image, mitt varumärke?

– Hon reste sig plötsligt, jag måste dra. Här är mitt kort. Ring!

Anton såg hur hon snabbt försvann i folkvimlet och han kände genast hennes saknad. Ledin dök upp igen som en nytäljd Amor pil lagd över en spänd båge… "du ska veta att jag saknar dig, det finns känslor som aldrig tar slut."

Han tog upp hennes visitkort, ett snyggt kort tryckt i fyrfärg gissade han med lilla riksvapnet i relief, Anna Winkler i blått snyggt typsnitt, samt ett mobilnummer.

13

Mia var den som rattade den civila polisbilen medan Janne
hade hasat ner i sätet bredvid. Dom susade E18 på väg mot
Enköping.

– Känns mer lockande att åka upp till Mora, sa Mia och nick-
ade mot vägskylten som berättade att dom kunde hamna i
Mora och Oslo, dit E18 skulle leda dem.

– Ta Mora, sa Janne!

– Oj, här ska vi redan ta av mot Tibble, enligt vår GPS.

Man svängde av E18 mot Tibble och Livgardet…

– Här har jag aldrig varit tidigare, sa Mia. Har du?

– Noop!

– Men det ser ut som på andra platser. Jag menar, skyltar med
arbetare på väg, kantar färden.

– Har du sett nån?

– Arbetare, menar du?

– Skyltar ser man, men inte en gubbe!

– Kolla, du är på rätt väg. V Ryd står det på den där blå skyl-
ten, rakt fram bara.

– Vi kom från ett helt annat håll förra gången. Men alla vägar bär tydligen till Rom, eller i varje fall Västra Ryd som det verkar. Här känner jag igen mig. Vänster mot V Ryd... snacka om landet. Trevligt att de inte regnar den här gången.

– Jag har ju svårt att få en idé om varför man fraktat ett par avrättade ynglingar hela den här vägen där de borde varit oroliga för upptäckt.

– Dom oroliga, sa du. Skämtar du, undrade Mia?

– Ganska många stugor har jag noterat efter vägen, sa Janne och gjorde en svepande gest med handen. Många brevlådor var det också, avslutade han då Mia parkerade utanför kyrkan.

– Då tar vi tjuren vid hornen på studs, menade Mia.

Sedan gick dom över till den gamle vaktmästarens stuga. Han hade nog sett dem redan för han kom dem till mötes redan på sin farstubro.

– Mia hade berättat vilka de var och de hade legitimerat sig. De skulle bara komplettera de samtal kyrkvaktmästare Augustsson haft med kriminalinspektör Anton Franke tidigare.

– Vaktmästaren hade nickat som om han förstått och så sa han, ja det är väl kanske så att nya kvastar sopar bäst. Ja, eller hur man nu säger.

– Kyrkvaktmästaren hade tagit både Mia och Janne i hand när det träffades och presenterat sig som kyrkvaktmästare Augustsson vid Västra Ryds kyrka. Nils Einar Augustsson, om man ska vara noga, hade han lagt till. Alla kallar mig August, så det går bra att kalla mig så. Man har, lite egendomligt kanske, kallat mig så i långliga tider. Jag har varit vaktmästare här i över 45 år, 47 närmare bestämt, fortsatte han utan att de hade behövt fråga. Innan dess var jag klockare, när inte den där Petter, uppe vid Landboda, satte eld på klockstapeln för att sko sig på kyrkans skärv. Ja ja, inget sladder efter mig, men han var inte särskilt omtyckt här på Ryd. Ryslig människa.

Men nu har tekniken tagit över klockarsysslan. Nä, nu behövs ingen klockare längre, bara någon som kan trycka på den rätta knappen för bröllop, begravning eller högmässa, så börjar klockorna klämta för rätt ändamål. Jo, under åren har man sett och hört det mesta, sa han och log.

Det var ett leende med ett glest tandbestånd.

– Jag tycker den är fin, sa Mia och nickade mot kyrkan för att stryka vaktmästaren lite medhårs och kanske mjuka upp den forne uppsyningsmannens munläder.

– Men klockstapeln finns inte längre kvar. Den eldhärjades två gånger. Det var snickaren och timmermannen som anlitades av kyrkorådet båda gångerna att åta sig en uppbyggnad av stapeln. Petter på Landboda, ende snickaren på byn, kunde sko sig på bränderna.

Nä, inget skvaller efter mig men man har ju sina funderingar om ett och annat. Och ja, jo, den pryder sin plats och är en populär kyrka för bröllop berättade han. Men, det här har jag berättat för Anton, kollegan till er. Vi kastade titlarna Anton och jag. Han var en rekorderlig konstapel, han Anton. Hälsa honom gärna det ifrån August!

– Ja, det var kriminalinspektör Anton Franke som varit här, det stämmer bra. Men hur var det med trafiken av fordon den där helgen för en vecka sedan. Närmare bestämt gäller det lördagen och söndagen den 18 - 19 september.

– Under lördagen… men det här har jag också berättat för Anton, sa vaktmästaren och tittade frågande på Mia?

– Ja, jag förstår det, men om August ville vara vänlig och göra det för mig också. Så får jag höra det så att säga direkt ifrån hästens mun, så att säga.

– Vaktmästaren tittade fortfarande lite frågande på Mia, men berättade att på lördagen, det måste väl vara den 18 september då, så var det lite livligt med trafik på gärdena bortanför själva kyrkoområdet. Det var Livgardet förstår jag ifrån Kungsängen, som genomförde någon övning. Det brukar de inte göra på lördagar, men nu dundrade det med stridsvagnar och man landade även med helikoptrar.

– Inga civila bilar eller så på vägarna?

– Nej inte en kotte. Man håller sig gärna bakom köksfönstret när det är ett sådant här liv. Svårt att skilja vanliga personbilar ur den rök och damm som bildades från de torra gärdena och åkrarna. Jag hade bara en bil att passa som skulle komma med den nya grävmaskinen. Men den skulle komma under söndagen. Jag noterar i min dagbok se.

– Vad var det för bil, lastbil, skåpbil eller?

– Ja se det vet jag inte. Bara att dom, någon transportfirma, skulle komma för att leverera den nya grävaren. Jag skulle låsa upp redskapsboden och låta nyckeln sitta kvar. När dom sedan var klara, hade jag bara att ta mig ner till boden för att hämta nyckeln. Kyrkogårdsarbetarna, hade ju en egen nyckel.

– Fanns det fler nycklar än den kyrkogårdsarbetarna bar på samt Augustssons hade, som gick till redskapsboden?

– Ja se det är inget jag känner till. Jo, det gör jag vid närmare eftertanke. Tänka sig! Där finns även en nyckel som hänger i ett nyckelskåp inne i sakristian bland alla andra nycklar. Ibland kommer man på små detaljer, som nu. Är lite glömsk.

– Då kanske du plötsligt kommer ihåg om du såg någon
skåpbil eller så som körde ner till kyrkan i söndags också?
– Nej, jag gör ju inte det. Det är så här, om jag ska vara upp-
riktig. Det är Stene som berättat för mig. Ja, Stene är en
granne till mig några hundra meter innan kyrkan, kanske fem-
hundra meter åt det hållet, sa Augustsson och pekade bortåt
vägen där vi hade kommit ifrån.
– Så du menar att den där Stene, var den som hade sett nån
skåpbil tidigare då?
– Jo, Stene. Han heter egentligen Sten Elevings.

Augustsson tog upp en snusnäsduk och torkade sig i pan-
nan medan han liksom bligade bortåt vägen. Han verkade
pressad av våra frågor för han svarade lite olika.
– Han har en gård bortåt vägen med travhästar, fortsatte han
trots att han kände sig obekväm med våra frågor.
– Travhästar?
– Ja, ni körde förbi hans gård med hästar på vägen hit,
Elevings Trav & Stuteri. Men tidigare var ju faktiskt en målar-
firma här för att vitmena eller kalkslå en del av nordöstra de-
len av kyrkan, ja nästan där likboden varit. Men hur långt ska
jag backa i tiden? Mitt närminne tryter, vad ni frågar.
– Ja det var ju ett par veckor sedan. Tror det var vid samma
tid som grävaren försvann ur redskapsboden. Men, sa August
och satte upp sina båda händer, jag tvår mina händer. Jag kan
inte gå ed på att det var så. Jag minns mest den färggranna
bilen de hade. Såg ut som vår Herre hade spillt färg över den i
stora droppar som runnit ner över sidorna på firmabilen. Jag
tror att det stod ett firmanamn också, Färentuna Färg! Men i
söndags, såg jag ingen bil med grävaren på. Jag hade fått betalt

för att jag ordnade detta med deras möjlighet att lämna grävaren på söndagseftermiddagen. Dom stack åt mig en rulle sedlar för besväret och bad mig inte berätta detta för någon eftersom dom arbetade på en söndag. Det gillar inte deras chef. Dom skulle levererat grävaren i fredags, men det hade kommit annat emellan, sa han.

– Detta var nytt för oss sa Mia och tittade på Janne som nickade. Får man fråga hur mycket du tjänade extra så att säga för att hålla söndagsöppet.

– Ja det får man, men jag vet inte om jag kan svara utan att bryta löftet om integritet.

– Då kan jag påminna dig att vi utreder mord på två stycken unga män och kan vara i behov att veta vad du kan ha att berätta.

– Jag förstår. Jo jag fick en rulle med sedlar med ett gummiband runt om. Jag räknade sedan sedlarna som var av hundrakronors valören. Det var femtusen kronor i rullen. Väldigt bra ersättning för att öppna en dörr och sedan stänga igen en timma senare.

– Du tyckte inte det kändes konstigt med så mycket betalt för så lite arbete?

– Det var precis så jag tyckte. Jag har inte rört rullen sedan dess.

– Då gör vi så här, sa Janne. Vi lånar din rulle med pengar mot ett kvitto under tiden vår utredning fortgår. Jag kan säga dig att ingen skugga kommer falla över dig. Du kommer med all sannolikhet få tillbaka din rulle så fort teknikerna tittat igenom sedel för sedel för att spåra eventuella dna. Ska vi säga så?

– Ja för min del låter det bra. Jag hade ändå inte velat använda pengarna. Nu känns det bättre när jag får tillbaka dem efter den undersökning ni gör.

De reste sig med sedelrullen i en plastficka och gick mot sin bil vid kyrkan.

– Tänka sig sa Mia. En rulle slantar i näven så där rakt upp och ner. Vad skulle du gjort, Janne?

– Vet faktiskt inte. Undrar om han fått fler slantar?

14

Anton släntrade tillbaka utefter Storgatan. Många satt fortfarande på uteserveringen vid Näringslivets hus såg han, men de kanske inte hade något som väntade på dem. Han hade ingen aning om vad det var för typ av folk som satt där, mest räknenissar gissade han. Men hade inte en susning trots att han inte hade mer än någon kilometer därifrån upp till sin mysiga lya på Grevgatan. Stegen på trottoaren förvandlades till moln och Anna Winkler snurrade med som en aurorafjärils vingar i hans tankar som... ja, jag vet inte vad. När han korsade Skeppargatan tvärade han den utan att se sig för. Så mötte han Jörgen Martinsson och morsade, han var ju granne. Han har något bolag som sysslar med auktioner. Han mindes Jörgen ifrån Antikrundan i tv. Så tog hans nyfunna tankar överhanden igen. Undrar om hon är singel? Det var den naturligaste tanken i sinnevärlden som flöt upp. Nu gick han där med ett annat driv i steget, det pirrade i kroppen. Nykär? Jag kan inte ljuga för mig själv, vad skulle det vara bra för? Undrar om det är medaljens baksida eller om det rent av är dess framsida?

Hur vet man vad som är fram och bak, rent metaforiskt?

Så med ens var han framme vid sin port, en dörr i ljust grå ton, nytillverkad som den gamla porten i gotisk stil. Han knappade in koden och sköt upp dörren.

Den gamla porten mötte här ny teknik med elektronik. Praktiskt. Gammalt mötte nytt. Jo, jo. Han hade sett det tidigare men aldrig reflekterat som nu.

I farstun låg en trave med de senaste lokaltidningarna från någon utbärande pensionär och fick honom att samtidigt vittja sitt postfack när han ändå kom ihåg. Han noterade tacksamt att där var det tomt och tog hissen upp.

Hängde jackan lite slarvigt, som inte var vanligt i hans lya, över en krok i hallen och styrde stegen snabbt mot karmfåtöljen och boken, Röjning. Vände åter ut i hallen för att peta av sig skorna innan han styrde stegen mot karmstolen igen, sjönk ner och kollade var bokmärket satt. Reste sig och gick ut i köket för att hämta en kall pilsner. Avlägsnade kapsylen och återvände. Han var långt ifrån så strukturerad som han brukade. Men nu var det disciplin som gällde, så tankarna ifrån lunchen försökte han skjuta bakåt. Så fortsatte han läsandet...

... Hastade så iväg över golvtiljorna bort till fällbänken för att stoppa om sina ungar, som gott kunde få ligga kvar ett tag till så Johan fick lite lugn vid frukosteringen...

– Johan glömde möjligen veden, sa hon när han återkom från uthusen för att tvagade sina händer.

– Veden? Jämt å samt, jämt å samt suckade han och drog åt sig en tallrik gröt. Det finns inte en bit bröd?

– Bröd! Tror han jag kan trolla?

– Ja ibland tror jag faktiskt hon kan det, sa han och skrattade.

Fick med sig sin Edla i skrattandet och morgonen sken upp lite ändå trots de små tjuvnypen, inte så eländigt längre.

– Ska ni ner under kyrkan idag igen, undrade hon?

– Jo det handlar nog om det. Och kryptan, heter det!

– Petter ska visst med också hörde jag sa Edla, den tjuvhanen.

– Men det finns ju ingen annan, konstigt nog, som är kunnig timmerman i socknen. Ja, inte enligt Petter i alla fall.

Edla makade så in ytterligare ett par vedträn i spisen för att hålla elden och värmen vid liv.

– Vad ska det där underjordiska vara bra för? Låter bara allt för spöklikt. Usch, tänk om det rasar ihop!

– Nej, se rasar ihop tror jag inte det gör, det är ju Herren som beställt det där underjordiska rummet, som för en skattkista och andra kistor också för den delen.

– Men hur du säger, Johan!

– Det sägs att det ska in några döingar i kryptan. Märkligt, för det finns ju gott om plats på griftegården? Men jag vet ju inte så mycket ännu, sa Johan. Det spörjs nog vad det lider, det kommer rönes.

– Har han hört något ifrån Thunholms på Sylta, undrade Edla när hon fått Johan att berätta lite mer än vanligt.

– Jag tror nog Thunholm skulle bli me i kryptan om han fick tid. Just nu har han fullt upp med arrendet sitt. Men, det ger ju bra penningar trots allt. Kyrkan är ju liksom helig den. Det är en fristad, man blir som en helig ko, ingen kan däri göra dig illa. Kyrkan är ju till för att ta hand om dem som till himmelen skall fara i sin sista träkista. Intet skall här skändas eller vanhelgas. Däri utlyses Herrens frid, för så är det Edla, sa han. Den som sig i kryptan in stiger, skall icke frukta.

Anton kände att det fanns inget att hämta i denna bok, inte ännu så länge vad gäller fallet de jobbade med hur han nu begrep om detta. Vad hade han hittat i boken så här långt? Ja att det möjligen skulle kunna finnas en hel del gömt i grottan under kyrkan. Finns det andra än han själv som har bladat i boken. Allmänt känt om kyrkor och dess kyrksilver samt förgyllda skålar till en dopfunt i exempelvis sandsten. Kyrkan i Västra Ryd byggdes ju på 1200 talet, i varje fall påbörjades nog bygget då. Sedan har ju om- och tillbyggnader fortlöpt, så vad vet man som kan döljas i grottan under kyrkan? Är det kanske kyrksilvret man varit ute efter? Varför är det så intressant nu för hundra år sedan när man började gräva ut och med timmer säkra kryptan? Finns det dyrbarheter där gömda eller förvarade?

Jag kan tänka mig att det förhåller sig så ta mig fan, sa han högt. Man har bara blandat ihop ett gravkor med en krypta. Men skulle det vara så svårt att begripa, tänkte han och kliade sig i skallen aningen förgrymmad på sig själv och antikvarier samt historieförfattare. Det finns ju ett gravkor sammanbyggt med kyrkan, men det finns alltså även en grotta under själva kyrkan som man kallar krypta och där kan ha förvarat värdeföremål av oöverskådligt värde. I gravkammaren vilar en herre av största dignitet och betydelsegrad. Så långt tack vare denna bok vet jag, tänkte han. Vad det nu hjälper oss, 600 år senare, är jag dock inte lika klar över.

Men om man följer den historia om denne herre, Claude Roquette Hägerstierna och hans huvudbanér i gravkoret, så nämns hans viktigaste säterier förutom Tranbygge i Västra Ryd, Mauritzberg i Östra Husby i Vikbolandet och slottet Bohult i Lidhult i Kronoberg. Han ägde också flera stenhus på Österlånggatan och en malmgård på Hornsgatan. Samt en hel del övriga gods och herresäten. Som om inte det var nog gifte han bort sina två döttrar ståndsmässigt. En dotter till generalmajoren Thomas van der Noot och den andra dottern till residenten Johan Ekeblad. Se fint skulle det tydligen vara hela vägen. Men vad nu detta har med vårt fall att göra med två papperslösa män vid samma kyrka? Som det ser ut idag, är det bara att skriva av hela ärendet som ej utredningsbart.

Kanske morgondagens möte kan ge honom en ny morot att gnaga på, något nytt. Gärna en trådände att nysta i. Han funderade över om han skulle fortsätta att ögna igenom boken och kanske hitta det han sökte utan att läsa sida upp och sida ner. Det blev redan lite enahanda att inte träffa kollegorna inne på snuthäcken. Det var nog det värsta.

Kanske ska jag äta lunch i Östermalmshallen igen. En förhoppning spreds genom Antons kropp att återse Anna Winkler, gjorde honom genast mer positiv. Men först mötet inne på Kungsholmen klockan nio, sedan skulle han dra till hemmaplan igen. Han förstod då inte hur svårt han skulle få det på ett möte med sina tankar på annat håll.

15

Allt var sig likt, men han hade ju bara varit borta från Kungsholmen en endaste dag. Klart det var sig likt. Ingen frågade heller var han hade hållit hus, vad hade han egentligen väntat sig?

– Men se, den förlorade sonen, hörde han bakom sig.

Han vred på huvudet och fick såklart se Sigurd småleende.

– Hur är det, har du funnit något intressant?

– Ja, på sätt och vis. Jag råkade träffa Anna Winkler, hon på Säpo du vet.

– Jag tänkte förstås på den där boken om Västra Ryd, du är väl i det närmaste klar med den?

– Jaså, den!

– Du kan väl ge mig en vink om du hittat något gångbart, lite insider. Boken var ju ingen tegelsten till formatet vill jag minnas, men det kanske fanns något ändå?

– Tror mig kunna svara ganska klart och koncist på din fråga. Nej, inget gångbart! Möjligen skulle någon från Riksantikvarieämbetet hitta något intressant i boken.

– Är du klar med boken nu då?

– Nej jag har en bit kvar men nu ögnar jag bara igenom vad som står. När man ändå tog fan i båten, vore det väl illa om jag inte rodde den gubben i land också. Men vanliga plattfötter och asfalttrampare som jag, göre sig egentligen icke besvär tycker jag mig förstå.

– Vi säger så här, Anton. Berätta lite löst på mötet vad du funnit och avslutar sedan bokläsningen med ett pm att lägga till utredningens handlingar.

– Oki-doki, Sigurd. Vi kör på det. Jag hoppas ju också få höra något som de andra rotat fram.

Utanför konferensrummet hade redan Svanstrands spaningsstyrka samlats. De flesta hade hämtat sig en mugg kaffe så Anton drog iväg bort för att skaffa sig en balja lut även han, för att nu använda hans eget talspråk.

– Kliv på manade Svanstrand, kliv på, kliv på. Sista utropet!

När det sedvanliga sorlet hade avtagit, satte han upp handen som för att nu var det tystnad som gällde.

– Välkomna skall ni känna er, började han. Idag har vi en hemlig gäst som tittar in som hastigast om runt en halvtimma. Alltså drar vi igång med full fart innan. Vad har vi att rapportera rent muntligt? Jag vet att det finns pm om det mesta, men för att vi skall kunna ventilera, är det lättare med en föredragning.

Vi har ju haft Mia och Janne ute på Västra Ryd som talat med den gamle kyrkvaktmästaren igen. Gubben som Anton talade med ifrån början, första dagen. Vad säger du, Mia?

– Jo, det var en trevlig farbror, lite excentrisk kanske. Han hänvisade hela tiden att han hade ju berättat för Anton.

Allt vad han sett, eller vad han inte sett, som han sa.

– Verkade han trovärdig eller var han bara lite dement i största allmänhet?

– Ja, nu är ju inte jag någon läkare och inte Janne heller. Vi tog honom för vad han var, en äldre ensam man med sina tankar i ödebygden. Men det vi noterade som aningen underligt var hans ersättning han hade fått av den som levererade grävmaskinen under söndagen, han verkade klurig där.

– Nog höjde jag på ögonbrynen alltid, fyllde Janne på med. Jag menar en rulle hundralappar med en gummisnodd runt, ter sig väl lite väl säreget ändå.

– Vi pratar om kyrkvaktmästaren Nils Einar Augustsson, som ville bli kallad "August" vad jag förstår för alla eventualiteters skull?

– Det är den farbrorn vi talar om, ja!

– Tycker det är bättre om vi jobbar åt samma håll liksom, inte krångla till det i onödan med en massa missförstånd. Hur mycket sa du att det var i sedelrullen?

– Det sa jag aldrig. Men det var fem tusen spänn i hundrakronorssedlar. Alla väl använda som just nu teknikerna går igenom. Fem tusen spänn för att låsa en förrådsbyggnad och ta hand om nyckeln, ser jag som en skaplig ersättning.

– Låter som man skulle sadla om och bli kyrkvaktmästare. Är man sedan ett födgeni, har man både kollekt och nattvardsvin att dryga ut matkassan med. Förlåt mitt glappande munläder. Detta med sedelrullen, var något farbror August inte berättade för mig.

– Anton, du kanske inte var hans cup off tea?

– Vad då, jag fick ju den där boken?

Ja, den jag plöjer i nu, av honom som kyrkan annars tar betalt för.

– Hur som helst, sa Mia, om jag får fortsätta. På lördagen den aktuella helgen, hade det varit stor militärövning så August hade hållit sig inomhus. Men på söndagen, då vanligt folk är lediga, hade det alltså kommit en skåpbil med trailer där grävaren stått lastad och kördes ner till den gamla likboden för att man skulle lämpa av grävaren. Sedan hade de kört upp till Augustssons hus för att lämna över rullen med sedlar.

– Var ni till den där gården med hästar, undrade Svanstrand för att inte bara sitta där som ett rundningsmärke?

– Jo, vi kunde ju inte göra ett halvdant jobb, så vi körde upp till Elevings Trav & Stuteri för att tala även med denne Stene. Är synonym med Sten Elevings. Han var en mycket sympatisk herre, runt de femtio och bekräftade mycket riktigt det Augustsson sagt tidigare. Man observerar ju bara att det kommit nån bil som kört förbi, men inte mer än så, hade han sagt. Nu hade denna en trailer med en grävare på. Jag bara noterade i förbigående att det kommit en bil. När man inte misstänker något, så observerar man väl inte heller färg och form på fordonet, jag hade ju liksom annat att göra. Men August, han kan sitta på sin farstutrappa och räkna bussar, han har ju däremot inget annat att göra. Men, sedan virrar han ofta ihop både äpplen och päron, hade Stene sagt. Mycket mer än så var det inte, slutade Mia. Ni har det ju i en rapport i er dator, aningen mer detaljerat.

– Tack för det Mia och Janne. Hur spånar vi nu vidare på detta?

– Rakt upp och ner och utan skyddsnät, undrade Sigurd?

– Jag undrar ju i alla fall vem som hade överlämnat rullen med sedlar, eller hade August någon ögonbindel för ögonen så han inte såg?

Anton hade helt klart en poäng i detta och satt där och ryckte på axlarna med en inbjudande gest att någon annan fick gärna spåna vidare nu när han tagit täten.

– Var det inte så, hängde Sigurd på, att August nämnde dem som lämnade sedelrullen i pluralis? Borde han inte kunna lämna ett signalement på dem, eller i varje fall någon av dem. Det ser jag som anmärkningsvärt hur disträ man än är. Jag menar, uppenbara saker som, lång, kort, tjock, smal, de var en, två eller fler. I vissa fall verkar han ju ha full koll på allt när det passar. Han säger bara det som passar. Kanske har han en liten räv bakom örat?

In kom nu Sivert Fredriksson som skulle hålla i en liten föreläsning där vi har dåligt på fötterna.

16

– Välkommen åter Sivert, till ditt om jag kan kalla det så, gamla stamlokus!

– Tack för det, Sigurd. Då ska jag börja med att berätta för er som inte vet vem den gamle uven är. Finns några här ser jag som är nya för mig.

Jag heter alltså Sivert Fredriksson och är kommissarie i gruppen runt Sigurds chef, Pernilla Öste. Jag borde alltså ha full koll på er alla här. Lovar jag ska bättra mig. Jag är däremot underkunnig om och insatt i det fall ni har vid kyrkan i Västra Ryd. Ni har två lik på halsen utan id-handlingar eller annan möjlighet till identifikation. Medan ni väntar på obduktionsprotokollet av de båda 20 åriga männen och av icke svensk härkomst, hinner jag nog med att försöka förklara vad som menas med "ensamkommande barn" och "papperslösa personer".

Det här är en mycket komplicerad definition med ensamkommande barn. Man ställer sig direkt frågan, vad är ett "barn"?

Per definition, blir barn tonåring eller ungdom och är därför inte barn längre.

Då man fyller 13 år och till dess man fyllt 20 år, är man alltså tonåring, det är den kronologiska följden. Något ni säkert har erfarit utan att ha tänkt på det. Och, nu sitter ni här, vuxna. Pojkar blir män vid 27 års ålder, vid 29 är de fullvuxna. En ny undersökning har än en gång fastslagit att män mognar senare än kvinnor.

De kvinnliga poliser som satt med i sammanträdesrummet, hade nickat erkännande åt varandra och log.

– Bra talat sa Jonna, viskande och lutade sig mot Anton.

– Ja, sedan blir dom snabbt övermogna, viskade Anton tillbaka och log lite försmädligt och nickade.

– I definition och överförda betydelser i FN:s barnkonvention, så används ordet barn i betydelsen människa, som inte fyllt 18 år, fortsatte Sivert. Undrar vem som skrivit de här uppenbara beskrivningarna, sa han och log medan han såg sig om. Jag undrar just om det trots allt inte är människor jag har framför mig.

– Mycket väsen för lite ull, som kärringen sa när hon klippte grisen, menade Sigurd. Massmedia är liksom galna i att få skriva om ensamkommande barn. Jag har sett barnen i natura om jag säger så. Alla har dom passerat gränsen för målbrott och det är i runda slängar bara skäggiga pojkar som kommit. Man undrar, varför övervägande endast pojkar?

– Ja, det är den typen av frågor som ställs hela tiden. Det är ett vidgat begrepp vad gäller ensamkommande inom politik och politisk journalistik. Är det någon här som har en siffra på vad de handlar om i antal ensamkommande?

– Nä sa Janne, men Sverige har ju ställt i ordning massor av bostäder åt dessa ensamkommande, papperslösa barn. Jag har inte en aning hur många som bor vid de olika flyktingförläggningarna i Sverige. Vet du hur många som bor vid alla de förläggningar som finns?

– Hur många papperslösa som lever i Sverige finns det inga uppgifter kring, fortsatte Sivert. Migrationsverket kan inte föra någon statistik över detta då de som avviker, kan lämna landet. Men enligt en chef på människoandelsgruppen inom vår avdelning, rör det sig om tusentals. Det är omöjligt att säga hur många det är närmare än så. De lever väldigt utsatt och det finns alltid människor som drar nytta av just dessa papperslösa. Själva ordet, "papperslös" används för att beteckna människor som befinner sig i Sverige utan tillstånd. Ibland används uttrycket "illegala invandrare" eller "illegala utlänningar" i stället, som ni säkert känner igen.

– Det kanske är här vi kan hitta dem ni fann i den gamla likboden vid Västra Ryds kyrka, kan jag tolka det så, Sivert?

– Ja så skulle jag vilja sammanfatta det som. Ni kanske kan spåra upp de som levererade grävmaskinen till kyrkoarbetarna, men inte mer än så. Ingen, vad jag förstått, har sett några kistor lastas ut ur skåpbilen, däremot har man sett en transportfirma komma med grävaren på en trailer och sedan farit därifrån utan grävaren. Men, vad bevisar det om likkistorna?

Svanstrand slog ut med händerna i en uppgiven gest. Han vände sig mot församlingen.

– Det känns som om vi bränner både energi och lyse helt i onödan istället för annat som förtjänar ert slit mycket bättre. Vi kanske skulle stänga ner och avskriva ärendet. Jag tror mig veta att åklagaren anser det också och skulle inte protestera om ni inlämnade en avskrivningsansökan gällande ej utredningsbart mål.

Anton satt och skakade på huvudet och tittade åt Svanstrands håll. Så fan heller, tänkte han. Vi har inte kört detta i botten ännu. Varför kasta in yxan när vi har ved kvar? Någon måste ju för fan hållit i pistolen. Och varför ända in i glödheta helvetet har denne kramat avtryckaren, tänkte han? Fan, Sivert som var en riktig polis tidigare, är nu bara en pärmbärare åt Pernilla Öste och är hennes förlängda arm.

– Okej Sivert, kan vi säga att du var klar där?

– Rätt så, Sigurd. Jag hoppas ni uppfattat nu vad en papperslös och ett ensamkommande barn är. Ha en fortsatt bra dag allihop.

– Tack för föreläsningen Sivert, hälsa Pernilla! Vi tar samtidigt en välbehövlig bensträckare på 20 minuter från, nu!

17

– Då kör vi ett tag till. Är alla tillbaka, undrade Sigurd?

Han såg sig omkring? Det såg lovande ut, varenda stol hyste en snuthäck igen.

– Jo, det är ju så att vi nu fått ett obduktionsresultat gällande de två papperslösa och troligen ensamkommande barn vi har på bordet att försöka utreda. Jag säger "försöka" för något större hopp kanske vi inte ska ha om vi förstod Fredriksson nyss och såg hur han målade fan på väggen.

– Bra chefen! Vem har exempelvis kollat upp Gulfadern? Var det hans gäng som kom med grävaren, exempelvis? Jag vill minnas det var en kinesisk maskin, en Rhinoceros XN16 med tillverkningslandet, Kina alltså. Det är antagligen Gulfaderns officiella verksamhet, hans skattepliktiga utkomst. Ett slags spel för galleriet naturligtvis, men menat säkert som en tanke. Hans utbredda verksamhet är en helt annan som dock fasas in under beteckningen människohandel. En lukrativ bisyssla lite vid sidan om. Köper och säljer illegala invandrare. Papperslösa alltså, menade Anton i sin långa utläggning av frustration.

Men Sigurd, kör dina obduktionsdata över Humle och Dumle eller hur han nu har betecknat dem.

– Jo, det gäller bara att veta vem av dem som är vilken om det nu har någon betydelse, menade Mia. Kanske vi får något bra att nysta på. Vem står som obducent, är det Ekholm?

– Den som gjort utredningen på rättsmedicin i Solna, är Emma Winston. Hon verkar arbeta dygnet runt utan semester. När man än söker henne finns hon där, i Solna.

Innan Svanstrand hann börja högläsningen ifrån obduktionsprotokollen, ringde Antons mobil. Han fick allas blickar på sig. Snabbt kollade han av vem som ringde, kyrkvaktmästaren… ansåg det som viktigt och svarade.

– Ja, kriminalinspektör Anton Franke!

Medan han svarade höll han upp handen mot Svanstrand som att be om ursäkt för telefonsamtalet under mötet och klev ut från sammanträdesrummet.

– God morgon, det är August på Västra Ryd! Nils Einar Augustsson!

– Jamen god morgon August! Vad kan jag göra för dig denna tidiga och härliga morgonstund?

– Jo det är så här. Jag skulle sätta in en del papper i en pärm där jag har räkningar och sådant och då fann jag ett papper som rörde den där leveransen av grävmaskinen. Det är en kopia av en fraktsedel, kanske man kan säga.

– Jaha och där står det mer exakt om grävmaskinen förstår jag, när den skulle levereras samt av vem och så vidare?

– Exakt så. Jag tänkte att du kanske skulle vara intresserad av denna fraktsedel och vad som står där?

– Det skulle vara väldigt intressant för oss, sa Anton.

Kan jag komma ut till Ryd och få låna denna handling mot ett kvitto på lånet?

– Jag väntar inspektören inom den närmaste timmen!

– Vi säger så, jag hastar. God morgon August!

– God morgon!

Anton klev åter in i sammanträdesrummet där Sigurd börjat dra data ur obduktionsprotokollet han hade fått av Emma Winston.

– Jag måste dra, sa han och tittade på Svanstrand. Ja det var kyrkvaktmästaren på Västra Ryd som ringde och hade hittat en fraktsedel på grävaren med en massa uppgifter som skulle förhoppningsvis gagna oss. Inte vad jag vet, men man har ju förhoppning om.

– Bra Anton. Kör vet ja!

– Ja, hejdå alla glada sa Anton och försvann snabbt ut ur rummet.

– Vi kanske blir tvungna att ändra på dagordningen och flytta på informationen av obduktionsprotokollet till senare eller kanske till morgondagens möte istället. Jag menar det kanske tar tid innan Anton är tillbaka och då är det inte mycket tid kvar av dagen. Kan vi göra så?

– Mycket bra val, sa Janne.

Övriga i församlingen nickade också.

– Bra då gör vi så. Vet vi något om identifikationen av de handeldvapen som hittades i en av kistorna?

– Det var väl Försvarets Materielverk som skulle kolla upp vapenarsenalen, sa Janne?

– Stämmer!

– Jag har bara fått ett förhandsbesked från FMV, sa Janne.

– Och detta berättar, undrade Sigge med en liten irriterad ton?
– Vad gäller de patronbälten av slitet slag och av grovt läder, gissar dom mellan tummen och pekfingret på något arabland, troligen Pakistan genom tydbara arabiska tecken inbränt i lädret som en stämpel.

Samtliga handeldvapen i kistan har svensk märkning och kommer ifrån ett inbrott i ett av försvarsmaktens vapenkassuner norr om stan. Samtliga vapen som hittades i kistan, kommer ifrån denna stöld. Två stycken var av den gamla svenska modellen 9mm k-pist M/45B som det var länge sedan man använde i den svenska försvarsmakten. I övrigt var det sju stycken 7,62 X 51mm automatkarbin AK4 samt fjorton askar ammunition. Men sa Janne, det har jag bara muntligt fått mig berättat på en förfrågan hur deras identifikation gick. Alltså, ingen officiell identifikation ännu, men något vi kan ha i minnet under tiden.

– Vad säger oss då detta, undrade Sigurd?
– Låter som någon form av inblandning av något arabland, möjligen Pakistan om man tänker på det inbrända märket i patronbältena. Vapnen stulna ur en vapenkassun norr om Stockholm… Järfälla, Rinkeby, Kista eller liknande. Ser man det så, är avståndet till Västra Ryd inte mer än ett stenkast, om man bott i Piteå.

– Hur menar du nu, sa Mia?
– Men det vet man ju. Frågar man nån i Piteå om man ska till Luleå, får man höra att int' e de långt, nån bit bara. Visst, det visar sig att Pitebon hade rätt. Efter tolv mil, var man i Luleå!

– Aha, dom tycker ingenting är långt, bor… bar' bak hörnet!
– Bravo!

– Du har talang helt klart, skojade Svanstrand. Snart blir du nog uppflyttad till riktig polis och inte bara, aspirant Mia. Vad har vi mer?

– Jo, vi måste fundera på varför inte kyrkvaktmästaren uppfattade hur många det var som lämnade av grävaren och hur de såg ut. Jag menar, man stack åt honom en rulle sedlar för att hålla käften. Han är lite klurig den där farbror August. Hur mycket vet han egentligen.

– Kanske Anton får något ord med honom nu. Vi får hoppas det, när han fiskar upp den där fraktsedeln ur vaktmästarna nypa.

18

Det började dra ihop sig för lunch berättade hans mage och Anton såg på klockan att det stämde med instrumentbrädans ljusgröna digitala siffror. Fan, nu kommer jag missa Anna vid Östermalmshallen också, tänkte han då han svängde in vid Västra Ryds kyrka och dess lilla rad av postlådor vid parkeringen. Visst kändes det som vägs ände, det gjorde det. Men, i så fall blir det fint med denna slutände en gång.

Hans tanke stördes av att hans privata folknalle gjorde sig påmind. Han lyfte mobilen…

– Anton!

– Hej Anton, stör jag undrade Anna?

– Nej inte det minsta jag satt faktiskt och tänkte på dig.

– Oj, det lät ju trevligt. Var håller du hus, jag tänkte om vi kunde äta lunch tillsammans?

– Det var exakt det jag hade hoppats på och det var därför jag tänkte på dig. Jag är ute i Västra Ryd och ska strax träffa kyrkvaktmästaren här. Jag som hade planerat för lunch på Östermalmshallen och hoppades se dig där.

Han öppnade bildörren och insåg att nu smyger det sig ledsamt nog.

– Jag vet hur det är Anton, jag råkar också ut för liknande missräkningar ibland.

– Ja det dyker upp saker ibland som man inte riktigt kan rå över och det här råkade vara ett läge vår utredning inte fick missa. Jag är ledsen över det.

– Anton, då siktar vi på morgondagens lunch, så har jag något att se fram emot, ska vi göra så?

– Låter som ett drömspel med Shakespeare inblandad Anna, sa Anton och log för sig själv när han hörde hennes röst.

– Nu låter du så där poetisk igen. Jag tar det som ett halvt löfte.

– Tror det fixar sig. Jag har kvar lite av mitt hemarbete så jag har legala skäl att vara vid Östermalmshallen i morgon.

– Vi siktar, Anton. Plikten kallar nu. Hej!

– Hej, Anna!

Med lätta steg styrde han mot Augustssons stuga mellan de gamla krokiga äppelträden. Där, mellan grönskan, såg han August sitta vid några knotiga, rustika utemöbler. Inget modernt bjäfs där inte.

– God morgon igen August, sa han då han äntrade grindöppningen.

– God morgon, konstapeln!

– Jaha ja, och annars är det lugna gatan?

– Ja, nä, här händer inte mycket. Jag sitter här ute i trädgården och lyssnar på måsar och tärnor som skränar i stora cirklar här ovanför. Förr kallade man det för måsspel, men idag är det ingen som vet vad det betyder. Nu vet man att någon har harvat sin åker och det finns en del godsaker som kommer krypande upp till ytan. Sedan nickar man väl till en del också, det blir så med åren. Men det är härligt den här årstiden.

– Måsspel, sa du? Vad betyder det för det var ett ord jag aldrig hört tidigare. Nu kanske man kan skaffa sig en ny kunskap.

– Jo, måsspel kallade man det för förr, när man såg måsar segla runt, runt, över sjön på en liten yta över vattnet. Då var det fiskstim dom hade observerat. Då skulle man dra sig ditåt om man satt i en båt för att pimpla abborre. Måsspel betydde då att det kunde bli fiskelycka när man sedan kom hem till huskorset. Jag föredrar den årstiden som du kanske förstår, den varmare delen av året.

– Vintern är väl bara en parentes för din del med ålderns rätt, så upplever jag den årstiden i alla fall. För mig skulle man kunna stryka dessa månader ur kalendern, eller vad säger August?

– Nog med förslag, konstapeln. Han kom väl för att låna den där fraktsedeln, inte för att prata väder? Se jag har en del att stå i. När man blir pensionär, hinner man inte med någonting, man har hela tiden en massa saker att stå i, så är det. Tänk på det konstapeln.

Kyrkvaktmästaren lämnade över fraktsedeln, hopvikt på mitten. August plockade upp en plastficka och ett kvintensblock för att skriva ut ett kvitto för lånet av fraktsedeln. Det var mest för syns skull, för Augusts skull.

– Då ska han ha tack så länge. Jag ska åter till mitt, inne i stan och August skall ha det så gott. Go midda!

– Go midda konstapeln och kör försiktigt. Det är så många civila polisbilar på E18 har jag hört, akta sig!

Anton hade vänt sig om i grinden och nickat samt vinkat med plastfickan i handen.

Han satte sig i sin bil och tittade för första gången på fraktsedeln han nu hade i sin hand. Överst i logotypen stod det:

Väg & Maskin Entreprenad Skurup

Kan ju inte vara så svårt att leta upp detta företag om nu inte det är ett fejkat namn förstås. Väg & Maskin Entreprenad Skurup, stod det. Skurup? Var fan har jag hört det någonstans? Skurup... Bedrup, Sturup, Orup, Kastrup, Sjöbo... där blev det kanske lite fel, men Skurup? Låter ju för fan som Skåne eller något liknande. Skulle man köra en liten kinesisk grävare från Skåne upp till Västra Ryds kyrka? Verkar sanslöst tänkte han medan han knappade på sin laptop för att kolla Skurup.

Skurup är en tätort och centralort i Skurups kommun i Skåne län. Tätorten är ett typiskt järnvägssamhälle som vuxit fram vid järnvägen mellan Malmö och Ystad.

Bebyggelsen består till stor del av enfamiljshus och villor. Det är kanske rätt plats att kursa traktorer, grävmaskiner, harvar och gödselspridare, så den biten köper jag lätt. Man kan undra vem som har agenturen för grävaren och är ägare av Väg & Maskin?

Anton knappade vidare. Firmatecknare och agent för jordbruksmaskinerna är Huang He Bincheng vid Gula floden i Kina... där av, Gulfadern! Vice VD är en Garrincha?

Han plockade fram sin mobil och ringde genast Svanstrand.

– Ja, Anton... Svanstrand här!

– Fint chefen. Jag kollade nyss på den där fraktsedeln vilka som transporterat grävaren till Västra Ryd.

– Och det är?

– Det är en firma som heter Väg & Maskin Entreprenad i Skurup med en vice VD som heter Garrincha!

– Det var som tusan. Aldrig hört namnet, men det gör inget.

– Skurup vet jag ligger nere i Skåne, av alla ställen. Mer har jag inte kollat på fraktsedeln än. Tänkte tekniska får kolla igenom den först efter dna och annat kanske.

– Bra jobbat Anton.

– Tack chefen. Det bästa har jag sparat till sist.

– Berätta, Anton… berätta!

– Ägaren till firman Väg & Maskin är Huang He Bincheng, det vill säga Gulfadern!

– Vad är det du säger? Gulfadern var ju den som Sivert talade om. Minns exakt vad Sivert sa. "Det lär vara en vältatuerad och en situerad asiatisk domptör som pekar med hela handen och får därefter allt utfört som han vill och har pekat på. Gulfadern, är från Kina. Lägg namnet på minnet Sigurd. Gulfadern!"

– Är det Gulfadern som är lösenordet till det vi jagar, den som styr den utbredda brottsligheten utan att skita ner fingrarna på vare sig pengar som inte är tvättade eller avrättningar. Han bara ger order och pekar med hela handen. Den som inte gör som Gulfadern sagt, kommer att få bita i gräset. Finns inget villkorligt i det. Nu fick vi en del att rota i, Sigurd.

– Ja betydligt mer än vi frågat efter. Fick du ur något av kyrkvaktmästaren när du var där?

– Han hade egentligen inte tid med mig. Så när han hade lämnat över den här fraktsedeln, så var audiensen slut. Så nu sitter jag i bilen på parkeringen utanför kyrkan, lite snopen faktiskt.

Inte var dag man blir tillplattad på detta vis. Men, det är en liten kul gubbe på sitt sätt. Helt oförarglig men pratglad vi kanske ska vara tacksamma för även om han blev lite kort nu senast. Vilket liv egentligen. Sitta där för att lyssna på måsar som skränar över en nyplöjd åker, men om söndagarna kunde han ju ha en och annan begravning att titta på för att lätta upp tristessen, som Nils Ferlin skrev så fyndigt, men då var det i byn Nykroppa, förstås.

19

– Den där kyrkvaktmästaren kanske sitter på hela hemligheten med signalement och antal personer i skåpbilen. Kanske var det ensamkommande de också, sa Svanstrand lite högt för sig själv men var riktat för Antons öron.

– Jag tänkte bara du skulle få lite information så inre span kunde börja slå på Väg & Maskin Sigurd, plus allt runt denne Huang. Om han nu finns folkbokförd under det namnet. Jag tror ju inte han står i telefonkatalogen som Gulfadern.

– Jag ska direkt lägga uppdraget på inre span, Anton!

Svanstrand såg genast till att kontakta span för att de skulle börja jaga Huang He Bincheng i de kanaler polisen förfogade över.

När man återsamlades efter lunch, tänkte han dra det Emma hade att berätta efter den företagna obduktionen. Inte det slutgiltiga protokollet utan snarare det preliminära utlåtandet.

– Tag plats, tag plats. Vi kör nu och Anton kommer när han kommer sa Sigurd medan han blickade ut över sina spanare.

– Bra chefen, sa Mia. Kör vet ja!

– Alltså, sa han och harklade sig…

Jag hade bara tänkt att läsa rakt av vad Emma har funnit och sedan har vi en frågestund kring det. Kan vi göra så, undrade Sigurd? Spelar förresten ingen roll vad ni säger eller tycker, jag tänker följa den dagordning jag har gjort upp.

Alltså, vi vet ju sedan tidigare vad Ekholm sagt ute vid Västra Ryds kyrka och från den gamla så kallade likboden. Jag drar det lite kort och länkar ihop det tillsammans med Emmas preliminära obduktionsprotokoll.

”De som låg i kistorna var kvarlevor efter något som varit ett par yngre män. Båda har ett typiskt arabiskt utseende som var påtagligt och Ekholm hade ansett det som en trolig preliminär härkomst, Iran. Troligen runt 20 - 21 år gamla och båda är cirka 168 - 169 centimeter långa. Han i kista nummer ett, hade en tydlig skottskada i nacken som efter en avrättning. Skottet var påsittande och hade passerat rakt ut genom halskotpelaren som splittrades. Kaliber har varit nio millimeter och sannolikt en hålspetskula för den utbredda skada den åstadkommit. I kista nummer två, är det samma händelseförlopp men här har hålspetskulan svampat upp kraftigt och vridit sig samt slitit sönder käke och halva ansiktet när den passerade ut. Antagligen en annan typ av hålspetskula än för det första skottet.

– Kan det vara samma vapen undrade Janne?

– Där är jag nog ganska säker att det är samma vapen med stöd av teknikernas utsago, sa Svanstrand.

– Vapnet fanns möjligen inte med i vapenkistan, undrade Janne så gott som i samma andetag?

– Vill minnas jag sagt tidigare att våra tekniker Herbert och Alfie, rett ut denna fråga tidigare. Offret i kista nummer ett hade blodstänk över sig på sin högersida som inte är hans egna dna. Så troligtvis är det liket i kista nummer två som avrättats först och där hans större, yttre skador, besudlat sin landsman med sitt blod. Krutstänk finns runt båda kropparnas ingångshål i nackarna vilket talar för ett påsittande skott. På liket i kista nummer ett fanns även en mindre tatuering av Pakistans flagga på hans yttre sida av höger axel, han är troligen muslim. En icke alldeles djärv och vild gissning, är att även den i kista nummer två också är pakistanier och muslim.

För identifieringen, om det nu går, kan vi bara hoppas på positivt besked ifrån våra prover vi lämnat till NFC i Stockholm. Det kan tyvärr dröja en tid även om jag bett om förtur. Mer än så tänker jag inte uppehålla er med vid detta morgonmöte, avslutade Svanstrand.

– Snygg föreläsning om man kan säga så chefen, formade Mia sin sammanfattning.

Trevlig tjej den där Mia, tänkte Sigurd. Hon kommer gå långt. Undrar om hon kommer ifrån Gotland, jag tycker hon har en viss brytning på gotländska. Nåja, det ger sig. Det är väl inte värre än att jag kan fråga henne, log han.

– Då, om ni inte har några frågor, så gör vi patron ur här så hinner ni kanske göra någon nytta även denna dag.

Inga frågor fanns det, vilket var ganska egendomligt egentligen. Borde funnits en mängd frågor både korkade och mer genomtänkta. Men, inte en stavelse. Ja ja, lika skönt de tänkte han då han styrde stegen mot sitt rum och lite försjunket begrundande i det senaste medan han slog numret till Sivert.

– Kommissarie Sivert Fredriksson!

Sigurd tappade plötsligt talförmågan och antagligen även hakan också. Sivert hade svarat redan efter första signalen?

– Ja, jo, hej Sivert, sa han lite överraskad. Hur är det?

– Jo tack, det är bra. Själv då?

– Bra tack! Skulle hälsa från Britta, om jag fick dig på tråden någon gång.

– Tackar! Hälsa tillbaka å det bästa. Men vad har du på hjärtat då, du har väl inte bara ringt för att utbyta artighetsfraser?

– Tänkte bara höra om du har något om Gulfadern ja något nytt eller extra, någon plats han uppehåller sig på? Han verkar högintressant för oss och ni där uppe verkar ju sitta på lite "extra allt" eller har jag för stora förhoppningar nu?

– Vid sådan här grovkalibrig kriminalitet, får ni allt vi har även om vi får det, konstigt nog faktiskt, före er. Borde enligt min mening som ju kommer från själva verkstadsgolvet, vara exakt det rakt motsatta. Pernilla jobbar faktiskt på att det ska genomföras en ändring av tågordningen. Ännu känner jag mig bara som stinsen på en nedlagd tågstation.

– Ja, vad har vi som inte du har av information gällande era kistor i Västra Ryd?

– Ja, vad kan det vara, undrade Sigurd med ett litet giftigt tonfall?

– Vi känner bara till, som jag även tror du gör, att han har ett företag i Skurup, men ingen bostadsadress. Annars är han ofta i Delhi och Mumbai i Indien. På båda dessa ställen kan han lätt gå upp i rök och försvinna i detta gytter av människor. Vill man gå under jorden, ska du söka dig till någon av dessa platser. Mer än så känner vi inte till.

– Märkligt ändå om du ursäktar Sivert. Ett land som gränsar till Indien, är Pakistan!

– Tänker du nu på det där patronbältena?

– Ja, de som hade något inbränt runt märke som påminde om ett sigill eller liknande?

– Ja det slog mig på direkten när jag nu fick för mig en del geografiska tankeförhållanden. De där inbrända märket som du sa, det är ju Pakistans stadsvapen. Vid obduktionen fann man att en av männen hade en tatuerad flagga högt upp på höger axel, föreställande Pakistans flagga.

– I Indien, hittar vi alltså Gulfadern, eller Huang He Bincheng. En händelse som ser onekligen ut som en tanke, Sivert. Du sa något tidigare att han var vältatuerad, kan du utveckla det?

– Inte mycket att utveckla Sigurd. Men båda armarna lär vara fullklottrade med tecken eller vad det är. Ser ut som stadskartan i Delhi har jag förstått med all deras gatuhandel.

– Okej, hur gammal kan han vara, känner vi till det?

– Jag har läst någonstans att han är fyllda sextio år, senigt smal och inget hår på skallen.

– Men vad bra, lite nytt. Har du något mer?

– Nej egentligen inte. Han lär vara hal som en tvål. Och du, han verkar ordentligt nerlusad med pengar. Han lär ha ett eget jetflygplan! Eftersom det är på min så att säga hemmaplan, så är det en Cessna Citation 560 Ultra som står i hans hangar, men vad vet jag?

– Tack så länge Sivert och hälsa Pernilla!

– Sköt om dig Sigurd. Mina tankar säger mig att ni är på rätt väg vad gäller Västra Ryd morden. Lycka till Sigge. Hej!

20

Efter samtalet med Sivert, kom tanken att ringa länspolismästaren i Skåne. Tror mig minnas att han heter Nils Jönsson. Kommissarie är han säkert också tänkte han, medan han letade själv upp hans telefonnummer. Inre span sökte på Huang He Bincheng, vår Gulfader och hade nog ändå.

– Länspolismästare Nils Jönsson, hade han genast svarat!

– Ja hej du, det här är Sigurd Svanstrand kommissarie vid rikskriminalpolisen i Stockholm.

– Jaha hej, sa Nils. Vad föranleder mig den äran att få rikskriminalen på den så kallade tråden?

– Jo, du har någon som driver ett företag i Skurup som heter Huang He Bincheng, men går under namnet Gulfadern. Är det något bekant för dig på något vis?

– Och företaget sa du hette?

– Det heter Väg & Maskin Entreprenad Skurup.

– Nej det ringer ingen klocka. Men Gulfadern… menar du nu inte han ifrån filmen, Gudfadern?

– Nej, jag menar verkligen Gulfadern.

Inte den där om den fiktiva italiensk-amerikanska maffiafamiljen Corleone i gangsterfilmen Gudfadern. Finns lite paralleller mellan dessa bossar visserligen. Han styr sitt maffiavälde med tjänster och gentjänster. Han hjälper behjärtansvärt exempelvis papperslösa ensamkommande barn med papper och pass, men kräver en lättare gentjänst i stället.

Det var tyst i telefonen en lång tid.

– Hallå Nils, är du kvar?

– Jodå jag är kvar. Funderade bara hur du menar med Gulfadern?

– Precis det jag nyss sa. Men det har inget med rasism, fördomar eller liknande att göra. Mannen vi talar om kommer ifrån Kina och råkar bara av en händelse vara född vid kanten av Gula floden. Han fungerar, verkar det som, en fader i vårt land för papperslösa och ensamkommande barn. Liksom "Fader vår" som vi lärde oss i småskolan. Jag gissar smeknamnet uppkommit på grund av hans födelseplats vid Gula floden och på ålderns höst, hans typ av fadersgestalt. Ett ganska fyndigt namn från den som en gång kommit på det.

– Okej, jag trodde ett tag det hade något fördomsfullt förtecken.

– Som jag sagt, har inget med fördomsfullhet att göra.

Vad trög han verkar tänkte Svanstrand, men det sa han förstås inte, det var inte Svanstrands grej men Anton skulle säkert undrat.

– Alltså, vi har ett knepigt fall där vi har två personer som mer eller mindre har avrättats och lagts i var sin likkista. Båda är i 20 års åldern och papperslösa. Men här uppe så saknas ingen av de ensamkommande som registrerats vid sin ankomst till

Sverige i våra papper, eller på något av våra asylboenden. Min fråga är till att börja med, vi har en tråd som hamnar inom ditt länspolismästarområde, så skulle vi därför vara tacksamma för att få veta allt om företaget Väg & Maskin, som jag nämnde tidigare. Det ska ligga i Skurup. Min nästa fråga, saknar ni några papperslösa ensamkommande nere hos dig i Skåne?

– När vill du ha dessa uppgifter då?

– Gärna nu. Men det är inte så att det brinner i busken direkt, men jag går hem klockan 16:00 sa Svanstrand, så det räcker bra och fint innan dess.

En typisk kaxig nollåtta, hade säkert Nils Jönsson tänkt. Komma här och komma, liksom...

– Inget annat?

– Nej det räcker bra, Jönsson. Ha det så gott vid vindmöllan i helgen eller hur ni gör, eller vad ni gör. Själv tar jag t-banan hem.

– Jag ska försöka hinna fixa det du önskade, sedan blir det bara en pilsner innan jag tar skrindan ut på Österlen och vår skånelänga. Ja, så roar jag mig till helgen.

– Låter trivsamt, sa Sigurd. Behagligt, skulle min fru Britta kalla det för hon gillar bystan. Jönsson, tillåt mig att i högt travesterade ordalag få citera Nils Ferlin, poet salig i åminnelse.

"Att nöjen är högst relativa jag lärde mig tidigt att förstå, vi nöjer oss med Nils Holgerssons utsikt att titta uppå.

Det blir från vår lilla balkong högt över Sista Styverns trappor på, Södermalm jag tänkte väl som så. Ty tidigare hade vi bara en å annan begravning och tåget att titta på."

Märklig typ den där från Stockholm. Undrar om han var nykter, tänkte Jönsson.

– Jag hör av mig så fort vi har något att rapportera, kommissarien, sa han och lät som Edvard Persson.

– Gör så. Hejsan och tack så länge. Jag faxar ned det vi har om företaget Väg & Maskin i Skurup!

Vi får hoppas han hittar något matnyttigt åt oss tänkte Sigurd när han lade ifrån sig mobilen. Börjar väl bli lite kändistätt där ute på Österlen. Där får man hålla i hatten då det blåser.

Han har det säkert lite lugnt där nere bland spettekakor, pilevallar och det pittoreska skånelängorna med sina gåsapågar.

Sigurd kände det som att han rensat tankar och olust han burit på, något han inte var särskilt van vid. Den raljanta tonen han använt sig av mot Jönsson var inte Sigurds adelsmärke precis. Hans fru Britta, hade säkert gått i taket om hon hört hur sin egen lilla gubbe öst tvetydigheter över länspolismästaren i Skåne. Undrar vad han hade gjort Sigurd egentligen, skulle hon tänkt? Han hade satt sig på någon form av sina imaginärt höga hästar. Mycket olikt Pierre Sigurd Svanstrand.

Sigurd ruskade av sig dessa destruktiva tankar om sin egna person och snurrade istället förnöjd runt ett varv i sin väl tilltagna kontorsstol och under varvet såg han hur ett flygplan kämpade sig upp mellan molntrasorna bort över hustaken ifrån Bromma flygplats och strax ut över Essingeleden.

Sivert hade i sin egna raka motsats, både kunnat berätta vad det var för typ av flygplan samt dess troliga destination. Nu funderade han själv vart det var på väg. Kanske Visby, tänkte han, eller Ängelholm? Typen av flygplan hade han inte en susning om mer än att det var propellrar som drev det uppåt. Så långt kunde han visuellt konstatera. Han ville minnas Sivert sagt att flygplan som startade åt detta håll, gjorde det från bana 12. Än ligger korten snyggt katalogiserade i sin lilla låda, än är man inte helt väck i minnets kartotek, där har det inte hunnit bli korsdrag ännu. Än får man inte som i vindmöllornas vind, torka en tår rullande över sin kind.

Se där lite egen poesi dragen ur livets almanacka ur annars så dystra tankar. Uppryckning din gamle stöt, tänkte han. Sitta här och be om ursäkt för din existens som ett annat nöt.

Hm, få se hur var det med kyrkvaktmästaren, han Augustsson blev hans kreativa tanke. Visst borde han både kunnat se hur många det var då dom överlämnade en rulle sedlar för att han troligen skulle tiga om deras förehavande, eller på ren svenska, hålla käften! Han borde kunnat se hur dom sett ut, kläder, hårfärg och sådant, korta eller tjocka. Om det nu inte var så att han såg lite med nedsatt syn? Han kanske är orolig på den punkten. Vad var det han hade sett, någon han känt igen? Han kan ha förväxlat den person han sett med en som han känner, beroende på någon ytlig likhet kanske och att den som han beskriver är den som han känner och inte den som han i verkligheten sett. Då kanske han inte vill berätta, för ingen skulle förstå hur och vad han nu menar. Bättre att inte minnas, bättre att stoppa huvudet i sanden som en struts. Varför blev han inblandad kan tyckas, han var ju pensionär. Han var ju bara före detta kyrkvaktmästare, kan han säkert tycka. Den han såg, eller trodde sig sett, kanske var påminnande lik någon han känner, kanske den där med sina hästar, Sten… hm, Elevings, var det. Han med stuteriet. Och då ville han kanske inte säga att det var Elevings han såg? Sin egen granne! Kanske sin egna synvilla. Troligen den han såg, var påminnande lik till det yttre hans granne, hästskojaren. Naturligtvis är kanske den troliga orsaken den rulle sedlar han fick i sin hand då grävaren var levererad och man åkte därifrån med en önskan om hans tystnad.

Pengar kan döva det flesta i rätt antal. August kanske kämpar med att hålla tand för tunga och inte tala om sådant han egentligen inte vet, bara anar. Okej, tänkte Svanstrand. Vi får nog skicka ett par gubbar till Ryd, Mia och Janne. Anton är ingen bra idé, det får blir den mjuka linjen så August försäger sig. Han är ju inte mer än människa… väl?

21

– Här har vi fått lite intressanta uppgifter, sa Sigurd då Anton klev in genom dörren och utan preludier slog sig ner i en av Svanstrands inbjudande fåtöljer. Han ställde kaffemuggen på soffbordet intill och knäppte händerna över magen.

– Vad har du nu fiskat upp?

– Jo, jag sa ju tidigare att jag bad inre span kolla det där företaget Väg & Maskin i Skurup och om de möjligen saknade några ensamkommande. Jag har även talat med Länspolismästaren i Skåne om samma sak, men han har inte återkommit om mina ställda frågor. Han skulle kolla upp och höra av sig sa han. Ryktet om skåningar är att de kan vara lite sävliga och långsamma, det kan möjligen vara riktigt, inte vet jag.

– Stämmer nog, sa Anton och smuttade på sitt kaffe. Men det där om intressanta uppgifterna som du sa, vad blev det av dem? Inte utan att man är lite nyfiken.

– Ja, jo… våra egna på spangruppen här i korridoren har hittat företaget Väg & Maskin på Kyrkogatan i Skurup. Det ligger några företag i samlad klump kring järnvägsstationen.

– Som ett köpcentrum då?

– Ja, det kan man kanske säga, det ligger på andra sidan gatan, mitt emot järnvägsstationen. Firmatecknare för Väg & Maskin är en herr Huang He Bincheng!

– Inte utan att man borde fira med en ny mugg kaffe. Ett fall framåt ändå, visst är det? Det var ju därifrån, eller, det var ju den firman som levererade grävmaskinen till Västra Ryd.

– Vi har bättre nyheter än så, Anton!

– Vad skulle det vara i så fall… vänta, jag måste bara hämta mer kaffe, vill du också ha?

Sigurd lutade sig tillbaka och tittade förvånat på Anton som var i startblocken för att springa iväg mot kaffeautomaten i korridoren ett par dörrar bort. En som verkar ivrig, mer ivrig än jag, men å andra sidan vet han ju heller inte vad jag har att berätta, funderade Sigurd och log lite försmädligt inombords. I samma andetag tänkte han, hur gör man för att le försmädligt inombords? Nåja!

– Ja tack, fixa en fika åt mig också. Svart som natten, ropade han efter Antons skugga som försvann ut genom hans dörr.

Anton hade redan varit på väg i rask fart mot kaffeautomaten. Tankarna hade farit i hans huvud, vad hade Sigge nu på gång? Hur som helst, det lät onekligen spännande. Han rundade dörrposten på återvägen in till Sigurd med två muggar svart kaffe. Sjönk åter ner i sin fåtölj och tittade på Sigurd.

– Kom igen chefen, sa han!

– En polisinspektör från Skåne har ringt mig och hon berättade att de saknar två papperslösa ensamkommande barn vid ett av deras anläggningsboenden. Det är numera väldigt vanligt förekommande med ett privat företag som driver boenden med full insyn från Migrationsverket där även Länsstyrelsen är inblandad i samverkansstrukturen med sina integrationsutvecklare.

– Låter onekligen seriöst, menade Anton.

– Men hur det är i praktiken vet man ju aldrig. Var ligger detta asylboende, eller hur man nu definierar deras uppehållsplats. Man kan ju gå upp i mindre atomer för dessa byråkraters av sans och balans, istället för deras ordbajseri. Okej, okej då och vad heter kriminalinspektören?

– Boendet ligger på en plats som heter Bjärsberga, ganska nära Skurup. Och deras polisinspektör heter Barbro Grenhage med en behaglig uppblandad skånska som var långt ifrån Peps Perssons idiom. Men Anton, gå inte igång på henne nu bara, sa Sigurd och log.

– Men det låter ju väldigt bra i mina öron. Jag menar med kontakten med skånepolisen. Här spinner vi vidare, Sigurd. Vet vi något mer?

– Ja, vi vet vad de står antecknade som i deras boendeliggare och som ensamkommande barn. Om det sedan är just dessa vi hittade i Västra Ryd, återstår att se.

– Du har skickat ner våra tekniker, eller?

– Rätt så Anton, sitt ner! Dom är på väg, om inte i det närmaste på plats i Skurup och ska träffa fru Grenhage.

– En vild gissning till Sigurd. Det är Herbert och Alfie?

– Dags att investera i en lott av något slag, eller satsa varenda spänn på hästen Atom i sjunde loppet på onsdag. Kan du sedan också säga vad de uppger sig heta, har du vunnit prinsessan och halva kungariket, det kan jag med lätthet lova.

– Som du förstår, är det inte en chans på miljonen.

Anton hade avstått att gissa.

– Den ene heter Ali Ahmadi och säger sig komma ifrån Iran. Den andre påstår sig heta, Farid Chalho. Båda är som sagt från Iran, vad man uppger och det är 20 år gamla. Våra gubbar i lådorna gissar vi ju är ifrån Pakistan. Den enda gemensamma siffran är araber, runt 20 år.

– Oj, men hittar vi sedan dna hos de där boende som sedan stämmer med det dna vi har ifrån kistorna i Västra Ryd, är vi en bra bit på väg. Låtom oss hoppas, Sigurd.

– Vad tror du om att kolla upp det där kyrkogårdsarbetarna? Vi har inte gjort någon sökning på dessa gubbar. Låter som ett stort misstag. Själva grejen med att kistorna stod i den gamla likboden, kanske inte har någonting med själva poängen att göra. Vi borde göra ett bredare sök. Vi fastnade på den där likboden. Kanske var denna plats bara en kortare förvaring för vidare transport till en slutförvaring?

Fan jag skäms ihjäl, tänkte Sigurd. Kanske dags att gå i pension. Likboden var kanske helt enkelt bara en station på vägen, ett sidospår för oss med stoppbockar i slutänden. Helvete, svor han för sig själv och smuttade på sitt kaffe som nu hade kallnat och smakade apa, värre än termoskaffe. Tur jag har Anton att bolla tankarna med nu när svartfoten Sivert föredrog lilla fru Öste. Men vem skulle inte göra det, förresten?

– Bra, sa Anton. Nu får inre span lite att pyssla med igen. Och vi måste kolla Nils Einar Augustsson i sömmarna ytterligare en gång, anser jag. Det kan bara inte vara så att han inte har någon form av signalement av den som överlämnade en rulle sedlar till honom och samtidigt bad om tystnadslöfte mer eller mindre? Hur har det gått med den tekniska undersökningen av sedelrullen, dna och fingrar?

– Rullen finns nu hos NFC här hos oss för analys. Jag har fått lite förhandsbesked att de hittat dna på sedlarna. Men det är ju inte mycket att ha egentligen när vi i detta skede inte har något att jämföra med. De fanns inte i vårat dna register i alla fall. Fingrarna var det värre med då det sannolikt innehåller Augustssons och möjligen även Jannes avtryck. Vi siktar istället på det dna som finns, om det finns. Rätt som det är har vi ett att jämföra med, då har vi ett litet genombrott.

– Låter som det för vår del rullar i rätt riktning. Det är inte bara uppförsbacke hela tiden eller stolpe ut. Sådana här framsteg främjar arbetsmoralen alla får en ny morot att gnaga på.

Kanske ska omvärdera min fundering om att gå i tidigare pension tänkte Sigurd. Mycket har satt sina spår. Pandemin gjorde ju ett jäkla stort hål i vår verksamhet som i all annan social funktion. Ett tag var det ju så jäkligt att man nästan skulle använda munskydd för att tala med sin egna hustru. Hur fan gick det då med godnatt pussen och nativiteten?

– Du grubblar, sa Anton som hade studerat Sigurd under tystnad en stund. Vet du, min morsa sa ofta… Anton, du ska inte grubbla. Nu verkar det som du satt och just grubblade, eller har jag fel?

– Nej, du har nog inte fel. Jag tänkte på det här med pandemin och vad den skiten ställt till med. Bara en massa elände och skit på alla håll och så Putin. Nu fortsätter vi med det där ljuset jag tycker mig skönja i andra änden av tunneln.

– Jag jobbar hemifrån i morgon chefen!

– Låter helt okej i mina öron, Anton.

– Ja, till dess jag läst färdigt boken, tänkte jag. Har en bit kvar. Men idag ser jag inget som en gång gav mig den där magkänslan. Jag trodde mycket på den känslan och boken.

– Men du har inte läst klart ännu? Det kanske dyker upp något användbart på sista sidan. Själv funderar jag på att åka till Ryd och snacka med kyrkvaktmästaren. Tror du det kan vara något? Vi har ju inte setts tidigare, så det kanske är en bra inkörsport. Kanske kan jag klämma ur honom någon upplysning om sedelrullen och kanske även ett signalement sa Sigurd. Och Anton gör så, knoga hemifrån i morgon, så ses vi.

– Absolut chefen, hej för idag och hälsa Britta!

22

– Är det de här som är Skurup, undrade Alfie när de båda teknikerna rullade in i tätbebyggelsen? Mest villor och radhus.

– Ja, du har så rätt sa Herbert som var den som rattat deras bil ner till Skåne och Skurup. Nu ska vi bara försöka hitta deras polisstation och den där bruden, Barbro Grenhage. Polisinspektör tror jag hon är. Vad berättar vår gps, Alfie?

– Den berättar att fru Grenhage häckar nästan vid järnvägsstationen och i så fall även i närheten av Väg & Maskin, företaget du vet som är med i våra papper. Skurup verkar vara en liten pittoresk by. Men små byar har också sin charm. Här finns allt du behöver kan jag tänka mig Herbert, om än ganska småskaligt. Dom har ju både bilprovning, systembolag, pastorsexpedition och tandläkare som ett urval och även Fars Hatt, som är en restaurang. Finns även Nära Dig med ATG, om du vill lämna in något travsystem eller en Dagens Dubbel.

– Pust, jag var orolig ett tag när man bara ser alla dessa tegelhus. Känns nästan som man fått tag i något överskottslager när man en gång grundade Skurup... tegelsten!

– Tegelsten? I så fall kan jag berätta att polisstationen är just en sådan tegeltrave. Här, på andra sidan gatan ligger snuthäcken om du vrider på huvudet åt vänster. Vad säger du Herbert?

– Ja vi kanske ska kliva in och träffa polisinspektören, jag menar nu när vi ändå är här?

– Kan vi parka här tror du?

– Vi testar, är det något dom inte har i Skurup så är det lapplisor eller nissar. Tror jag. Kom!

– Kan vi inte vänta tills det här ösregnet slutat? Vill inte komma in som en dränkt katt.

– Lite regn är väl inget som hindrar rikskrim, eller?

– Har du sagt det så.

Det var ju bara rakt över gatan och vår polisinspektör väntade oss redan innanför dörrarna till polisstationen.

– Välkomna! Jag såg er bil därute och tänkte, ska dom aldrig komma in?

Hej, Barbro Grenhage och jag anar jag har Herbert Bergman och Alfie Kron kriminalinspektörer det vill säga tekniker ifrån Rikskriminalen i Stockholm framför mig är korrekt vilket hur som haver är en ära för mig och vårt polisdistrikt med er närvaro här samt anar resan ner till oss här i Skurup varit trivsam och allt har gått bra eftersom ni står här så utgår jag från att åkturen var berikande till vår lilla idyll Skurup där jag ju i stora drag vet vad ärendet och orsaken till ert besök handlar om men, pust, mer bokstavligt och så här face to face som man säger vad kan jag vara er behjälplig med utöver det vår länspolismästare berättat för mig alltså?

De var en jäkel å snacka, tänkte Alfie.

Tog jag inte fel, så snackade hon på en och samma utandning, summerade han. Otroligt! Jag tror hon inte kan vara gift, inte med denna svada. Synd om hennes gubbe i så fall. Men vänlig och korrekt klädd i polisens dagligdräkt 1 som vi sa i det militära. Skillnaden är inte särskilt stor. Fattades bara enskild ställning. Han noterade hennes eklöv och streck på axelklaffarna som var av densamma grad som Herbert hade, kriminalinspektör med särskild tjänsteställning. I allt väsentligt, bar de alla tre, samma typ av uniformspersedlar. Gick inte att missa att det var poliser.

– Ja sa Herbert, om vi då går rakt på den så kallade rödbetan, så undrar vi bara vart boendet ligger och om vi kan besöka denna plats å det snaraste. Blir ju lite teknisk undersökning i så fall och vi har erforderliga papper på en husis, så vi vill gärna komma igång. Alltså, var kan vi finna de saknades boende?

– Nu är jag rädd att jag inte riktigt förstår?

– Det saknas ju två ensamkommande barn, papperslösa, som lär bo i något organiserat anläggningsboende i privat regi, troligen finansierat av Emigrationsverket. Dom lär heta, Ali Ahmadi och Farid Chalho och anas komma ifrån Iran, möjligen Pakistan. Platsen heter, Bjärsberga. Är jag inte helt fel underrättad är det du själv som berättat detta för vår chef, kriminalkommissarie Sigurd Svanstrand. Vi undrar bara var ligger Bjärsberga och har vi möjlighet att besöka platsen, nu?

– Ja, nu är jag helt med vad ni menar. Jodå, jag har ordnat så ni har tillträde till barnens anläggningsboende för er undersökning och jag har också erhållit handlingarna om er husrannsakan från åklagaren i Stockholm.

Allt är på det viset i sin ordning med de särskilda restriktioner
som finns angivna i er husundersökning.

– Med särskilda restriktioner, sa du?

– Ja ni har tillstånd att söka efter dna, inget annat så länge vi ej
vet om det är de rätta personerna ni söker.

– Men vad bra, sa Herbert. Vi önskar endast säkra dna och
fingrar, sedan far vi upp till Stockholm och vårt NFC på
Bergsgatan. Det blir således värdshus förbi NFC i Linköping.

– Men det är ju alldeles utmärkt, då strävar vi mot samma mål
och sådant underlättar ju även resultatmässigt.

Man gjorde uppbrott och klev ut igen på Kyrkogatan och
till sin egna teknikerbil. Polisinspektör Grenhage, kom nästan
direkt utrullande runt tegelhörnet från bakgården i en målad
polisbil. Här gick de undan i svängarna. Hon svängde vänster
och Alfie, som nu höll i ratten, hängde på.

– Häftig tant, sa Alfie. Hon har hittat gaspedalen, så här får
man hänga på med plattan i mattan.

– Hon kör på sin hemmaplan och känner till varenda gatstens
lutning. Sumpa för tusan inte bort henne för då lär du, eller vi,
få höra de anar jag.

De for över järnvägen och skymtade stationsbyggnaden, ett
gammalt stickspår med stoppbock samt någon parkering in-
nan bebyggelsen glesnade och övergick i villaträdgårdar och
lantlig miljö med åkrar så långt ögat nådde. En länsvägsskylt
där det stod 102 på, passerades och verkade vara huvudspåret
om man kunde tyda Grenhages baklyktor. Fattas bara om hon
slog på blåljusen också, tänkte Alfie.

– Väldigt mycket åkrar, sa Herbert som kunde se sig om. Jag
har aldrig sett så mycket åkermark på så kort tid.

– Måste finnas underlag då för att kursa jordbruksmaskiner av allehanda slag. Men vad långt det är för alla till polisstationen eller brandförsvaret. Men, de kanske är lugna gatan över hela denna bit av landet om man bortser från de vi nu ska till.

– Hon hittar som i sin egna ficka eller åker hon ofta denna väg till denna förläggning?

En ny by dök upp som från ingenstans och hon svängde tvärt höger och rullade in över en grusplan. Påminde om en gammal militärförläggning, en kasernbyggnad. Färgen, den där djupmurriga gröna, stärkte bilden av en nedlagd militärkasern. Kanske har varit något förråd, nu omgjort för att hysa ensamkomna barn mitt ute i det gröna. Ingen bussförbindelse, utan det såg ut som man satt på en öppen anstalt om man bodde där. Klart som fan man försökte fly därifrån eller ta emot den hjälp som erbjöds om annat leverne.

Polisbilen de hade följt som en påklistrad dekal, svängde in framför byggnaden och polisinspektören bromsade in så gruset sprutade. Alfie svängde upp bredvid Grenhages tjänstebil och parkerade i dammet efter hennes häftiga inbromsning. De klev raskt ur sin egna tjänstebil och lättade på bakluckan för att plocka åt sig sina fyra välpackade väskor med erforderligt material och redskap för insamlande av dna och fingeravtryck.

23

Sigurd plockade ihop vad han förmodade behöva för en utflykt till Västra Ryd och för att träffa den gamle kyrkvaktmästaren. Han läste igenom det pm som Anton hade skrivit om hans möte med kyrkvaktmästaren då han fick den där boken, Röjning. Den bok Anton just för tillfället höll på att läsa igenom. Inget i hans pm beskrev något som att kyrkvaktmästaren verkade ha dålig syn. Jag får ta och ringa Anton innan jag åker och stämma av hur det var, tänkte han.

– Anton, sa Sigurd då han hörde hur han svarade. Bara en liten snabbis innan jag drar.

– Jag är idel öra, chefen!

– Jo, fick du någon uppfattning att kyrkvaktmästaren såg lite visset?

– Du menar August, undrade Anton?

– Ja sa Sigurd och skrattade lite tillkämpat. Finns det fler kyrkvaktmästare i Västra Ryd?

– På din fråga om hans syn, var det inget som slog mig på något vis. Tvärt om, skulle jag vilja påstå.

– Okej, Anton tack ska du ha. Jag är på väg ut nu för att snacka lite med farbror August, det var så han ville bli tilltalad har jag förstått?

– Stämmer chefen, en härlig liten farbror. Hälsa ifrån mig!

– Ja, det kanske är en bra infallsvinkel för att få honom att minnas och att snacka. Tack Anton och hej så länge. Jo på tal om ingenting, Viktor och Wilbur, grabbarna Karlsson, är tillbaka på firman igen efter sin utflykt till Malmö, om du skulle behöva några tekniker.

– Ordningen återställd således. Bra och tack!

Sigurd körde ut ur garaget och svängde höger på Bergsgatan. Det var sparsamt med trafik ännu, mest gång och cykeltrafikanter. Han hade knappat in Gällöfstavägen och kyrkan i Västra Ryd. Troligen hade Augustsson uppsikt över vägen och skulle se när han parkerade vid brevlådorna. Men, han kunde ju inte ana att den bilburne var en kommissarie som skulle hälsa på just honom. Det var ju ingen målad polisbil han kom i, utan en civil. Var han vaksam, kanske han kunde uppfatta dubbla backspeglar på höger sida av bilen. Men det var sällan folk tänkte på denna lilla detalj med de dubbla backspeglarna som skilde agnarna från vetet. Man kan förväxla bilen med en bilskolebil som också har en extra backspegel på höger sida, en vidvinkelsspegel. Ganska bra på sätt och vis, tänkte Sigurd. Då vet inte den observante egentligen om det är en civil polisbil, eller en övningsbil från en bilskola. Han var snabbt ute genom stan och hade även passerat Kungsängen. Strax skulle han svänga av åt höger. Här hade han varit tidigare då de besökte Livgardet å tjänstens vägnar. En enorm anläggning som man hade en del påsar ihop med.

Han mötte bussen som var på väg tillbaka till Kungsängen efter att ha gjort en tur till kyrkan och vänt där, för återresan. Som ett kretslopp. Undrar hur enformigt den turen kan te sig. Men, man byter antagligen under dagens rutter med andra vändhållplatser.

Jaha ja, där har vi Augustssons faluröda stuga tänkte han när den dök upp i kurvan innan parkeringsplatsen vid kyrkan. Den heter nog Klockartorp, tänkte han. Då är min lilla rutt till ända. Bara returresan kvar. En sorts krets det också. Allt är egentligen ett evigt kretslopp, tänkte han. Som en entonig melodi. Sover, vaknar, åker till jobbet, sover, vaknar, åker till jobbet, sover, vaknar, åker till jobbet, sover, vaknar... vaknar? Ja förhoppningsvis. Han vandrade utefter det röda spjälstaketet vid Augustssons stuga som kunde anas innanför all grönska i trädgården fram till grinden som stod öppen. Se, men inte synas, var säkert även hans devis precis som spangruppens tänkte han och närmade sig grinden som stod, som sagt var, öppen och gick inåt. Han kanske inte är hemma, tänkte han. Men han klev ändå in genom grinden och gick över den grusade gången fram mot förstukvisten. På vänster sida om dörren stod lite utemöbler. Men där satt ju August! Han satt i en liten konstig vinkel med huvudet snett ned mot sin vänstra axel. Han var inte talbar och hade inte varit så det närmaste två dagarna, konstaterade Sigurd och lyfte sin mobil för att larma 112 innan han tog kontakt med sin övriga grupp.

– 112 SOS alarm vad har hänt - sa en behaglig lugn operatör på larmcentralen?

Sigurd berättade vem han var och vad som satt i en solstol bredvid honom just för tillfället. Några blåljus var naturligtvis inte aktuella, hans tanke var bara att rapportera vad som hänt för larmcentralen. Han befann sig ju själv redan där såsom ansvarig för kriminalpolisen. Sigurd förklarade för operatören att han skulle dra i det trådar man brukade göra. Dom fick gärna återringa för alla eventualiteters skull.

– Tack sa han så. Nu vet ni om någon annan skulle ringa angående detta i Västra Ryd. Jag har folk på väg hit.

– Men vad bra hade operatören sagt samt, hej!

Han hade Janne och Mia på ingång och messat Anton som inte svarat på mobilen, det var ju lunch, han hade också folk till avspärrningar och vakthållning, fotfolket helt enkelt.

Medan han väntade, drog han upp de blåvita avspärrningsbanden runt hela Augustssons tomt.

Sedan tog han sig en närmare titt på kroppen som satt där i solstolen. Augustsson hade blivit skjuten i bröstet där han suttit. Inget handgemäng verkade föregåtts. Någon hade bara helt enkelt gått in på grusgången fram till August där han suttit och antagligen frågat om han var kyrkvaktmästaren. Troligen hade August som den vänliga själ han var, svarat att det stämde bra det och hade säkert nickat simultant. Det hade antagligen varit det sista han sa och gjorde under sin livstid. Samtidigt hade fyra snabba smällar hörts. Fyra skott rakt i bröstet hade kortat Nils Einar Augustsson, den gamle kyrkvaktmästarens och tidigare klockarens jordeliv, så onödigt.

Sigurd rätade på sig och skakade på huvudet. Han kände sig dyster. Det är nära nog en dödsskjutning per vecka detta år. Innan året är slut har vi säkert tangerat talet. Runt 50 som avlidit samt nästan 80 som skadats genom skjutningarna. Känns som om vi jobbar i en uppförsbacke hela tiden. En

riktig mördarbacke! Sigurd vankade fram och tillbaka utanför
det avspärrade området. Hans tekniker skulle få jobba ifred
när de kom. Efter den tanken såg han deras skåpbil komma
farande borta på Gällöfstavägen.
Bra, var hans första tanke. Grabbarna Karlsson kan man lita
på. Strax bakom Karlssons teknikerbil, såg han att troligen
Janne och Mia rullade. Det närmaste manskapet var samlat.
Anton hade längre att åka, men han kom säker farande på två
hjul i kurvan innan parkeringen, inom kort. Deras rättsläkare
Tryggve Ekholm, var också på ingång hade Tryggve messat
Sigurd.
Kändes onekligen ganska bra, så kunde kanske hans resone-
rande tankar skingras när det nu befann sig nära hans innersta
funderingar om förgängelsens närhet och krassligt brutala
verklighet.
– Morning chefen, sa Viktor när han klev ur deras bil. Vad har
du nu hittat på här ute på landet?
– God morgon grabbar, sa han riktat till de båda som stod
framför honom. Som ni ser har jag spärrat av fastigheten. I
trädgården, bakom all grönska sitter den troligt mördade per-
sonen i en kraftig solstol. Min gissning är att han suttit där ett
par dagar eftersom det regnade igår och kläderna är ordentligt
blöta. Där, sa han och pekade på den öppna grinden, kan ni
kliva in.
Karlssons stegade iväg mot grindhålet i sina ljusblå en-
gångsoveraller. De klev på för att kunna göra en första oku-
lär besiktning av den potentiella brottsplatsen. Viktor hade
med sig kameran för att bilddokumentera. Strax kom de ut
igen för att hämta utrustning. Tält, strålkastare mm.

– Hur många kan ha gått där inne på tomten tror du, undrade Wilbur? Jag menar förutom dig?

– Ja, eftersom ingen slagit larm före mig, bara jag undantaget gärningspersonen, så bara mina fötter då.

Jag har gått in mot förstukvisten, och då såg jag vad som troligen hade hänt. Tog något steg mot August som satt där och konstaterade utan att röra någonting vad som hade hänt och att livet hade flytt.

– Bra, sa Wilbur. Du får sätta några gubbar vid grinden för att mota bort nyfikna. Vi hör av oss. Ring oss när Ekholm kommer så får vi se om vi kan släppa in honom. Vi börjar med att avsöka marken så ni kan kliva på innanför grinden, okej?

– Låter som vanligt bra och genomtänkt av er. Karlssons adelsmärke, sa Svanstrand berömmande. Kör grabbar!

24

Hemma i Antons trevna lya lyste ihärdighetens lampa redan och han satt i sängen för att plöja igenom de sista sidorna i boken. Det hade blivit att kliva upp tidigare än normalt och han sträckte sig efter boken på nattduksbordet vid sin säng. Frukosten fick anstå till dess han läst färdigt boken. Fler sidor var det inte att han skulle hinna förgås av hunger.

Boken fortsatte med sin invävda, trägna gammelsvenska och tryckt i tråkigt typsnitt. Men det kanske var ett medvetet drag från grafikern som satt boken i just Times, tur att det inte var i teckensnittet Typewriter. Den som skrivit boken såg han, var arrendatorn på Sylta länsmansboställe, A. V. Thunholm anno 1902, tryckt på Ivar Halvardssons tryckeri AB Uppsala stift.

Han steg upp och gick fram till fönstret för att öppna, släppa in lite frisk luft och lyssna på gråsparvarnas tjatter ute på gården.

Så sjönk han åter ner i den sköna sängvärmen med boken i nypan. Men, det var en splittrad Anton Franke som försökte engagera sig i det han läste. Han hoppades träffa Anna Winkler vid lunchen idag. Han tänkte mer på henne än han fokuserade på boken han hade som hemuppgift. Men när han tappat tron på att boken skulle ha någon närhet till hans magkänsla, blev koncentrationen därefter. Måttligt påtaglig. Men, han skärpte sig och bläddrade tillbaka ett par sidor.

Han kollade klockradion. Dess gröna digitala siffror berättade att klockan bara var sjutton minuter i nio.

Bläddrade tillbaka ytterligare någon sida för han hade bara en vag aning om vad han läst, men ändå troligen inte. En halvtimma senare, hade han läst ut boken. Och vad sa nu detta alster honom? Inte ett skvatt. Möjligen var det så en gång i tiden att människor som dog i byn, eller dess närhet, lades i en kista någon hantverkare spikat ihop för att sedan fraktas på någon kärra dragen av ett ök till kyrkan och det man sedan kom att kalla för likbod. Från lång tid tillbaka hade det bara varit en jordkällare, sedan blev det ett vanligt enkelt brädskjul, innan den inmurade likboden på kyrkans baksida byggdes.

Men, vad kan de ha idag att göra med Gulfadern, det hade han i tanken ingen förklaring till för tillfället. Det hade i mångt och mycket att göra med vem Gulfadern var och vad han stod för och vilken makt han hade. Vem var han?

Anton mindes filmen Gudfadern som var en stor gangsterfilm någonstans i -70 talets början ville han minnas som hade vunnit en massa Oscarspriser. Men själv hade han sett filmen långt senare. I filmatiseringen av romanen... som jag tror, tänkte han så det närmast brakade, Mario Puzo skrivit. Där beskrevs Gudfadern som en och kunde anses vara en, hyvens fader. Han hjälpte dem som hade det svårt rent ekonomiskt, visserligen med en påtaglig ränta, men allt är inte gratis här i livet. Han såg till att den som gjort något illa, togs åt sidan och förpassades till en annan värld. Han baserade detta system på tjänster och gentjänster. Här anade man att Gulfadern plagierat den mäktige Don Vito Corleones system, eller då Gudfaderns affärsidé.

Huang He Bincheng tog redan i unga år ett steg ner i den undre världen från Gula Flodens strand i Kina.

Han hade följt sin farfar i fotspåren mer eller mindre. Tagit över och ärvt rollen när hans farfar signerat det jordiska, eller den undre världens ökenvandring på den smala vägen, tänkte Anton.

Gulfadern, il giallo padre, är nog idag lika fruktad och aktad på olika håll och i olika län som originalet il padrino, var en gång.

En snabb blick på klockradion visade att lunchen närmat sig med en blinkning, eller i varje fall några. Han styrde stegen mot duschkabinen. Hoppas Anna kommer till hallen idag.

En blinkning räknas väl i mikrosekunder, funderade Anton? Men snabbt går det att blinka. Nu styrde han sina målmedvetna steg över den plattsatta trottoaren på Artellerigatan innan han svängde höger vid Linnégatan under en djupblå himmel. Då ringde hans mobil lite diskret. Han såg direkt vem det var!

– Anna!

– Hej Anton, är du ute och går?

– Visst, det är ju liksom lunchdags, jag är på väg till vårat mattempel för lunch!

– Trevligt, jag är här och väntar på dig. Skynda dig!

– Högst fem minuter!

Anton ökande på de sista stegen över Östermalmstorg som han sneddade med siktet inställt på hörnan av Humlegårdsgatan och Nybrogatan. Och där stod hon och väntade vid den bombastiska entrén. Saluhallen hade lite stuk över sig av en tegelkatedral, tänkte han när han såg saluhallen lite på håll. Ståtligt! Vilken date i en katedral i varmrött tegel?

Man kramades lite innerligt och aningen ömt när Anton fann Anna vid den pompösa porten, för de som kikade.

Portarna i glas gled åt sidan när han närmade sig, en som han förutspådde, trevlig lunch i helgedomens, lite extra av allt.

Idag kunde de båda finna bord på flera av krogarna i hallen att häcka vid märkte han, utan att tära på sin gode väns och grannes tillmötesgående genom att ordna ett bord trots att det var fullbokat.

– Varför går du hit egentligen, undrade Anna?

– Ja, varför gör jag det. Det var rätteligen en bra fråga? Det är ju Stockholms mest klassiska saluhall från sent 1800-tal där man gömmer några små krogpärlor i sitt kulturminnesmärkta inre och så för att kunna träffa dig, plus att jag har så enormt tjock plånbok, för en sådan krävs verkligen. Men jag springer inte här stup i kvarten. När man inte vill, eller orkar själv stå vid spisen med sin pölsa, så händer det att jag går hit.

– Jag förstår. Kort och koncist, log hon. Vad äter vi någonstans nu när vi kan välja plats och krog?

– Ja men Tysta Mari, låter väl spännande om inte annat så för namnet. Här kan vi äta laxpudding vilket jag är svårt förtjust i eller vad önskar du?

– Låter inte helt fel, men det får inte bli en långlunch bara.

– Nej, inte för mig heller.

Ja, det är en ganska mysig krog där man kan boka bord på balkongen en trappa upp med utsikt över hela saluhallen.

– Måste man verkligen boka bord?

– Vi får väl chansa för att få ett bord, funderade Anton?

– Vid det flesta av mathaken här inne måste man beställa bord vid den ibland intensiva lunchfloden som råder, sa han.

– Vi chansar Anton, det låter spännande!

Såklart de hade tur som ett par tokar och äntrade uppför trappan till balkongen på Tysta Mari. Utsikten var också spännande genom att se alla delikatesser från ovan. Vilket mattempel trots att det bara var en saluhall för livets nödtorft. Nåja, kanske inte riktigt så ändå.

Man fick in sin laxpudding och alkoholfria öl, de var ju i tjänst så vad var annat att vänta.

– Du, undrade Anton… känner ni till Gulfadern hos er?

– Han är känd av oss, ja. Internationellt känd, faktiskt. Befinner sig mest i Indien, närmare bestämt i Delhi. Kan inte gå in närmare på det. Men Gulfadern är en liten tunn farbror nerlusad med pengar och tatueringar på underarmarna. Det påminner om kinesiska bokstäver, men kan vara något annat. Vi har inte sett honom så nära. Han är cirka 160 centimeter lång, senig och är flintskallig, eller rakad. Buskiga ögonbryn och flyende haka. Ingen storvuxen karl på det viset. Men, han verkar ha en otrolig och storvuxen makt. Han pekar inte ens med hela handen för att få saker uträttat, han bara nickar så rullar huvuden. En säkerhetsrisk av stora mått skulle jag vilja sammanfatta det som, sa Anna. Vi jobbar parallellt med militärens underrättelsetjänst vad gäller denne Huang He, Gulfadern. Men Huang He Bincheng, är bara ett täcknamn. Han heter något helt annat som jag inte kan gå in på heller.

– Anar att ni och vi, naturligtvis, vill ha koll på denne gubbe?

– Ja så är det, kan jag väl säga. Men nu måste jag iväg, Anton!

Typiskt, tänkte han då hans telefon gjorde väsen av sig.

– Du ser, plikten kallar när det är som trevligast.

De reste sig och kramades så där innerligt igen.

– Du, sa Anton. Lever dina föräldrar fortfarande? Klart det gör tänkte han vad dum jag är. Vilket jävla korkat klantarsel man är, men det sa han inte.

– Ja, dom lever och mår väldigt bra, hur så?

– Tänkte i så fall be din far om hans dotters hand, sa han och kysste henne lite snabbt innan hon hann protestera.

Anna såg lite konsternerad ut för en kort sekund. Sedan log hon så där smältande igen.

– Tack för en jättegod lunch Anton och ett underbart sällskap. Jag ringer dig när pappa kan ta emot, sa hon medan hon trippade ner för trappan och ut i solskenet. Vem som sken mest, Anna, Anton eller solen, var inte lätt att se.

25

Anton ringde sin chef Svanstrand så fort han kommit ut på torget utanför den varmröda helgedomen, tegelkatedralen där gastronomin firade en framskjuten placering.

Sigurd hade svarat ganska så omedelbart men var ganska kort i tonen.

– Ja, hade han bara svarat... och?

– Jag såg att du hade ringt. Vill bara berätta att jag dragit i lite tåtar, men det förstod du kanske. Jag är på väg nu med tricken för att hämta ut min bil, så jag är liksom på ingång.

– Låter fint. Var det en trevlig lunch? Grabbarna Karlsson anlände för nån timma sedan liksom Janne och Mia.

– Kan du berätta lite kort vad detta handlar om?

– Nej, det kan jag inte för det vet jag inte. Bara att din farbror Augustsson är skjuten, men vad det handlar om har jag inte en aning om ännu.

– Den gamle farbrorn som inte krökt ett ben på en fluga en gång som jag vet, han som skänkte mig boken, Röjning?

– Högst densamme Anton.

– Som sagt jag är på väg. Jag försöker få in detta i min trånga skalle, det kan bara inte vara sant.

Nu har jag lite att fundera över på vägen till Ryd, tänkte han medan tunnelbanevagnen krängde vidare mot Kungsholmen och station Rådhuset.

Anton hämtade ut sin målade polisbil ur garaget och rullade sakta upp mot grindarna vid Bergsgatan. Trafiken var i full gång såklart så här dags. Lunchtid då det brukar vara som rörigast. Han lotsade sig vänligt men bestämt ut mot E18 han hade ju som sagt en målad polisbil vilket ger armbågsrum.

Undrar varför Anna hade så bråttom, tänkte han som hastigast och körde förbi ett par större lastbilar som stånkade aningen i motlutet vid Stäketbron. Lutade sig tillbaka och drog igång radio P4 med lite skvalande musik. Det var en bekant låt och han ökade volymen. En gammal goding från -60 talet och Bob Dylan, mindes han. Men vad heter den, funderade han medan han följde med i sången. I'll be your baby tonigt. Så var det! En countrylåt Dylan skrev i slutet av 1967 om jag inte tar fel. Den fick honom att åter tänka på Anna.

Den där Gulfadern verkar vara en omsvärmad snubbe. Han var ett lovligt villebråd av fler än oss, tänkte han. Till och med Indiens hemliga polis höll ett öga på honom. Han var hal som fyra ålar i en hink, vatten. Finns inte det minsta att konfrontera honom med. Ingen parkeringsbot, stulen cykel, missfirmelse av tjänsteman, slängd fimp på gatan… ingenting. Han använde även peruk och bytte kläder ofta så det var svårt att hänga en överrock på honom. Han måste ha en hel armé av lakejer och drängar som sköter hans smutsiga byk. Han ser hela tiden till att inget kan besudla hans magra fingrar. Det minsta misstag och dennes dagar är räknade som när en råttfälla slår igen med den kraftiga fjädern över hans seniga nacke.

Tror det handlar om att splittra hans kedja av bödlar. Störa hans invanda rutiner. Men, som Anna antydde, det är fler än vi som jagar hans huvud. Måste såklart dryfta detta med Sigge när jag kommer fram. Och, vi borde ha ett snack med kyrkogårdsarbetarna för i slutänden, är det en massa inside. En som under många år lärt sig hitta i kyrkan och dess omedelbara närhet, var väl klockaren till en början och sedan kyrkvaktmästaren, summerade Anton. Nils Einar Augustsson!

Han susade förbi Livgardets många kaserner och byggnader till de sista tonerna från låten I'll be your baby tonigt. Det var ju Bob Dylans låt, men här framförd av bandet PapaÓ från Göteborg där det var Arne Österlindh bakom sången.

Han tänkte, med livgardets byggnader i backspegeln, det här är nog större än vad vi anat. Men hur mycket vet man egentligen om morgondagen innan man slår upp facit och får det man trott på, bekräftat eller förkastat? Anna Winkler hade ju nämnt att även försvarets underrättelse och säkerhetstjänst var inblandade. Var han så beryktad den där Gulfadern, var Antons nästa tanke. Han passerade några hästhagar och några ladugårdar på vänster sida och då såg han kyrkan där borta rakt fram mellan träden och där stod ett antal målade polisbilar samlade vid kurvan precis innan kyrkan. På höger sida om kyrkan körde någon arrendator sin tallriksharv till ett rikligt dammande och skrän av måsfåglar efter traktorn. Att man var på landsbygden gick inte att missta sig från. Med den tanken i skallen kunde han inte förstå varför någon eller några, gjort sig besväret att frakta några likkistor ända hit ut. Det gängse var ju att knäppa någon utanför en krog i något förortscentrum och låta andra ta hand om kvarlevorna.

Här har man skjutit ett par unga män, och kört iväg till en kyrka långt ute på landet?

Han svängde upp på parkeringsplatsen utanför kyrkan och klev ur. Det andades frid, kände han. Allt var tyst sånär som på traktorn som harvade ute på åkern och måsfåglars skränande, men det vilade kanske just därför den frid han uppfattade. Den bjärta kontrasten som berättade annat, var den mängd av polisbilar som stod utanför den gamle kyrkvaktmästarens villa vid kurvan av Gällöfstavägen.

Anton stegade med bestämda kliv mot grinden i spjälstaketet och möttes genast av sin chef, kommissarie Svanstrand.

– Bra att du kom så snabbt Anton, hälsade han. Vill du ta dig en titt och identifiera personen i trädgårdsmöbeln här borta, ja mest för formens skull. Janne och Mia har annars verifierat att det är den gamle klockaren och kyrkvaktmästaren som sitter där. Men, för alla eventualiteters skull, Anton?

– Jamen visst sa han och klev vidare mot den filt som nu täckte kroppen på någon som satt i solstolen.

Anton såg ett par skor sticka fram under filtens nederkant och kände igen dem. Lyfte undan filtens överdel för att blotta huvudet på kvarlevorna av den som skulle vara offret.

Han lade vördsamt tillbaka filten och vände sig om mot Svanstrand och nickade bekräftande.

– Nu har någon jävlar i mig skitit i det blå skåpet! Nu är det fan i mig krig, sa han riktat mot sin chef. En fridens man som gamle August, behandlar man inte på detta vis. Man visar respekt. Den jäveln som utfört denna avrättning, ska jag spika upp på anslagstavlan vid parkeringen inför nästa kyrkomöte. Med sju tums galvad spik!

Teknikerna stannade upp i sitt görande och vände sig om mot de hållet de hört uttalandet.

– Du kan få spik av oss, sa Wilbur, en av deras tekniker. Du kan få ett helt paket!

– Tack, sa Anton!

– Vad tror du undrade Svanstrand, sin hetlevrade utrednings-inspektör?

– Vad jag tror är att farbror August snackat för mycket och det har inte varit så hälsosamt för honom. Någon har missha-gats över hans kontakt med oss, vem som nu har kunnat tipsa någon om Augusts kontakt med mig eller Janne och Mia?

– Har du samma fundering som jag rent av, Anton?

– Jag vet inte vad du har för funderingar, men jag anser igen att vi borde ta ett snack med det båda kyrkogårdsarbetarna. Vill minnas de kommer från Iran!

26

– Att vi skulle ha ett samtal med det där arbetarna, har jag haft i tankarna sedan första dagen, Anton. Naturligtvis skulle vi haft det redan då, men nu ska vi genast råda bot på detta. Kyrkogårdsarbetarna borde vi ju kunna hitta här vid kyrkan idag, eller de kanske inte jobbar varje dag?

– Att höra dem, tar jag som ett hedersuppdrag. Jag utgår för att lyfta dessa kyrkogårdsknegare i håret, om de nu har något hår att lyfta i, sa Anton. Vi har ju faktiskt sett dem hela tiden då vi var i likboden, senare också för den delen. Dom har hängt på nån kratta eller spade både här och där. När jag talade med August första gången, såg jag dem på håll vilket betyder att de även måste sett mig när jag snackade med August. Dessa två är de enda som iakttagit vårt snack med vaktisen. Jag skall lyssna med Janne och Mia om de också såg de där två figurerna vid samtalet det hade med August.

– Gör så Anton. Vid morgondagens morgonbön, ska jag dra vad vi vet efter husisen i Skurup hos de ensamkommande.

– Det där hade jag nästan glömt, för att inte säga, jag hade
glömt bort det.

– Resultatet ska enligt våra tekniker, ligga i datorn i morgon
bitti. Det är vad jag vet. Om det sedan är så, är det väl bara att
hoppas på, liksom cyberspace och dess välvilja.

– För min del får det gärna vara stolpe in, sa Anton. Jag gillar
sånt. Stolpe in! Men innan jag snackar med kyrkans träd-
gårdsmästare, blir det alltså ett snack med Jan och Mia. Nån
susning om var de håller hus?

– De drog iväg till den där som har travhästar, du såg på
vägen hit. Dom är nog snart här igen. Jag väntar också in en
rättsläkare. Vet inte vem som kommer, men anar mig till att
det blir Tryggve, som vanligt.

– Du menar Sten Elevings som har något stuteri där borta, sa
Anton och nickade bortåt vägen där han själv kommit ifrån
alldeles nyss.

– Jo, så hette han. Jag tror dom är strax här igen.

Bortifrån stuteriet kom just då, Janne och Mia. De svängde
upp där Anton och Svanstrand stod.

– Tjena, så det är dags att komma nu, undrade Janne?

– Exakt! Lagom för att städa upp efter er. Men, utan skit-
snack. När ni lyssnade med August tidigare, såg ni till de där
kyrkogårdsarbetarna, de som krattar och håller till nere i den
gamla likboden ni vet?

– Jo, sa Mia. De där två såg vi. Jag kände det som om de hade
kollen på oss. Hur så?

– Jag bara undrar om dom snubbarna såg att ni snackade med
farbror Augustsson?

– Jomen visst, måste dom gjort det.

Hon vände sig om mot Janne, som nickade för att bekräfta vad Mia nyss sagt.

– Dom såg jävligt nyfikna ut sa han, som för att förtydliga.

– Bra, tack för hjälpen. Sigurd kan förklara, jag måste ner för att snacka med dem.

Anton hade dragit iväg ner mot den gamla likboden i akt och mening att prata med trädgårdsfolket.

– Oj, sa Janne. Tippar några kommer få det hett om öronen strax.

Troligen hade skjutningen i Ryd spridit sig, hur det nu hade kunnat göra de, för de var mer folk kring kyrkan än han sett tidigare. Naturligtvis var det en kvällstidning av sensationstypens hungriga gamar, den värsta sorten till på köpet, redan där. Man undrar hur sånt här läcker ut och varifrån? Hur pass mycket av detta kommer ifrån larmcentralen. Nån som tjänar lite tipspengar extra. Man bara undrar, men vet naturligtvis inte. Tycker 112 är så satans seriösa i sitt knog att de inte sjunker så lågt. Inte vi som läcker väl, tänkte han?

Anton såg sig om bland gravstenarna för att försöka hitta dem han sökte, de båda kyrkogårdsarbetarna. Han fortsatte mot deras tillhåll och redskapsbod. Och se, där fann han dem. Den ene talade i en mobiltelefon på ett språk han inte förstod ett ord av. Arabiska antagligen. Han avslutade samtalet då han fick se Anton kliva in i deras bod. Båda två tittade på honom med undran vad han ville.

– Tjena, sa Anton och höjde ena handen till en hälsning som typ den gamle indianhövdingen Sitting Bull, skulle gjort. Anton kunde sina serietidningar om siouxindianerna. Detta var han av naturliga skäl ensam om vid tillfället.

Han höll upp sitt polisleg och berättade att han hette Anton Franke och var polisinspektör, samt att han hade några frågor han önskade få svar på. Kan det vara okej, frågade han med en undrande min?

– Genast fick han svar från den ene att dom inte hade gjort någonting?

– Hur menar du nu, undrade Anton?

– Vi har inte gjort något som polisen behöver fråga oss om, försökte han förtydliga.

– Jamen vad bra då i så fall. Då behöver ni ju inte vara oroliga. Men först vill jag ha era id-kort!

– Varför då?

– Av den enkla anledningen att jag vill kontrollera att ni är dem ni säger er vara.

Han sträckte fram handen uppmanande för att de mer tydligt skulle förstå att det var dags att visa sina leg.

– Jag kan samtidigt berätta, eftersom ni troligen inte förstår, eller vill förstå, att jag har ett väldigt litet tålamod. Jävlas ni med mig, kommer ni senare ångra att ni ens kom på tanken. Är vi överens?

De båda lämnade ifrån sig sina id-handlingar och Anton tog emot dessa med ett vänligt leende för att strax efter, med sin mobiltelefon fotografera av leggen.

– Det gjorde väl inte ont, sa han efteråt och tittade på dem. Okej, sa han vänd till en av dem, då vill jag du berättar vad du heter och när du är född samt vilket land du kommer ifrån.

– Varför då, det kan du väl se på det där kortet?

– Jaha, då börjar vi om igen. Han suckade ljudligt med en uttråkad min. Här är det jag som ställer frågorna.

Fattades bara annat, nu kom och även kriminalkommissarie Svanstrand och såg till att fylla ut arbetsboden.

– Jaha ja, sa han och såg sig om. Hur går det här då?

Sigurd gjorde en storstilad entré med alla sina ränder och eklöv på axelklaffarna. Det gav en viss synbar effekt på dem. Det var bra att Sigurd kom, för då fick man ett vittne till utfrågningen. Sådant kunde vara bra i förlängningen och kanske hindra någon för att till en början bli lyft i håret samt senare, i värsta fall för våldsverkaren, bli uppspikad på en vägg.

– Okej sa Anton och såg på det båda kyrkogårdsarbetarna. Hur var det nu, namn, när är du född, vilket land kommer du ifrån och din adress? Försök minnas mitt korta och snäva tålamod det kommer hjälpa er, lade han till som en extra krydda av cayennepeppar.

– Adress?

– Rätt uppfattat, adress! Där ni bor, sover om natten.

– Varför frågar du mig, undrade den ene?

– Varför inte, sa Anton och tittade på sin klocka lite demonstrativt och vände blicken mot Svanstrand? Har du glömt bort vad du heter?

– Hammad, sa den Anton tittade på. Alla säger Hammad!

– Hammad? Det finns inget sådant namn på något av id-korten. Det märkliga är att ingen av bilderna på id-korten, ser ut som ni gör. Men ibland är det ju så att foton inte är särskilt lika innehavaren, jag har varit med tidigare om det. Har du någon aning om din födelsetid, alltså när du är född?

– Mamma kallade mig alltid för Hammad när jag var liten. Men jag heter Nasir Abbas. Jag tror att jag är 23 år!

– Okej, du är född år 1999, låter det riktigt?

Hammad verkade rådgöra med sig själv hur det ligger till och började räkna bakåt.

– Ja, det stämmer!

– Vilken månad då och vilken dag i den månaden?

– Det kommer jag inte ihåg.

Han brottades åter med sina tankar och såg olycklig ut. Till slut slog han ut med händerna lite uppgivet.

– Det är min moder som håller reda på sådant. Det borde väl stå på id-kortet?

– Hur har ni fått id-korten då, undrade Svanstrand?

Hammad ryckte på axlarna och slog ut med händerna igen och sökte hjälp av sin landsman med blicken, men han tittade bara ner i golvet.

– Vi fick id-handlingarna när vi kom till Sverige. Vi kördes till en förläggning där vi skulle bo och då fick vi våra papper och det här id-korten. Han var från ambassaden sa han, tror jag.

– Ja, sa Anton vänd mot Sigurd. Id-korten ser verkligen välgjorda ut men saknar en detalj som visar på dess förfalskning.

– Svanstrand undrade… har ni någon gång själva tittat på de id-kort ni fick?

– Den mest talföre, han som sa sig vara 23 år, skakade på huvudet. Varför skulle vi gjort det? Vi var bara glada att vi fått dessa plastkort som talade om vilka vi var. Jag tyckte nog att bilden på mig var dålig när jag tittade som hastigast. Men varför skulle jag bråka om det? Många som bodde där vi bodde, hade inga id-handlingar alls.

– Hur kom det sig att ni fick arbete här på Västra Ryds kyrkogård då?

– Det var av mannen som gav oss plastkorten.

– Vem var det då? Vad heter han, undrade Svanstrand.

– Jag vet inte vad han heter, han sa bara att vi skulle jobba med en trädgård vid en kyrka. Han kallas bara Garrincha.

– Har ni träffat denna man senare också?

– Ja, han brukar komma ibland och se att vi sköter oss, som han säger.

– Kommer han hit till kyrkan, menar du?

– Nej, han kommer till Kungsängen där vi bor.

– Jaha, Kungsängen. Det är ju inte så väldigt långt härifrån. Är det baracker kommunen ställt upp vid Bygdegårdsplan?

– Ja, det är de. Men vi vet inte hur länge vi ska bo där. Kanske blir vi hemskickade till Iran igen, vi vet inte. Han brukar säga det att om vi inte gör som han säger, blir vi hemskickade till Iran.

– Okej, sa Svanstrand. Nu gör vi så här. Vi kommer ta kontakt med er igen, men det kommer att ske i Kungsängen på Bygdegårdsplan. Kan vi säga så?

Kyrkogårdsarbetarna hade tittat på varandra och sa något på arabiska som inte Svanstrand hade en aning om vad det kan ha varit. Så hade man nickat åt varandra.

– Ja, sa Hammad, som var deras språkrör och var den som kunde göra sig förstådd och kunde förstå vad Anton och Svanstrand frågat om.

– Bra sa Svanstrand, vinkade med handen och så lämnade Anton och han den gamla likboden och trädgårdsarbetarna åt sitt öde. Dom visste inte då hur rätt dom skulle få.

27

Det känns onekligen ganska tomt, var Svanstrands tanke där han satt ensam på sitt tjänsterum. Gott om plats är det också där ingen längre sitter vid soffgruppen och berättar för mig vad det var för flygplan som är på inflygning mot Bromma flygplats och på vilken bana den kommer landa.

Sigurd saknade onekligen sitt bollplank. Men det är väl så det är föll nästa tanke in. Allt är föränderligt, ingenting är bestående, allra minst står tiden stilla. Oj, vilken grund tanke. I morgon är en annan dag, en ny dag med nya influenser, nya innovationer, nya insatser och nya bollar. Inalles, 50 öre!

Han böjde sig framåt och började långsamt massera sina tinningar. Plötsligt infann sig det gamla invanda röksuget. Det var nu ett tag sedan han hade slutat röka och det hade inte varit svårt. Det svåra var att låta bli att börja röka igen, att hålla sig ifrån att tända en ny cigarett när det bekanta suget kom. Under sin rökfria tid hade han aldrig känt suget som nu, men nu satt han ensam och funderade. Han mindes hur han kom på en massa tankar och idéer, under nikotinets värja. Så, med ens och plötsligt, var suget efter en cigg borta. Han reste sig lite stelbent och lämnade rummet för att hämta sig en mugg kaffe innan det var mötesdags. Ensam är stark, funderade han, är det verkligen sant?

Hur ensam skall man vara för att känna att man är stark? Det var väl så Liv Ullman sa en gång... "det är bättre att vakna ensam och veta att man är ensam, än att vakna med någon och ändå vara ensam".

Han klev in i konferensrummet stärkt i sin tanke, stärkt att se alla kolleger. Vad då ensam, slog de honom?

– God morgon alla och känn er välkomna till morgonmötet, sa Svanstrand och nickade åt sin spaningsstyrka med utredare. Härligt att se så många pigga och förväntansfulla medarbetare så det är väl lika bra att vi drar igång. Någon vi saknar?

Alla vände sig runt för att kolla om någon till äventyrs skulle saknas, men det verkade som alla var där, de som skulle.

– Bara dra igång, sa Anton och hasade ner djupare i sin stol.

– Vi tar det intressantaste först, sa han och log sitt hemliga varggrin. Resultatet av jakten på dna och fingrar nere i Skurup på en boendegård som heter Bjärsberga gård. Det handlar alltså om två från Iran, som de sagt sig vara ifrån och som hade sitt boende på gården, men sedan ett par dagar var försvunna.

– Var det, eller är det kanske jag ska säga, de två vi fann i kyrkan som låg med träfracken på?

– Ja, så kan man också beskriva dem om man heter Anton, sa Svanstrand och log. Det Anton menar, stämmer också. De två vi fann i likkistorna i Västra Ryds kyrka och gamla likbod, är identiska med våra teknikers fynd av dna i Bjärsberga.

De som var försvunna från boendegården i Bjärsberga, har
alltså dna som överensstämmer med dem som nu ligger på
Emmas bord i Solna. Nu kan vi skicka ner Karlssons igen för
att göra den fullständiga husisen i deras rum där nere.
– Är det inte Milena Sokolovska som har hand om vårt fall,
för jag tror mig veta att Emma Winston har händerna fulla.
– På sätt och vis rätt, Anton sa Svanstrand. Det är Sokolovska
som kommer ta över den bit vi håller på med.
– Det rör sig chefen, sa Anton och log även han nu. Då har vi
väl några namn på dessa ensamkommande barn i Skurup?
– Om det är deras egentliga namn, vet vi ju inte. Vi går på vad
gården har dem inskrivna som. Man får väl ibland ta vad man
får. Men enligt inskrivningen i Bjärsberga gård, ska den ene
heta Ali Ahmadi och den andre, Farid Chalho. Det låter i alla
fall riktigt, sedan som sagt var, vet vi ju inte om det är över-
ensstämmande med födelsenamnen. Bra tycker jag trots allt.
Nu har vi fått våra lik identifierade. Skurup och Bjärsberga
gård, har fått vetskap om vart deras ensamkommande barn
tagit vägen. De kommer få två lediga rum att hyra ut till hu-
gade ensamkommande barn. Eller rättare, berörd myndighet
har fått två rum att disponera.
– Spelar det så stor roll vad liken vi hade i kistorna heter, det
är väl mer relevant att deras dna stämmer med de barn som
saknades i Skurup, undrade Janne?
– Bra där, sa Svanstrand och nickade. Mest för att vi ska
slippa kalla dem ”ettan” och ”tvåan”. Nu kan vi säga Farid
och Ali.
– Hur går det med farbror August då, undrade Anton?

– Det är för mig säkert som för er, sa Svanstrand medan han blickade ut över församlingen och slog ut med händerna. Vi går i väntans tider. Här är det nu Milena som har hand om själva autopsin. Hon är ju i grunden patolog och har därmed fler specialområden.

– Är det därför vi går i väntans tider, alltså. Obduktionen av farbror August är således inte klar, har jag tolkat dig rätt då, sa Anton?

– Korrekt tolkat, Anton!

– Dessa infos ställer såklart följdfrågor. Någon som vill klämma ur sig den första frågan för ventilering?

Det var tyst i församlingen.

– Ingen? Varför, undrar i alla fall jag, låg dessa araber, Ali och Farid i likkistor i den gamla före detta likboden, plus då en kista som rymde enbart begagnade handeldvapen där det till stor del använts inom den svenska armén tidigare innan dessa stals vid något av inbrotten i militärens vapenkassuner som gjorts vid arméns bunkrade vapen av olika slag. En annan fråga som följer i det jag nyss sa, varför har dessa två avrättats och vid vilken plats då i så fall? Det som följde i dessa spår är ju, varför de avvikit från Bjärsberga gård och hittats i Västra Ryd, runt sju timmars bilväg enkel resa? Som slutfundering för nu, är varför sköts den gamle kyrkvaktmästaren Augustsson i sin trädgård? En enkel man som passerat pensionsåldern och var en fredlig herre på alla sätt och vis så långt vi erfarit. Med fyra kulor i hans bröstkorg, ändade man denne fridens man i hans egen trädgård. Dessa funderingar, mina vänner, är frågor jag ställer mig i alla fall.

– Var håller den där Gulfadern till då, undrade Janne?

– Ja, han kan vara inblandad i detta, ja. Men han besudlar ej sina små fingrar med sådant. Det är hans undersåtars jobb, de som sköter städfirman, så att säga.

Men Anton, kan inte du lyssna med din kontakt på Säpo?

– Är min tanke, Sigurd.

– Vad, har Anton en kontakt inom Säpo, undrade Mia? Det kände vi nog inte till, är detta hemligt eller?

– På sätt och vis är det väl hemlig, sa Svanstrand. Jag kan bara avslöja så pass att Säpo har koll på Gulfadern. Och det har även andra länders hemliga polis. Så vi ligger lågt med denna info för att slippa läsa om det i kvällstidningen i morgon.

– Men Anton har tydligen tillgång till en kontakt inom Säpo?

– Ja, som jag sa Mia, vi ligger lågt med den biten just nu. Ingen är betjänt av att detta torgförs på något vis.

– Okej!

– Vad gäller offren i likkistorna, lär vi inte komma så mycket längre. För tillfället skjuts det så det känns som kulorna viner kring öronen. Och för tillfället är det Södertälje som är måltavlan. Att hitta förövarna är närmast hopplöst som det känns. Men såklart jobbar vi på att finna den eller de som hållit i vapnet och som troligen är av den yngre sorten av springschasar i Gulfaderns armé. För det är de vanligaste förekommande med en pistol, innan kniv används. Det är till syvende och sist ett stickvapen som fordrar mer mod av förövaren än en enkel avfyrning med en pistol eller revolver och därmed ända någons liv med detta enkla handgrepp.

Koncentration gäller nu för oss vem som skjutit Augustsson. Nu är det så vitt jag förstår ingen gängstrid, utan en privatperson som fått sätta livet till.

Inte utan jag tänker mig att ett misstag har begåtts.

– Man backar filmen till ruta ett, och kollar hur dessa förmodade lik upptäcktes. Vad har vi skrivit i något pm från starten av vår utredning. Kan någon blada fram vad där står?

Anton hade sett sig om och han fann genast några bläddra bland alla sina papper.

– Jo, sa Mia som var den som först hittade vad Anton efterlyste och var med. Det står så här:

"Vi fick larmet i morse vid åttatiden och de som fann kistorna var de två kyrkogårdsarbetarna när det låste upp sin redskapsbod vid sjutiden på morgonen. Det hade varit låst som vanligt när de kom, inget sönderbrutet. De såg inte kistorna på en gång när de kom. Alltså, måndagen den 20 september klockan 07:13 fick vi larmet från 112 SOS alarm."

– Och vem var det som larmade 112 i så fall, kyrkogårdsarbetarna, eller?

– Det står inget om det, sa Mia. Jag ska kolla vidare om det står någon annan stans. Larmcentralen frågar väl vem som ringer, speciellt i ett sådant här fall. Min vilda gissning är att det handlar om kyrkans trädgårdsarbetare som ringde 112.

– Vi gör så här. Mia kollar med larmcentralen om det har någon uppgift om vem som ringt in larmet om likkistorna i Västra Ryds kyrka. Samtidigt slår mig en tanke, varför ringde man 112 bara för att man hittat några likkistor? Jag sa det tidigare till Ekholm, det kanske bara är en förvaring av potatis i kistorna. Eller kände den som ringde larmcentralen, till vad som fanns i kistorna och i så fall, hur kunde man veta det? Jag ringer i varje fall inte 112 om jag ser en likkista i skyltfönstret hos en begravningsbyrå exempelvis, fortsatte han.

– Nej, ut och jobba nu för här blir inga barn gjorda sa Anton
på sitt egna lilla vis. Jag tror Sigurd vill ha er här igen i mor-
gon, om inget annat händer under tiden. Då vill jag veta vem
som larmade 112 om kistorna i Västra Ryd. Någon som inte
har något att pyssla med i detta ärende?

Ingen hade reagerat på Antons ord. Dom verkade tycka mer
som - vad han har tagit sig ton då!

– Och du själv, undrade Janne och log?

– Jag ska försöka få tag i min kontakt inom Säpo. Frågor på
det?

– Okej, frågestunden är slut. Ses i morgon, sa Sigurd och vif-
tade med handen medan han reste sig och tog sin trave pap-
per med sig och lämnade rummet.

28

Samtidigt, då det lämnade sammanträdesrummet, drog Svanstrand med sig Anton in på sitt tjänsterum för att bolla lite tankar, nu när inte Fredrikssons fanns att tillgå.

– Kaffe, undrade han vänd mot Anton?

– Skulle sitta fint, Sigurd!

– Anton... mellan tummen och pekfingret, vad tror du om Västra Ryd och hela den biten?

– Jag tror så här. När det handlar om likkistor, förmodar man det också finns ett lik i lådan. Sådant har vi en stor respekt inför liksom vördnad för den avlidne i Sverige. Ingen i Sverige börjar skruva av kistlock för att kolla vad som döljer sig under locket, det vet man. Vördnad är vad det handlar om samt om det går över styr, griftefridsbrott. Du vet, liksom jag och våra kolleger vet, att griftefrid kan beskrivas som ett lagstadgat krav på respektfull behandling av det objekt som en avlidens kvarlevor utgör. Till ansvar för brott mot griftefriden dömes den som obehörigen flyttar, skadar eller skymfligen behandlar lik eller öppnar grav eller på annat sätt gör skada på kista.

– Har du läst på?

– Nä, men jag har sett filmen, sa Anton och log.

Inte utan att Svanstrand såg imponerad ut av Antons kunskap. Men, tänkte han. Det är ju så de är.

– Det är då jag kom på att ligger man i en kista, så har man liksom amnesti. Man har sin egna lilla fristat, man har en skyddad plats. Hur man förfar i andra länder, känner inte vittnet till, fortsatte Anton sin utläggning. Alltså, har man en kista vet man att i Sverige är det ingen som kollar vad den innehåller. Man kan smuggla vapen, förvara lik etc. etc. i en likkista utan att någon ifrågasätter vad som döljer sig under locket. Sedan kan det ju vara så att man kanske inom kyrkan skickar kistorna, osett, för att kremeras, genom någon kyrkvaktmästare eller några kyrkogårdsarbetare, vad vet jag hur förövarna tänker. Kanske någon tycker, jaha ja, nu har vi glömt skicka de här kvarlevorna för eldbegängelse. Jag vet inte vad man har för säkerhetsventiler och kontroller.

– Oj, sa Svanstrand igen… brukar det inte sitta någon lapp på kortändan av kistan om vad som kistan innehåller. Jag har för mig det var så vid de begravningar jag varit på i alla fall. Visserligen en enkel handskriven biljett, men det stod vad innehållet var. På kistorna i Västra Ryd, fanns inga sådana biljetter.

– Men Sigurd, sådant kan ju lossna, trilla av vid hantering av kistor. Alla kan vi göra fel eller vara mindre uppmärksamma. Vad vet vi hur förövarna har tänkt?

– Det kanske låter lite väl burleskt det du funderar över, men ändå finns där en grundad dokumentär. Vad tror du om den gamle kyrkvaktmästaren då, Augustsson?

– Jag tror kort och gott att han pratat för mycket med oss.

– Du menar att någon eller några, såg hur vi pratade med August och de var något dom inte gillade?

– Ja han fick ju en rulle sedlar som säkert kan tolkas som så att därmed skulle han helt enkelt hålla sin glappande käft stängd. De som sett August tala med oss har varit kyrkogårdsarbetarna. Även om jag inte är så säker på att det är just dessa som tystat vår gamle klockare. Tipsat någon att Augustsson ofta talar med polisen. En annan tanke. Har han blivit mutad att hålla igen truten tidigare? Pengar talar ju sitt tydliga språk.

– Inte utan att jag undrar vem som tipsar Gulfadern om vad som händer? Jag kan tänka mig den lille skinntorre bara behöver höja ett ögonbryn, så blir någon snacksalig ett huvud kortare. Inget man kan anklaga Gulfadern för som stämpling eller anstiftan, det är han noga med. Antagligen därför han är så svårfångad, han betalar säkert även tv-licensen om det fanns någon sådan han hade att betala.

– Kanske vi skulle syna det där företaget Väg & Maskin i Skurup lite mer närgånget. Kanske där som allt beordras ifrån efter en vink, eller blink, från Gulfadern. Tror inte hans inkomst är så mycket skördetröskor och tallriksharvar utan mer av typ närodlade droger. Kanske i vartenda växthus odlar man idag andra grönsaker än slanggurka. Annars är den stora tillverkningen i Marocko som sedan smugglas ut i världen. Vill man tjäna det stora slantarna, ska man antagligen börja odla den kända hampväxten cannabis. Nu tänker jag bara högt, Anton. Inte alls säkert att det förhåller sig så. Men många länder brottas med bekämpningen av droger. Kanske därav den intensiva jakten på bland andra Gulfadern. Det finns en hel del andra småpåvar på vägen som vill ha sin bit av kakan.

– Är det så verkligheten ser ut, menar du, undrade Anton?

– Jo, så är de. Och med denna hantering följer girighet och det är då någon lyfter ett handeldvapen och ändar en annans liv som inte följt reglerna på karriärstegen eller inte redovisat kapital med rätt summa eller har helt enkelt snackat för mycket. Jag tror, mellan min vänstra hands tumme och samma hands pekfinger, att företaget i Skurup med Väg & Maskin Entreprenad, bara är en täckmantel där man kan se att Huang He Bincheng, är generalagenten för Sverige vad gäller det kinesiska jordbruksmaskinerna Kia i Sverige.

29

Anton slog Annas telefonnummer men fick bara en hänvisningston i örat. Inte ens det vanliga, "du har kommit till Anna Winkler, jag kan inte ta emot ditt samtal för tillfället..."
Vad är det som händer? Samtalet har ändå inte kopplats ner de hör han tydligt. Så kommer några engelska fraser han inte hinner uppfatta innan samtalet bryts helt.
Nu blev han orolig, vad har hänt, vad handlar detta om?
Hans mobil ringer... och han greppar direkt sin mobiltelefon och nästan flåsar.
– Ja, Anton Franke!
Men det han får höra är fortfarande det där könlösa orden på bruten engelska som han inte hinner uppfatta.
Hallå, nästan skriker han i telefonen, precis som vilken vanlig människa som helst skulle gjort när adrenalinet pumpat upp för stor mängd stresshormon. Hallå!
Det här var inte vanligt för en sådan som Anton Franke. Han var i sig en tuff jävel, men nu sökte han kontakt som tydligen inte gick att upprätta, med sin Anna Winkler.

 Just då, ringde hans telefon igen och han greppade sitt platta
monster med sina skakiga händer.
– Anton!
– Mister Franke?
– Yes, what's happened? I'm looking for Mrs Winkler!

Så blev det tyst igen och en massa bakgrundsljud, det lät
som några talade med varandra och höll för mikrofonen med
allt det frasande ljud som då uppstod.
– Please sir, call again later…

Nytt bakgrundprassel och röster på engelska. Okej, tänkte
Anton, Anna kanske jobbar? Hon slår säkert en signal när det
är läge för de. Fan, det här är ju konstigt. Trodde inte någon
annan skulle få mig ur fattningen på detta vis. Anna Winkler
hade satt hans hormoner i rörelse och i en annan rotations-
riktning än han var van vid. Han mindes tiden från tonåren
hur svindlande det var. Då visste man inte vad som var upp
eller ner. Samma känsla hade han i kroppen idag också. Måste
nog som sagt var, ta ett snack med fader Winkler och be om
hennes hand, tänkte han.
Med dessa tankar i huvudet gjorde hans mobil, väsen av sig
igen. Oj, kanske Ann, tänkte han…
– Ja, Anton Franke!
– Hej Anton, Sigurd här.
– Trevligt. Hur är läget?
– Läget kanske inte är under kontroll direkt, men på väg att
bli de… tror jag, sa han efter en konstpaus.
– Var ömmar det som mest då, chefen?
– Jo jag tänkte att så fort obduktionen är klar och vi kanske
vet lite mer då, så blir det en husis hos Augustsson.

– Strålande Sigurd.

– Jag har, fortsatte Svanstrand utan att kommentera Antons glädjeyttring, fått besked om att den som ringde 112, aldrig sa sitt namn och hade lagt på luren, som hon sa operatrisen på SOS. Man hade hört att det var en vanlig gammal telefon, ingen mobil eller surfplatta, det hade liksom skramlat när luren hade lagts på i sin klyka.

– Verkar alltså vara en konventionell telefon av gammal typ men i modern tappning för att passa in i nätet. Kan mycket väl tänka mig August med en sådan telefon, menade Anton och tog sig fundersamt om hakan.

– Nu har vi begärt in samtalslistor från den gamle kyrkvaktmästarens telefon från aktuell tid. Jag tror att Telia kommer bekräfta att samtalet kom ifrån en Nils Einar Augustsson Kungsängen med adress klockargården Gällöfstavägen Västra Ryd. Nu ska vi bara se att det är så, man kan ju inte ta någonting för givet hur klart som korvspad det än ser ut att vara, eller vad säger du, Anton?

– Då föreslår jag också att vi inväntar svar från Sokolovska och rättspatologen, samt svar från det gamla Telegrafverket vem som ringde in anmälan till 112 gällande likkistorna i den gamla likboden.

– Har du några mer tankar om Ryd, Anton?

– Egentligen ingenting utöver de vi snackat om tidigare.

– Kan du utveckla det?

– Ja, det är de där tankarna vi alla haft varför man körde tre likkistor till denna avlägsna plats som Västra Ryds gamla likbod ändå anses vara. Men, varför just dit?

– Kanske bara är ett villospår. För att få polisen upptagen.

– Du menar, ett slags lockbete för att de under tiden kan pyssla med annat?

– Ja precis så. Du vet ju hur illusionister låter publiken dra sina ögon åt högra handen, medan den vänstra plockar fram nya kort ur rockskörten med den vänstra utan uppmärksamhet. Vad vet vi Gulfadern hade för något på gång medan vi kollade likkistorna med en hel del resurser. Vilka kom dragandes med dessa kistor? Ja, vi anar ju det båda två. Dessa planterades i samband med den nya grävarens ankomst på trailer och skåpbil. August fick fem tusen för att bara glömma allt vad han möjligen sett och hålla limpsaxen stängd.

En annan sak, Sigurd. Jag råkade kolla nu var boken var tryckt och sånt där. Den som hade skrivit den gamla boken om Ryd var en A. V. Thunholm. Adolf Vilhelm Thunholm var arrendator på Sylta under Håbo församling Uppsala stift. Det kan ju vara en tillfällighet men han är nog son till gamle Johan Thunholm, men det kommer väl visa sig i så fall?

– Jag har pratat med åklagarna så vi kommer under dagen få besked om vi får göra en husis och i så fall om det faller väl ut, även papper på husisen i klockargården.

– Bra! Jag är ganska säker på att det kommer finnas ett och annat guldkorn i denna härva väl bevarad i klockargården och i Augusts byrå. Han noterade ju allt som hände i sina dagböcker, stort som smått berättade han för mig.

Det var väl så att klockare var ett ämbete där klockaren både skulle kunna läsa och skriva samt sjunga. Han var för pastorn i församlingen, dennes tjänare, men högre stående än andra i bygdens församling. Han hade en större skärv i penningpungen än det flesta andra bybor. En klockare var lite förmer.

Inte så att klockaren såg ner på församlingens pigor och drängar, snarare var det så att dessa såg upp till klockaren. Det var nu fjorton dagar efter leveransen av grävaren och man funnit kistorna, August hittas skjuten i sin trädgård. En söndag efter högmässan i Ryds kyrka.

Anton skakade på huvudet. Så fel det kändes. Han var inte längre förbannad på de viset, han var mer sorgsen över den stillsamme mannens onödiga hädanfärd. Han hade ju kollen på den som skrivit boken om Ryd, Röjning. Författaren hade inte haft, som Anton trott, samma namn som kyrkvaktmästaren i klockargården. Anton hade sökt på webben och hoppades hitta svaret att det var häradsskrivaren. August noterade ju allt som hände på Ryd, något han antagligen ärvt efter sin fader Alvar som ju var flitig med pennan som häradsskrivare och den som författade en del gamla skrifter och brev? Det är för övrigt det gamla ordet för Ryd, som då betyder Röjning. Det var också tack vare ämbetet som häradsskrivare, hans far kunde utnämna sin son Nils Einar Augustsson till klockare vid Västra Ryds kyrka i Håbo församling. Men, tänkte han. Vi får avvakta resultatet från obduktionen av August samt husisen. Nu hade ju Anton funnit att det var A. V. Thunholm, arrendatorn på Sylta länsmannaboställe, som var författaren till boken Röjning. Alls icke häradsskrivaren

Redan dagen efter, då man funnit den gamle klockaren skjuten, hittas de två kyrkogårdsarbetarna skjutna genom sidorutan på sin lilla bil vid parkeringsplatsen utanför deras boende i Kungsängen. Varför då, kan man undra? Troligen av samma anledning och samma orsak som varför August kallblodigt sköts till döds. Dom hade sett eller pratat, för mycket. I de här fallet är det väl närmast den som hela tiden hade kontakt med de två kyrkogårdsarbetarna och den som sett till att skicka sina rackardrängar på dessa två när de kom hem till sitt boende på gården i Kungsängen, som var klart misstänkt. Den ene var död den andre hade visat livstecken och låg nu på intensiven vid Karolinska Universitetssjukhuset i Solna. Den som styrde och såg till att Gulfaderns direktiv följdes, var nog den som en gång ordnade deras falska id-handlingar och arbetet vid kyrkogården. Allt väl planerat i minsta detalj. Han uträttar allt själv och på egen hand för då finns heller ingen som kan prata för mycket. Det var nog som katten på råttan, ramsan. Prioritering nummer ett nu, måste vara att plocka bort Gulfadern ur spelet, sedan att ta nästa pinne nedåt på stegen samtidigt som man rensar luften i de många kriminella gängen och falangerna. Sigurd har säkert precis samma tankegång som jag funderar på.

30

Anna såg sig om i folkvimlet där hon satt. Hon satt vid en servering utefter den stora gatan Ashoka Road snett emot det lyxiga hotell man visste att deras objekt bodde på. Hon försökte ruska av sig olustigheten och kände sig inte särskilt bekväm med omständigheterna. Hon kunde lika gärna suttit på tunnelbaneperrongen vid Stockholms Central i rusningstid. Det var en kaotisk röra runt henne. Alla indier som strövade fram och åter, plus alla mopeder som knattrade förbi. Sitta här, tänkte hon för att försöka få en glimt av Gulfadern är hopplöst, för att inte säga en bisarr idé. Det var annars en ytterst modern stad hade hon läst i sin turistbroschyr. Från hela världen strömmar både folk och språk till Delhi, vilket ger staden sin äkta kosmopolitiska framtoning. Det gäller både i de gamla stadsdelarna och i det gröna, Lutyens-designade New Delhi med de trendiga restaurangerna, populära kaféerna och de tusentals märkesbutikerna. Här finner man allt det senaste inom konst, mat och mode. Samtidigt är New Delhi på väg att explodera med raketfart när det gäller nattlivet. Ba-

rer, klubbar och lounger etableras i en rasande fart i det annars
så konservativa Indien.

– Är det så här mycket folk hela tiden?

Anna hade undrat och vänt sig mot sina brittiska kolleger från
Security Service MI5 med en frågande min.

– Du vänjer dig snart, sa Miranda. Du vänjer dig.

Vid sin sida hade Anna Trevor Harris och Miranda Walker
från MI5. De har till skillnad från säkerhetspolisen i Sverige
inte polisiär jurisdiktion, utan är en ren säkerhetsunder-
rättelsemyndighet med nära samarbete med Scotland Yard.
Kollegerna hade exakt samma uppdrag som Anna Winkler
hade, hitta Huang He Bincheng, eller mer känd som Gulfa-
dern, även hos MI5.

– Ja, så här ser det ut dygnet runt. Det är som att hitta den
berömda nålen i den lika berömda höstacken, sa Harris och
log.

– Bränner vi inte lyse i onödan här, undrade Anna?

– Inte vi som bestämmer, log Harris.

Trevlig kille den där Harris, tänkte hon. Hela tiden med ett
leende på läpparna, men jag skulle inte vilja köpa en begagnad
bil av honom, tänkte hon, det skulle jag inte.

– Han är som en ödla. Rent av en kameleont skulle man med
fantasins hjälp kunna likna honom vid har jag förstått, fort-
satte Harris. Som du vet, kan ju kameleonten ändra färg så att
den stämmer med den omgivande miljön, men kamouflageef-
fekten är som regel helt sekundär. Ofta gör kameleonten tvär-
tom, allt för att den ska bli så iögonenfallande som möjligt.
Kameleonter kommunicerar med färger, men den här ödlan,
är vanligast gul. Men, han använder ofta peruk och solglasö-

gon i skiftande färg och form. Han har också alltid fyra livvak-
ter runt om sig som i en fyrkant. Han har en lätt haltande gång
som är svår att maskera med solglasögon och peruk.

– Jag kan bara inte förstå att vi ska kunna hitta honom här i
denna röra av kaosartad människomassa. Hur mycket folk har
vi här för att hålla reda på kinesen?

– Det vet vi inte, och hade jag vetat det, hade jag inte fått be-
rätta.

– Nu sitter vi ändå runt tio meter från den pulserande folk-
strömmen, men ändå känns det som om de klev över mig. Så
intensivt är det. Indiens huvudstad är väl en av de städer i
världen som tveklöst har flest sevärdheter. En flygbiljett hit är
en garanti för en mycket annorlunda semester, och som också
garanterat bjuder på stora upplevelser. Ja, det känns så i alla
fall.

– Ja sa Harris, staden har verkligen ett överflöd av intressanta
platser. En flygresa hit är som du sa en resa som bjuder på
upplevelser. Definitivt en resa tillbaka i tiden. Det kan vara en
god idé att överväga om man skall ha en "tur/retur" eller en
flygbiljett med flera stopp. Indien har varit underskattad av
mig. Men som helhet överraskar den också, och många rese-
närer som reser till exempelvis Delhi, använder staden som
utgångspunkt för att komma till Agra med dess världsbe-
römda Taj Mahal, eller andra välkända platser i det gigantiska
landet.

– Ta bara gamla Delhi, som gamla Stan i Stockholm, för din
del, där finns sevärdheter som moskéer och monument, som
representerar Indiens långa historia, utspridda på överkomliga
avstånd mellan varandra.

Det stora gravmonumentet över Humayun uppfördes också i röd sandsten, och lockar varje år tusentals turister från hela världen. Lotus-templet och Akshardham-templet kan också läggas till i raden av stora attraktioner. Bland de absolut största sevärdheterna finner man tveklöst det majestätiska Red Fort, tillsammans med Qutub Minar och Humayuns grav, som alla finns med på listan över världsarv, har jag för mig.

– Låter som ni varit här en längre tid och hunnit se er omkring eller har ni bara läst på?

– Vi har både läst på och skaffat oss egna upplevelser. Vi har ju varit här i omgångar, vi avlöser varandra för att vi inte ska bli en vanlig syn i gatubilden. Se, men inte synas som det väl heter.

– Du, har serveringen glömt oss tror du, undrade Anna?

– Nej då, dom har inte glömt oss må du tro. Tre västerländska turister låter man inte slippa ur klorna må du tro.

– När man talar om de berömda trollen, står det ju redan i farstun och trampar. Ska bli intressant att se vad det är jag beställde. Jag menar om det ser ut som det jag har en vision av.

Bara man kan undvika det där man kanske inte tål, eller magen inte tål, tänkte hon men indisk mat är himmelriket för många och en god mix av sött och surt, milt och krydd-starkt. Dock kan man, som sagt var, drabbas av magsjuka när du vistas i landet. Det finns till och med ett uttryck för detta som jag fick höra av Miranda som passar in perfekt på en matguide om Delhi, den så kallade Delhi Belly eller Delhi magen. Men hon hade inte lust att tillbringa återstoden på sitt pass på toaletten. Så hon startade först med en stadig whiskey. Hon undrade vad hennes wirre skulle kosta henne. Världens dyraste whiskey en 60-årig singelmalt ifrån Scotland som kostar 18 mille! Woops! Harris var underhållande med sina berättelser, men denna var lite väl påtaglig. Va, vem halar upp 18 mille för en flaska singelmalt? Räcker med dessa 6 cl dekokt på arbetstid. Men, det är ur preventivt syfte för att inte drabbas av denna Delhi mage.

– Medan vi suttit här och snackat persilja, har ju vår Gulfader kunnat promenera fram och tillbaka utan vår vetskap, känns det som. Jag menar i denna röra av folk. Kan inte den indiska säkerhetspolisen klara sig utan oss?

– Inte så lätt som det låter, Anna. Det finns även en del politik med i kvarnen som måste malas. Du vet det där gamla uttrycket vi säger i London, "If you scratch my back, I'll scratch yours. Means, if you do me a favor, I will do you a favor in return."

– Men okej. Det är en massa spel för gallerierna, okej. Då kan vi i lugn och ro ägna oss åt det vi nu har på tallrikarna och alla andra karotter man burit ut till vårt dignande bord?

– Äntligen har du fattat!

31

Hos Augustssons gamla klockarbostad pågick nu en husis och
Sokolovska på rättsmedicin, hade lämnat ett preliminärt utlå-
tande av dödsorsak och annat i den medicinska terminologins
språk i ett mejl till Svanstrand.

Dödsorsak, tänkte Anton där han satt på sitt tjänsterum i
samma korridor som sin chef och Siverts gamla rum? Den
måste väl vara förorsakad av någon av de fyra kulorna man
placerat i Augusts bröst, eller genom alla fyra, var för sig. Med
den träffbilden han hade i bröstet kunde skytten knappast
missat hjärtat. Den som hållit i vapnet har varit med förr och
kunde hantera ett skjutvapen helt klart. Svårare än så tror jag
knappast det är, eller behöver vara, tänkte han.

Sigurd hade delegerat, eller delat med sig av detta mejl till An-
ton nu när han inte hade Sivert som sin omedelbara vapen-
dragare. Han var ju Sigurds nya plank han hade att studsa sina
tankar mot. Till en början hade Anton inte funderat på att läsa
protokollet från rättsmedicin och Sokolovskas utlåtande, nej.

Men så kröp de där tjänstemannaansvaret över honom och han öppnade filen han fått från Sigurd. Han gillade inte att sitta och läsa en massa dokument på datorn. Lika lite som han skulle kunna tänka sig läsa en e-bok på sin smartphone eller i just datorn. Nä, skulle han läsa en bok, skulle det vara en fysisk bok, inget annat var för hans del antaget. Dokument, var undantaget.

Sigurd hade hört en hel del skrönor om Milena, har han berättat. Ja hon på rättsmedicin. Men allt man hör är kanske inte sant. Det brukar börja med en liten fjäder och i slutänden är det en fullfjädrad Leghorn höna som ser dagens ljus. Det var hans tes. Är man ifrån Kaliningrad, tänkte Anton, kanske man tar med sig seder och bruk. Därför kunde hon säkert klämma en sexa rysk vodka på raken utan att blinka, möjligen höja ett ögonbryn. Men, tänkte han, jobbar man på det stället hon nu gör, kanske det är nödvändigt att gå lite på slipsen för matsmältningens skull. Nu ska vi se vad hon hittat på.

”Rent allmänt kan jag säga att:

En vävnadsskada kan uppstå via två mekanismer. Direkt mekanisk påverkan med sönderslitning av vävnad eller indirekt påverkan på grund av tryckvågor. Eftersom projektilens skadepotential är proportionell mot den kinetiska som projektilen överfört till målet, kan man uppskatta omfattningen utifrån ingångshålets utseende och storlek, förbehållet att omfattningen blir större vid deformerade och fragmenterade projektiler. Den indirekta verkan innebär att vävnaden skadas genom översträckning. Skadepotentialen hos en kula beror på projektilparametrarna, inklusive kaliber, massa, hastighet, avstånd, komposition och design, såväl som målets massa. Graden av skada som genereras av projektilen är i allmänhet beroende av den vävnadens specifika gravitet. Högre gravitation ger större vävnadsskada.

Av de fyra projektiler, eller pistolkulor brottsoffret träffats av, har i sig endast en projektil varit direkt dödande. De tre övriga projektilerna som hade en sammansatt träffbild, skulle i förlängningen även dessa ge ett dödligt slutresultat. Vid undersökningen har vi konstaterat att det rört sig om högenergiskador. Samtliga fyra projektiler har varit perforerande och lämnat en utgångsöppning där således ingen projektil, eller pistolkula fanns kvar i kroppen. Utgångsöppningen är större än ingångsöppningen och har en annan form. Vi har även konstaterat att det varken fanns sotavlagring eller pulvertatuering kring ingångsöppningen utan lämnade endast den vanliga rödaktiga och den skavda vi kallar, abrasionsringen. Som ni förstår så är vapnet avfyrat på avstånd samt av en van skytt. Dödsorsaken var kort och gott, penetrering med deformerad projektil efter passering av costa innan projektilen fortsatte genom cor och dess vänstra ventrikel med åtföljande splitter.

Jag tror vi ska stoppa där, det är väl så långt ni behöver ha kännedom av. Jag skulle kunna sammanfatta dödsorsaken på en kort mening, en liten rad, men nu blev det denna något längre utläggning med bakgrund av vad vi kommit fram till.

Jag förutsätter att kommissarie Pierre Svanstrand fördrar detta vid något möte ni har.

På Solna Rättsmedicinalverkets vägnar

Milena Sokolovska rättsläkare och patolog"

Jaha ja, tänkte Anton. En massa skrivet på ett fikonspråk jag inte begriper i alla fall.

Undrar om hon skrev de här när hon var på lyset? Fy fan vilket jobb om man tänker efter. Tänkandet i detta fall, hoppar jag över. Men, egentligen är det tur att någon är intresserad av detta hantverk. Ja, för att vi ska kunna få svar på våra frågor och undrande.

Nu har vi fått det bekräftat det vi egentligen kände till och anade sedan tidigare. Hon nämner "en van skytt" där den samlade träffbilden bekräftar fakta.

Den träffbild den bifogade skissen visar, från cirka sex meter avstånd, visar på stadig hand. Vem kan det vara? Det man vet är att duktiga skyttar, först och främst är tävlingsskyttar, sedan kommer polisen och militären. Jag anar tävlingsskytt och i så fall får vi genast en snävare cirkel att leta i. Måste ventilera detta med Sigurd. Finns det kanske paralleller från avrättningen av de två kyrkogårdsarbetarna? Vet vi det? Är det samma sorts ammunition som använts, samma kaliber? Och, en av dessa ligger ju på sjukhus med livshotande skottskada, medan den andre avled. Det blir vid morgondagens morgonmöte vi kan vädra våra tankar och börja lägga puzzel.

<h1 style="text-align:center">32</h1>

– Jag tror jag beställde något med kyckling, det enda jag trodde mig veta vad det var, Tandoorikyckling säger mig nu mitt minne att det kan ha varit. Yes, det var Tandoorikyckling som ser ut att vara en kyckling i stark tandoorisås som görs i lerugnsgryta, vad det nu innebär?

– Gissar vi tog denna rätt alla tre. Som tillbehör ska det vara ett Nan bröd som jag beställde naturell och tjejerna tror jag valde vitlöks-Nan. Äts som tillbehör, förstår jag sa Harris. Här i staden kan man annars äta väldigt billigt vid alla fast food och gatukök som spridit sig och det är normalt i gatubilden att man äter med fingrarna. Då kan man dock inte klara sig från att bli upp och ner i magen. Jag har kollat hur man tillagar de olika rätterna och tycker att många av gatuköken är lite si och så med både det ena och det andra.

– Oj, det där lät både olycksbådande och diplomatiskt Trevor, sa Miranda och skrattade. Eftersom vi jobbar, är det ju öl som gäller. Lär ska vara ett poppis öl. Trevor och jag har provat ölen tidigare och det är faktiskt mer än bara drickbart.

Men innan det är sovdags, brukar vi ta en liten magmedicin.

– Gör ni, vad är de då för magmedicin, undrade Anna? Hon såg kollegernas glada miner. En liten wirre kanske, eller?

– You are so right, log Miranda. Det tror jag har räddat oss vid fler tillfällen än ett från magsjukan, Delhi Belly.

– Du, sa Anna och tittade på båda två, har vi sett något eller har vi missat objektet i kallpratet?

– Man kan kallprata och ända ha ögonen öppna för det vi är tillsatta att spana på. Nästan lättare att snacka om ingenting för då har man ju uppmärksamheten påkopplad. Det är ju inget väsentligt vi snackat om, vad jag minns. Men vi har inte heller fått någon signal på att objektet flyttat på sig eller lämnat rummet. Hotellet är ju fyllt av vårt folk. Mestadels Indiens eget folk från deras polis (IPS) som är hårda gossar.

– Är det några jag sett? Eller är de kanske bara inne på hotellet, undrade Anna, jag menar IPS, de som aldrig frågar?

– Nej, dessa tror jag inte du har sett, sa Harris. Då har dom tavlat till det för sig. IPS kör efter samma slogan som vi, "see but not be seen".

– Okej go vänner, hur ser ert schema ut nu då för det närmaste dagarna, för jag anar ni kommer snart bli avlösta?

– Vaken tanke så här på kvällskvisten och i värmen, sa Miranda. Vi lyfter från Indira Gandhi International Airport mot hemmets härd i London om två dagar. Det kommer faktiskt bli ganska så skönt. Den här värmen blir besvärande påtaglig för oss på våra breddgrader i längden. Runt 30 varma varje dag, tär på psyket. Inget vi har runt Kings Cross i London där det ofta regnar En värme vi aldrig konfronteras av på vår ö där det känns lite mera höstligt som vi är uppvuxna med. Till

skillnad mot denna tropiska värme. Innan vi kom ner hade
det haft värmerekord med 50 grader.

– Låter som ett dåligt skämt. Hur klarar man sånt?

– Vet jag inte om man klarar det, ärligt talat.

– Du Harris, som kanske är en van pubbesökare i old Eng-
land, vad tycker du om det här ölet?

– Cobra, menar du?

– Ja, just det. Själv tycker jag det smakar som det låter även
om jag inte smakat på själva ormen i sig, det räcker med nam-
net. Kanske dom har själva ormen i den där köttgrytan Vin-
daloo, som ju är kryddade köttbitar med kanel och karde-
mumma plus vitlök och vin för att dölja ormsmaken.

Harris skrattade åt Annas utläggning och skakade till slut på
sitt krulliga huvud.

– Ja du Anna, du bär på en hel del fördomar hör jag.

– Kanske tur ändå att alla tycker olika, kanske inte alla, men
du förstår hur jag menar. Undrar vad vårt objekt äter… skal-
lerorm?

Det uppstod en munter stämning kring bordet och Harris
var den som skrattade högst.

– Han torkade sig i ögonen och sa… skallerorm med ris, en-
ris! Nej sa han, det här går inte… dom kanske har snabbma-
ten "snakes and chips" serverat i en strut av Bombay Times…
Oj, folk tittar på oss. Dom tänker nog, fulla tyskar. Vi ber att
få beställa var sin Lassie tycker jag, eller hur?

– En vad, undrade Anna?

– Lassi är en söt smoothie. Miranda berättade att dom brukar
beställa denna Lassie var dom än intar en måltid för att i bästa
fall dämpa den halsbränna som kan uppstå efteråt. Den slin-

ker ned lätt efter en kryddig måltid som nu, och den blir en fin avslutning på middagen.

Det blev nu en sådan där Lassie som Harris och Miranda berättade om och som alla tre vid bordet beställde.

– Varför egentligen, jagar ni samma objekt som vi gör undrade Anna? Känns inte som detta är vårt bord utan Indiens?

– Det är väl ingen större hemlighet. Men jag kan väl säga såhär, vår uppgift består av att säkerställa brittiska parlamentets demokratiska och ekonomiska intressen men också att förebygga grov brottslighet såsom spioneri, terrorism och sabotage. Vårt objekt befinner sig helt klart inom dessa ramar. Vad jag känner till att objektet pysslat med i Sverige, så handlar det på samma vis som han gör i England. Han har ett företag som säljer jordbruksmaskiner där han är generalagent. Det är ansiktet utåt, men hans huvudsakliga verksamhet är odling av cannabis. Ja, inget han rör vid med sina egna händer, nej nej, han bara pekar och så är det någon annan som smutsar ner sina händer med hans hantering.

– Samma upplägg alltså som vi är utsatta för. Men han går ju inte att komma åt på konventionellt vis. Så vår kriminalpolis är egentligen först och främst ute efter hans förlängda arm, förklarade Anna. Inget som vi sysslar med.

– Låter som du kände till vårt arbete bättre än vi själva, sa Miranda och skrattade.

– Vad man berättat för mig, är att Indiens IPS kommer ta hand om vår Gulfader på sitt egna vis så det blir nog tidigare hemgång för oss och antagligen får du, om du nu inte redan fått det, samma besked.

När mörkret faller i New Delhi, faller det fort, tänkte Anna.

– I så fall, syns vi kanske tidigt i morgon bitti ute på flygplatsen Indira Gandhi Airport för en flygtur mot våra breddgrader. Mellanlandning i Paris, där vi kommer skiljas. Jag vet bara att flygtiden New Delhi, Indien – Stockholm Arlanda Airport är på sju timmar och tjugo minuter vilket jag faktiskt ser fram emot. Men då är inte mellanlandningen i Paris inräknad. Tack för den här tiden om vi inte ses på Gandhi Airport, det är dags att kliva ut ur bastun känner jag.

– Vem vet, vi kanske ses igen.

33

– En ny dag har visat sitt gråmelerade anlete och ett nytt möte
förestår varför jag vill hälsa er god morgon och välkomna. Vi
har en hel del att ventilera. Bland annat har en del intressant
för oss framkommit vid husisen ute hos klockaren i Ryd. Alla
har säkert läst det fikonspråk vår patolog ute på rättsmedicin
delat med oss. Där framkom en del intressant skulle jag vilja
påstå och jag kan också meddela att det ärende vi hade från
början med det tre likkistorna man fann i den gamla likboden
vid Västra Ryds kyrka, är avskrivet. Ja, Krister meddelade att
det nu längre inte fanns något relevant att nysta i. Den som
möjligen fått den stenen att rulla, var det någon som satte en
kula i vägen för fortsatt talande. Vi pratade ju länge om att
Augustsson, den gamle klockaren vid kyrkan, borde fått en
glimt av dem som lämnade över en rulle sedlar till honom för
att han hade låst likboden efter dem. Han borde absolut note-
rat om det var fler än en, i bilen från Väg & Maskin Entrepre-
nad Skurup, när han tog emot rullen. Men vi kanske ska börja
med Sokolovskas långa utlåtande…

– Någon som vill penetrera Sokolovskas långa utlåtande till att börja med?

– Ursäkta, men medan jag har det i minnet, så var det om inte annat en föredömlig utläggning om ballistik. Fortsätt gärna, chefen medan jag hoppas alla tagit åt sig av denna föreläsning om ballistik och ursäkta din snacksaliga lärjunge, Sigurd.

– Tack, Anton. Jag håller med dig där i allt det du sa.

Inte vanligt att Svanstrand ler på sina möten, men han log nog mest åt sin dubbelbottnade tanke. Han skakade lite lätt på huvudet och försökte se var han slutade…

– Jo som sagt, den vi skulle kunna rikta in oss på som avfyrat en pistol mot klockaren på Ryd, är antingen och troligen, militär eller är med i en skytteklubb med pistolskytte som utövning eller tävlingsform. Med den träffbild Milena beskriver i sin rapport, klarar man inte av att samla utan en viss idog övning med den typen av ammunition som använts i fallet med Augustssons avdagatagande. Rekylen är så pass kraftig och att då avlossa fyra skott, troligen i snabb följd, kräver sin man, eller utövare när vi också har kännedom om den koncentrerade träffpunkten som troligtvis var målet. Tre av kulorna har våra tekniker funnit i marken bakom den stol Augustsson suttit i. Kulorna återfanns i gräsmattan med deras metalldetektor. Med hjälp av typen på skadorna, så har det varit värsta sorten av ammunition vilket också bekräftar av vad Milena berättat att det måste varit en van skytt.

– Ursäkta en vanlig utredare, men det kan väl knappast vara de kyrkogårdsarbetare som fanns vid kyrkan, undrade Anton? Inte om det handlar om antingen skyttetävling eller av militär rang. Har jag fel?

– Nej Anton, jag tror du är väldigt rätt ute där. Vad vi ska leta efter är just den typen av skytt, en van skytt helt enkelt.

– Ibland är det väl så att förövaren alltid gör något misstag någonstans. Det är väl därför de inte finns det där perfekta brottet, funderade Mia högt.

Den samlade spaningsstyrkan nickade taktfast runt sammanträdesbordet. Mia passade på att plocka bort ett blont osynligt hårstrå från skjortärmen i samma veva.

– Kan vi lägga undan detta för nu, undrade Svanstrand och såg sig om bland sina utredare?

Ingen gjorde en min av att man skulle ventilera ballistik och perforerade människokroppar ytterligare. Här var deras pensum av kunskapsnivå nådd. Det var troligen den allmänna uppfattningen hans brottsutredare och delar av span hade, som Sigurd förstod och hade att luta sig emot i framtida utredningar. Vem var väl han, kriminalkommissarie Pierre Sigurd Svanstrand, att döma efter håren. Vem var väl han att vara den som höll i bilan, som kunde dissa sina trogna medarbetare, vem var väl han?

Han skakade av sig olusten av sin negation och tankar.

– Håll rajt, sa han och pekade med hela handen på nästa punkt som han hade skrivit in. Vad hittade ni för intressant vid husisen hos August, vår trogne gamle klockare?

Sigurd vände sig mot grabbarna Karlsson som var de som hade fått sig tilldelat förtroendet genom förundersökningsledaren att genomföra en husrannsakan hemma hos Augustsson, den numera framlidne gamle klockaren ute vid Ryds kyrka.

– Då överlämnar jag ordet en stund åt våra kriminaltekniker.

– Ja sa Wilbur, som var den som tydligen tänkte hålla i genomgången av deras husis. Viktor och jag hade ju tidigare
gjort en teknisk undersökning av platsen där brottet hade
genomförts och fann bland annat tre av de fyra kulorna i gräset bakom brottsoffret. Men detta har vi redogjort för tidigare
så därför tänker vi inte uppehålla oss och er med en repris,
utan vill ni, kan ni kolla i de material som finns i ärendet. Alla
har tillgång till materialet genom vår mapp ni hittar länken till
i er dator. Alltså, vi koncentrerar oss därför helt och hållet på
vad vi fann inne i Augustssons hemtrevliga lilla stuga, eller
klockargården som den kallas i folkmun.

Viktor hade startat upp sin dator och kunde visa på den
stora filmduken en skiss över klockargården sedd uppifrån.

– Här, sa Wilbur och pekade i ena hörnan av skissen, är de
fönster ut mot vägen där Algotsson mest satt om dagarna.
Han hade därför bra utsikt över vad som hände och rörde sig
där ute på vägen. Ja, det är vad vi funderade över i alla fall och
gjorde själva en kontroll på det synfält som vårt brottsoffer
hade haft. Man kunde se fordon och annat bortifrån, här… så
pekade Wilbur igen, där Sten Elevings Trav & Stuteri, ligger
och vidare runt hörnan mot parkeringsplatsen och kyrkporten.

Viktor hade bytt bild till en ny skiss som visade klockargården igen samt uteplatsen med solstolar och trädgårdsbord. Ett
rött kryss på bilden fanns utritat där brottsoffret hade suttit.

– Det röda krysset markerar var brottsoffret suttit, sa Wilbur
och pekade igen. De svarta prickar ni ser som följer klockargårdens staket, som ni ser här, åter pekade Wilbur, och fortsätter via grindöppningen som ni ser om ni följer prickarna
med blicken. Anståndet från den sista pricken till det röda

krysset har vi mätt upp till 140 – 150 centimeter. Måttangivelsen stämmer därmed väldigt bra med vad rättsmedicin kommit fram till genom skottskadornas omfattning samt avsaknad av krutstänk på grund av det relativa långa avståndet. Om jag inte minns helt fel, har den som hållit i pistolen antingen skjutit från höften, eller varit något under svensk medellängd. Kanske inte undersätsig, men något kortare än den svenska medellängden för en svensk man som är lite drygt 179 centimeter, medan medellängden för en kvinna, stannar vid 166...
– Men är det längden som avgör, Wilbur?
– Ja kanske, beroende på om man skjutit från höften eller stått på en stol för att så att säga, nå upp.
Allmänt fnissande spred sig i lokalen så Sigurd gestikulerade att de skulle dämpa sig så Wilbur fick fortsätta.
– Nu, för er som inte varit vid kyrkan i Ryd, kanske ni hänger med lite lättare. Hur som helst, vi sökte igenom stugan utan att egentligen hitta någonting och befann oss i köket när vi upptäckte en kakburk vi inte sett tidigare. Ja ja, vi vet att det var slarvigt av oss, men vi hade heller inte stängt butiken utan vi var fortsatta på jakt efter något. Dagböckerna till exempel, var hittar vi dem? Enkelt, jo på hyllan i köket bland några mindre kokböcker och sådant som "hur man kokar ett löskokt ägg". Och där stod tre stycken mindre anteckningsböcker där det stod, Dagbok, på framsidan av samtliga tre böcker. De två första vi tittade i var fullklottrade från pärm till pärm. Den tredje dagboken, var bara halvfylld med anteckningar i stort sett dag för dag om olika händelser.
– Vi bladade bara lite löst i dagböckerna för att se om det fanns något för oss i dem. Det fanns det, sa Viktor.

34

I dagböckerna fann man en hel del intressanta noteringar. Mer än vad man hade hoppats och fantiserat om. Där fanns allt uppräknat i snygga sammanställningar lite av en petimäters nogsamma estetiska hantverk som om det skulle till någon utställning och då handlade det endast inom Augustssons snäva och sparsmakade ekonomi. En revisor skulle antagligen bildlikt inte rynkat på näsan åt de siffror som radades upp, men vi får väl se vad Kristers jurister rynkar på näsan åt, om dom nu kommer göra det. Där fanns vädret omnämnt i lokala formuleringar, vad man sådde på åkrarna runt om och på vilka jordbitar. Mängder med noteringar om mässor i kyrkan liksom dop, bröllop och begravningar. Det fanns också antal besökare och storleken av kollekten vid högmässan en söndag. Där kunde vi också hitta en del namn, eller delar av namn samt till en del av namnen vidhängande telefonnummer. Som exempel:
B. Grooth, pastor
Ludvig Linderoth, präst
Sten Elvings 08-753 573 50
Bincheng, Kina

Ahmadi, pakistanier
Nasir, kyrkogårdsarbetare
Kahlil, kyrkogårdsarbetare
Anton, poliskonstapel
Garrincha, pakistanchef militär tror jag
Farid, pakistanier
Det fanns fler namn än så…
– Där kanske vi kan finna något användbart sa Sigurd.

Där stod vilka som lastat av grävaren när den kom, fortsatte Viktor och hur många det var, men inga namn. Det var inte bara en leverans av grävaren alltså. Utan även likkistor i samband med leveransen, står det också. Med leveransen hade han mottagit en summa kontanta pengar av femtio tusen kronor med namn på dem som fanns i kistorna men inte vilka som avlämnade kistorna, där står bara "tre stycken". Svanstrand förstod att Augustsson var ett nyckelvittne, hade varit, kanske han skulle sagt.

Där kunde man även läsa hur han larmat SOS 112 för att berätta… anonymt, vad som hade hänt vid Västra Ryds kyrka. Han hade även noterat i dagboken att han hade fått femtusen kronor, rakt i näven, för att bara låsa likboden eller som den nu fungerade som, redskapsbod för kyrkans omsorgliga verksamhet. Att låsa upp eller låsa redskapsboden för leverans av grävare samt det där likkistorna, var arvodet väl tilltaget. Det var därför vi inte fann några brytmärken på dörr eller dörrkarmen normalt sett, var nu hans och andras allmänna uppfattning.

Vid obduktionen konstaterades av rättsläkarna att ingenting av sjukdomsrelaterad art kunde dokumenteras, han var egentligen kärnfrisk. Journalen från vårdcentralen berättade heller ingen-

ting om någon fysik eller psykisk nedsättning på hans kropp. Vid vårdcentralens kontroll av Augustssons hörsel och synundersökning, visade det sig att Augustsson hade mycket god hörsel samt för sin ålder klanderfri och perfekt syn utan optiska hjälpmedel. Han använde dock, men bara ibland, läsglasögon han skickat efter på internet men som egentligen bara förstorade texten vid sin dagliga korsordslösning. Det var en hobby han hade, att lösa korsord och hålla huvudet i trim.
Han hade kanske gener efter sin far Alvar, som blev så pass till åren som 102 år.
Anton hade ju kollat vem som skrivit boken om Ryd, boken Röjning. Författaren hade haft samma efternamn som en granne och arrendator. Anton hade tidigare sökt på webben efter vem som kunde vara författare till boken, om det helt enkelt var Thunholm på Sylta, som var skriftställaren. August noterade ju allt som hände runt honom och runt i byn i övrigt, något han antagligen ärvt efter sin fader Alvar som ju var flitig med pennan och som tjänsteutövning och häradsskrivare hade han alltså även hunnit med en son, stod det i den gamla skriften Röjning? Ryd är ett gammalt ord som betyder Röjning.
Det var också tack vare Alvar Augustsson med sitt ämbete som häradsskrivare, och inte minst som far och hade därmed mandat, att kunna utnämna sin egen avlade son Nils Einar Augustsson, till klockare vid Västra Ryds kyrka en gång i tiden. Men detta har ni redan kunskap om.
Detta fanns trevligt nog även noterat i en av de tre dagböckerna vi fann, plus en väldig massa annat som kan vikas till utredningen, sa Wilbur.

– När man får ta del av allt detta, får man en aning annorlunda bild av vår gamle klockare som hade betydligt mer att berätta än hans list medgav. Vi kände ju, eller trodde rättare sagt, att August hade en räv bakom örat, men vi kom aldrig på vilken typ av räv det var. Vi har spånat en hel del om just detta.

Anton hade bara suttit tyst och nickat. Han hade ju en gång fattat tycke för den gamle klockaren och hans berättelser, nu satt han antagligen och reviderade sina tankar om farbror Augustsson. Minns ju en gång när han blev lite överkörd av den gamle, som om Anton kommit olägligt på något vis. Vad som orsakade hans lite buttra och avmätta uppträdande, lär vi nu aldrig få ta del av. Men han mindes gubbens ord som satt lite som en tagg i Antons ändå lite sköra inre. "Nog med förslag, konstapeln. Han kom väl för att låna den där fraktsedeln, inte för att prata väder? Se jag har en del att stå i." Så hade August aldrig tilltalat Anton tidigare. Nu var hans ton spetsig och vass, mindes han. Som om han kommit olägligt, antagligen hade han gjort det. Man kanske blir lite egen och dubbelbottnad när man går och driver i all ensamhet ute på bondvischan.

– Hur var det då? Viktor… ja jag undrar om ni var klara där med redovisningen av husisen?

– Vi har kanske sparat det bästa till sist, sa Viktor och log.

– Oj, vad kan det vara?

– När vi i princip var klara, satt vi i köket och gick igenom vad vi hade kollat och då föll Wilburs tanke på en kakburk som han sett stod på en hylla i kökets skafferiskåp. Vi hade ju vänt upp och ner på allt i stort sett men inte öppnat den där kakburken. Burken var av plåt och målad med sådan där kurbitsmålning som är ifrån Dalarna, ni vet. Den var ganska sliten

med avskavda motiv, men fin ändå. Det visade sig vara klock-
argårdens kassaskåp, om man säger. Det enkla är ibland det
rätta och bästa. Kakburken var till brädden fylld med sedlar av
svensk valör.

– Till brädden fylld, sa du undrade Anton som nu vaknat till?
Hur stor var kakburken?

– Vi mätte upp burken såklart. Du kommer för övrigt kunna
ta del av vår husis under mappen för denna utredning. Där
finns en mångsidig dokumentation av vår husundersökning
med bilder. Men eftersom du frågar… jag ska kolla direkt
bland mina små lappar… jo, den har måtten 205 gånger 205
millimeter och en höjd av 100 millimeter.

– En kvadratisk kakburk alltså där man kan pressa ner en hel
del stålar, menade Anton. En jäkla bra förvaringsplats ur fler
aspekter än bara förvaring. Jag anar hur gubben liksom fodrat
kakburken med alla typer av svenska sedelvalörer i kronolo-
gisk ordning och alla vända åt samma och rätt håll alltså möjli-
gen i stigande årtalsordning också, schön unt ordentlich, som
tysken kanske skulle uttrycka sig.

Anton höll upp sina händer för att stoppa anstormningen av
tillrättavisningar.

– Ja, ja, jag var inte med på alla tyskundervisningar i plugget.

Ett fnissande lättade upp en viss spänning som ändå hade
uppstått efter demaskeringen av Nils Einar Augustssons per-
sona non grata. Anton hade inte heller så mycket av superlati-
ver kvar längre av sin tidigare så rika flora gällande farbror
August som han en gång gillat.

– Vet ni hur mycket kontanter det handlar om, jag tänker mig
då mellan tummen och pekfingret?

– Nej vi har inte en susning och heller inte funderat. Vi kan bara säga att den var till brädden fylld, pressat fullpackad helt enkelt, så det måste handla om några hundratusen kronor kanske. En skaplig sparad slant för en kyrkvaktmästare. Det låg sedlar i valörerna femhundringar till tusenlappar, inga andra valörer, som vi såg.

– Kakburken är som ni säkert förstår i händerna på forensikerna och satt under lupp hos NFC i Linköping, om ni händelsevis skulle undra, berättade Svanstrand.

Om vi då kan fortsätta. Vem var det som skulle kolla med teleoperatören angående Augustssons utgående telefonsamtal?

– Det var jag sa Mia. Jag har fått telefonlistor ifrån teleoperatören där Augustssons haft sin telefon, en äldre typ av telefon hade hon också fått veta. Det stämmer som några av oss funderat om. Samtalet till 112 kom ifrån Augustsson. Men det stod ju även noterat i en av dagböckerna också med Augustssons egna penna, så där har vi nu dubbelkollat.

– Jättebra gott folk. Därmed är det patron ur för denna vecka och jag ser fram emot att möta era pigga glada nyllen på måndag igen. Ska vi säga så? Bra! Höger, vänster om, marsch!

35

På vägen hem funderade Sigurd på vad kvällsvarden skulle få för lukulliska utsvävningar. Hans Britta skulle arbeta tidigt till skillnad från gängse modell med nattpass. Nu skulle hon däremot komma hem vid två – tretiden på natten.

Detta betydde i förlängningen att han inte hade någon markservice att tillgå. Han blev, hemska tanke, tvungen att fixa något ätbart på egen hand. Efter Brittas inträde i hans ungkarlsvärd, hade han blivit bortskämd med denna del av dagen och allt hade som oftast stått nästintill dukat då han inträdde i deras boning.

Jaha, vad ska jag nu försöka tillaga för något ätbart? Jo, enkelt som bara den. Han skulle passera Robbans gatukök nere vid Slussplan och köpa med sig en kebabtallrik, hamburgare, tunnbrödsrulle med extra av räksallad… Han skulle inte få godkänt av Britta i efterskott för denna ungkarlsmiddag. Han hade faktiskt vuxit ifrån denna nödtorft. Hans närbutik fick bli hans lösning. Sigurd hade sett så mycket reklam om både det ena och det andra, så varför inte?

Det fick bli en påse djupfryst pyttipanna.

Extra, skulle krögarens oxpytt vara, som det stod. Vi kör på det tänkte han. Alla jobbtankar hade han lämnat åt hovmästaren. Det fick alltså bli denna pyttipanna. Undrar om vi har ägg hemma, blev nästa tanke. Lika bra att handla hem ett paket ägg från frigående sprättande höns.

Han kom att minnas i sin ungdom, en date han hade på den anrika krogen Riche. Då var det Wretman som höll i dirigentpinnen på krogen som var ett av Stockholms viktigaste vattenhål. Här förenades en brokig skara av affärsmän, hipsters, Stureplanskändisar, kulturelit och tillresta turister i en snurrig, rörig, kompott under veckans alla dagar. Han hade beställt in entrecote, pommes frites och öl. Efter en längre tid där han trodde först att det skulle ut för att fånga in en ko och sedan se till att slakta och stycka detta nötdjur för ett par skivor man kallade entrecote. Det hovmästaren rullade in nyss på en silverglänsande vagn med en stor cloche som dolde minst en halv ko, mindes han. Sedan trancherade hovmästaren ett par försvarligt tjocka skivor åt oss från en kol grillad entrecote i bit.

Då hörde jag att en kypare på håll vid ett bord där det satt fyra herrar i kostym... "mina herrar, fyra pytt i panna. Bon appétit!"

Minns hur jag höll på att bryta ihop av fniss. Pyttipanna, var något jag minns man gjorde av rester man fick över efter några middagar hemma i Mjölby för länge sedan.

Nu stod han här igen och log för sig själv. Skulle han nedlåta sig som de där fyra fattighjonen på Riche vilka synbarligen hade beställt en omgång gamla matrester?

Med dessa lite komiska tankar travade han uppför backen på Götgatan. Fram till trapporna åt vänster upp mot Urvädersgränd, bar det med lätta steg. Folk satt redan vid uteserveringen i en större skara runt den nya utskänkningen på hörnan och han funderade faktiskt en kort stund på att ta en öl själv innan han klev in genom porten till sitt egna och Brittas härbärge på fyra trappor.

Precis när han puffade upp porten, ringde hans mobil...

– Ja, Svanstrand sa han med en frågande rynka i pannan?

– Hallå chefen, Anton här!

– Har det hänt något, undrade han direkt eftersom det var efter dagens slut och Anton ringde?

– Ja, på sätt och vis. Den där skottskadade man körde till Karolinska du minns, han kommer överleva berättade man då jag nyss kollade. Han måste bara återhämta sig innan vi får tala med honom. Det låter väl bra, Sigurd?

– Låter alldeles utmärkt. Tack för den informationen, nu känns det faktiskt mycket bättre. Nu får man lite att grunna på över helgen. Tack Anton och ha det bra. Sköt om dig!

– Detsamma Sigurd och hälsa Britta!

– Tack, det ska jag göra. Hej!

Han puffade vidare på porten och stegade fram, förbi hissen och tog trapporna. Man hade ju inte trott att han skulle överleva tänkte han vidare, men det är sällan allt blir som man trott eller tänkt sig. Detta var trevligt, inte minst för irakiern.

När han klivit in i deras boning på fyra trappor, bytte han snabbt om för att traska sina trettio minuter på gåbandet. Han vecklade ut sitt senaste tortyrredskap, tidigare hade han bara haft ett par joggingskor. Dessa skor var mer för att antyda vilken sportsman han ändå var. Men nu var det dags att köra dagens promenad på en halvtimma och svära över gåbandet eller tortyrredskap som han kallade det med denna dagliga plåga av långa minuter. Alltid lika långa minuter, alltid lika plågsamma. Det var egentligen inte så mycket att veckla ut. Bara att placera helvetesmaskinen ute på golvet, vika ner själva rullmattan och kliva på. I vanliga fall stod hans gåband lutad mot väggen i arbetsrummet. Det här bandet var utrustat med en innovativ teknologi! Lättaste gåbandet på marknaden berättade reklamen även om vikten var hela 25 kilo, hur mycket väger då andra redskap? Men han skulle ju inte bära omkring på redskapet i och för sig. Bara rulla ut på parketten och veckla ut, vika ner. Tekniken hade utrustat den med ett intuitivt startsystem med modern styrning av hastigheten, men gå, se de var Sigurd tvungen att göra själv. Under hans knallande på bandet flöt det upp en massa tänkvärda tankar. Samtidigt tyckte han det var att slösa bort en massa tid att bara gå där till det monotona surrandet av elmotorn och frasandet av det roterande bandet. Han kom ju ingenstans, förutom i sina tankar. Han sneglade ner på displayen längst fram på gåbandet för att se hur länge han travat på, halvtimmen måste vara till ända när som helst ansåg han så länge som han hade gått. Vad i helvete! Det måste vara något fel på den här maskinen redan från start. Jag menar, enligt displayen hade han bara gått i tolv minuter, det kan inte vara riktigt?

Jag måste ha gått en timma, minst. Samtidigt när han kikade på displayen, var han tvungen att böja sig framåt för att se och därmed började bandet rulla på lite snabbare och han fick gå snabbare. Ja, det skötte ju den där moderna styrningen av hastigheten. Ju längre fram på bandet han gick, ju fortare snurrade bandet, och tvärt om. För att kunna se displayen, var han ju tvungen att gå längre fram på bandet för att avläsa tiden. Nu var det nästan så han fick jogga för att hinna med.

Det här kommer bli min för tidiga död istället för tvärt om, var hans tanke då han klev av bandet i bakkanten tjugo minuter senare.

Nu, i duschens värmande lätt masserande strålar, började han fundera hur man skulle tillaga den där pyttipannan. Det var en betydligt trevligare tanke än den nyss avslutade gåbandspromenaden. Inte utan man funderar på vem som uppfinner sådana här djävulsredskap av grav tortyrstruktur. Måste vara någon från sjuttonhundratalet som inredde Rosenkammaren vid norra Bantorget på den tiden. Så måste det vara, det är samma sorts dignitet hos Rosenkammaren och ett vanligt gåband runt trehundra år senare. Samma sorts funktion.

Nej, sa han till sig själv det här duger inte på långa landsvägar eller kostigar. Mot kökets härd!

<h1 style="text-align:center">36</h1>

Sigurd läste igen på plastförpackningen hur man skulle tillaga denna pyttipanna. Det var enkelt som det verkade. Krävdes ingen större kokkonst och förpackningen var beräknad för fyra portioner? Det blir inte särskilt stora portioner i så fall, nä halva påsen får det bli så får vi se om det är något att slå på den stora trumman för.

Medan det puttrade lite lätt i stekpannan dukade han lite spartanskt ute på deras balkong. Kniv och gaffel samt ett par glas. Tallriken får vänta i köket så kan man lägga upp direkt, man får inte vara dum. Öl får det bli såklart, en stor stark, log han och kanske man skulle ta en nubbe också jag har ju förberett med att ställa ut ett glas för ändamålet, det är ju fredag? Han hämtade en tjeckisk pilsner i kylen och i hörnskåpet plockade han fram sin fina vodka med den där frostlackade gåsen på. Se fint skulle det vara i gammal god ungkarls stil. Den vodkan har vi smakat på tidigare Britta och jag, drömde han sig tillbaka. Det var innan det lilla livet blev fru Svanstrand i Köpenhamns Rådhus och kanske just därför.

Det var ett ögonblick som inte bara skenade iväg. Det var minnesvärt. Hur var det nu… jo, den fina vodkan som Frankrike är producent av, Grey Goose.

Nästan så man måste stå upp när man tar nubben. Han var redan på bra humör vid blotta tanken.

Under tiden det puttrade trevligt och doftade inte alls så oävet han hade trott det skulle göra eftersom det bara var halvfabrikat, hällde han upp lite öl som en enkel "matlagare". Egentligen skulle han tagit en skvätt whiskey, men nu fick det bli öl han var ju i alla fall konfirmerad, log han. Sigurd plockade vidare fram en snygg sommarmönstrad tallrik från Rörstrand och tidigare hade han ju dukat med ett spetsglas från Rune Tennsmed. Nu ropade tiduret och skvallrade att köket var klart, att det var matdags.

Sigurd såg lystet på anrättningen saltade en del och vred med pepparkvarnen några kraftiga tag och liksom en blixtvisit återvände till brottsplatsen, ungkarlstiden. Nu skulle han bara tippa upp innehållet i stekpannan på sin tallrik, dra ytterligare några varv på pepparkvarnen och toppa anrättningen med en rå äggula. Han hade inga ambitioner att kamma hem någon Michelinstjärna, men det var inte utan att en viss stolthet spred sig över vad han lagat. Bara att stega ut på balkongen, mysa i den dalande solen som dock ännu stod högt på grund av årstiden och låta sig underhållas av någon som också satt ute och hade en radio påslagen som spelade kammarmusik lite soft, lite dämpat.

Skål, på mig sa han och bet av halva nubben. Det här var ju hur bra som helst, eller jag är nog inte så bortskämd? Nåja, sa han och tog den där sista halvan på nubben, inget knussel.

Han mindes åter den gången han satt på Riche och fnissade åt farbröderna som hade beställt in pyttipanna. Idag förstod han bättre vidden av vad herrarna hade beställt. En pytt på Riche då Wretman basade där, var naturligtvis gjord på oxfilé. Så det var inte kattlort som herrarna hade beställt. Det som fick honom att minnas igen, var den kammarmusik han lyssnade till nu som i fjärran. Den där gången på Riche, hade det suttit en pianist på en mindre estrad och spelade lite dämpat på en flygel. Man kan egentligen associera på allt möjligt och minnas det man vill, eller inte vill. Är det så, tänkte han igen… att man kan minnas det man inte vill? Jo, man kan nog påtvingas minnen som man inte vill veta av. Märklig tanke?

Medan dessa tankar, lite abstrakta ändock, föll hade han hällt upp en andra nubbe. Men i det lustfyllda tankarna, kom han osökt att tänka på en gammal känd snapsvisa, ”vad i all sin dar har jag brännvin kvar är jag närsynt eller snål, skål!”

Och med denna trudelutt, som han sjöng högt, men för sig själv, sänkte han så nummer två. På raken!

Nu har man kommit upp i varv, tänkte han och skrattade lite.

Ja, mest för sig själv även detta skratt. En sista en, innan vi stänger, sa han. Han såg nu att grannen som hade radion på, suttit och vinkat åt hans håll, så nu vinkade därför även Sigurd tillbaka.

Pytten var avslutad och han betygsatte den som verkligt bra även om den där Michelinstjärnan som sagt inte hade eftersträvats. Nu satt han där med en skvätt pilsner kvar, samt en ensam stackare av den franska vodkan. Lika bra att göra processen kort, så han vinkade igen åt grannen, nu med sitt spetsglas i nypan. Grannen hade gjort tummen upp och nickat. Skål, hade han sagt lite väl högt så det ekade mellan väggarna på gården. Därmed reste sig Sigurd, bugade lite lätt åt grannen och sa god afton, varvid han tog sin bricka med det avätna och urdruckna och klev in. Han stängde balkongdörren och sneglade på klockan. Bara halv åtta, då kan jag se lite på tv tänkte han medan han stoppade in det som skulle i diskmaskinen och gick in i vardagsrummet och sjönk ner i sin bästa fåtölj. Tror Krister skulle intervjuas om gängkrigen i något av nyhetsprogrammen om att det nu är yngre förmågor som utför både sprängningar och annan typ övervåld. Han sjönk ner ytterligare i fåtöljen och mådde utomordentligt efter sin stund vid tallriken där ute på balkongen. Det måste vi göra en repris på när Britta är hemma. Absolut!

Som i ögonvrån såg han där han satt en stor spindel komma krypande. Oj, tur att inte Britta är hemma. Han följde spindelns väg över golvet. Var kom den ifrån, hade han tänkt? Jag stängde ju balkongdörren… Den spindeln var stor, noterade han, väldigt stor. Påminde om en Kungskrabba med sina tjocka ben, väl? Nja, kanske inte om kroppen, men benen var av samma stil, lite kraftiga. Kroppen såg mer ut, eller huvudet ska jag säga, som huvudet på en hummer med långa viftande, sökande känselspröt. Han funderade, hur skall jag få iväg den där innan Britta kommer hem? Kanske skall jag öppna balkongdörren och fösa ut den vägen. Nej, de går absolut inte. Den måste förpassas till de sälla jaktmarkerna.

Annars kanske den kommer uppkrypande utefter husfasaden när vi äter frukost, då kommer hustrun svimma.

Sigurd började fundera på att hämta sitt tjänstevapen för att sätta en kula mellan känselspröten. Hur går det då med golvet.

Det enklaste är oftast det bästa, tänkte han. Jag får göra som jag brukar, hämta dammsugaren helt enkelt.

Han smög försiktigt iväg ut mot städskåpet i hallen, hela tiden vaksamt spanande på spindeln så den inte försvann iväg och gömde sig. I så fall får jag grannlaga problem. Kanske får jag smyga omkring hela natten för att försöka hitta den trotts dess väldiga storlek. Där satt den nu och hade backat in i ett hörn i vardagsrummet som en krabba, stridsberedd. Den kanske hade anat faran, tänkte han? Det var en slug jäkel.

Med ett enkelt tryck, var så dammsugaren igång med sitt surrande. Spindeln var säkert döv, för den hade inte reagerat det minsta på ljudet. Kanske kände den någon vibration i golvet, men den hade som sagt inte reagerat. Med röret från dammsugaren i näven, påbörjade han offensiven. Troligtvis kände spindeln av suget från dammsugaren för den försökte pressa sig ännu längre in i hörnan. Sigurd förstod att det här skulle inte bli lätt. Hur skall han få plats med denna spindel i dammsugarens inre, för att inte tala om hur den ska kunna sugas in i det smala röret, i förhållande? Bara huvudet på spindeln skulle nätt och jämt få plats i röret, sedan skulle alla grova ben med in också. Det går bara inte tänkte han och trycke till med röret över huvudet på spindeln. Hu vad hemskt. Jag som trodde jag hade sett det mesta av massakrerade, lemlästade under mitt dagliga värv. Det här var något nytt, det var han som såg till att krossa inkräktaren. Han tyckte att den skrek ut sin ångest så Sigurd stannade till ett tag. Blod rann ymnigt ut över parkettgolvet medan den hela tiden försökte sprattla emot.

Det var som en mardröm. Ben lossnade från kroppen och såg ut som tändved till kaminen strax bredvid, där de låg som i en mindre trave. Det kändes inte som sant, det var mer som helt löjeväckande, otroligt burleskt. Han såg ju hur det centrala av den hemska spindeln… spindeln, tänkte han? Finns det verkligen sådana spindlar i Sverige? Nej, nej det finns det inte. Kanske någon granne som har den normalt i ett terrarium eller liknande, började han fundera. Måste i så fall vara ett enormt stort terrarium. Kanske har han dödat någons husdjur blev nästa tanke.

Så med ens satte han sig rakt upp i fåtöljen med en sökande aningen förirrad blick som spanade ut över golvet framför hans fötter, över det hörn där nyss spindeln hade barrikaderat sig, som den trodde. Men där fanns varken resterna efter någon krossad spindel eller någon dammsugare. Det hade mörknat betydligt sedan han satte sig i fåtöljen så det var med skuggbilder han såg från ljuset utifrån gården som silade svagt in vid balkongdörren. Han reste sig och tände golvlampan bredvid fåtöljen, stegade raka vägen ut till hallen och öppnade städskåpet. Där stod dammsugaren och visade inte upp någonting som kunde ha varit en blodig strid.

Återvägen till fåtöljen blev lite skakig. Han satte sig ner, glad att han förskonat sin Britta från åsynen av denna spindel. Det hade hon inte klarat, tänkte han. Det var knappt han gjorde det själv i sin mardröm. Så måste det säklart ha varit, han hade drömt allt på för mycket fransk grågås. Kanske var det resultatet efter den utsökta middagen ute på balkongen med tillbehören av destillerade drycker, föll tanken. Det blev en tanke åtföljd av flera i en kusligt lång rad som från en eftertext efter en gastkramande skräckfilm. Var det detta som var baksidan av hans tidigare berusningstillstånd under kvällen?

Han tittade på klockan... halv två! Snabbdusch och ner i sängen. Vid tretiden skulle hans hustru anlända efter en jourtid på SöS. Just nu, är det bara du Sigge, tänkte han. Han funderade ytterligare och om han skulle ta någon värktablett i preventivt syfte, för sin troliga baksmälla. Tanken hann inte bli mer än en suddig fundering då han somnat ganska snabbt. Som i ett töcken memorerade han igen hans jakt på spindeln med dammsugaren... utan att fråga. Fråga om lov!

37

– Ja, då var det dags igen. Ny vecka, nya bollar, nya insatser. Någon som vill starta dagens frågestund?

– Vad händer med Gulfadern, hade Anton börjat med. Är det någon vi bordlagt eller avskrivit? Man minns inte särskilt mycket av den figuren då det porlat en del annan vådis under broarna sedan dess.

– Okej, en kort resumé av denne man kanske är på sin plats, det har du rätt i. Alltså, Gulfadern äger ett företag i Skurup, nere i Skåne där han har generalagenturen för traktorer och grävmaskiner av mindre storlek och av ett kinesiskt varumärke. Inom företaget finns även hantverksmässigt utförande av smide, målning och snickeriprodukter.

Var uppehåller sig då denne Gulfader kan man undra och det har vi verkligen gjort fler än en gång. Ja, här i Sverige har han bara en postbox nere i Malmö, på samma vis som i Delhi. En höstack skulle vara lätt att hitta en nål i, jämfört med en Gulfader i Delhi. Siffror uppskattar nämligen att det bor omkring 19,8 miljoner i stadsområdet och åtminstone 26,4 miljoner i

New Delhi totalt, med förorter, vilket gör att man där lätt kan uppslukas av mångfalden innevånare och gå under jorden om man så behagar och känner det lämpligt för att slippa uppståndelse och uppvaktande av större omfång och myndigheter. En perfekt plats för den ljusskygge där man kan jobba i det dolda och odla sin hobby utan insyn och översyn. Det där med att "odla sin hobby" blev lite lustigt, jag skall komma till det lite senare.

– Hur gammal kan han vara, undrade Mia?

– Ja Gulfadern, eller Huang He Bincheng, är en farbror som är uppfödd i kanten av Gula floden i Kina, där av namnet. Han har fyllt sextio år och är 160 centimeter i strumplästen. Senig och smal, med flyende haka och han är skallig. Han bär ofta peruk i olika färger och former från dag till annan. På hotellet där han bor, hyr han hela våningsplanet för sig och hela sin stab av olika funktioner. Där ingår även en egen kock, exempelvis.

Gulfadern har en lätt haltande gång och går något framåtlutad. Han har för en kinesisk herre, ett typiskt utseende och ser dyrbar ut och nu läste jag innantill. Bär västerländska kostymer av hög kvalitet och använder inga glasögon samt varken röker eller nyttjar alkoholhaltiga drycker. Han kan dock använda sig av stora solglasögon som ger ett något komiskt utseende av den tunne lille mannen.

Den bild vi fått uppmålad av honom genom den indiska säkerhetspolisen, är att han ändrar i stort sett varje dag utseende då han vistas utanför det hotell han bor på i Delhi. En ål är lättfångad med bara händer i jämförelse.

Nu är det så, att herr Huang He Bincheng tar den indiska IPS, hand om på sitt sätt. Det vill säga den indiska motsvarigheten till vårt egna Säpo. Inget jag själv kommer ligga sömnlös om nätterna för, kan jag berätta och det låter inte särskilt besvärande, tvärt om. Det där sista, är off topic.

– Denna uppdatering räcker för mig i alla fall, sa Anton.

– Någon annan som vill ha ytterligare information?

– Nä, vi sitter nog ganska så nöjda nu Sigurd, sa Mia.

– Då tuffar vi på med nästa punkt på dagordningen.

– Vi har alltså bränt en massa lyse på ingenting, fick Anton ur sig. En massa krut och tid helt i onödan?

– Har man facit i handen, så är det väl så med flera ärenden och fall vi jobbat med, om man tänker efter sa Janne. Men vi kanske skulle jaga Gulfaderns småpåvar eller den som styr verksamheten i Sverige för jag tror inte den lilla kinamannen satt sin fot på vår lilla jordplätt.

– Alltså, gott folk. Vi bränner inte mer lyse på Gulfadern. Det får bli Delhis hemliga polis samt deras problem. Vi har nog med vårt inom landets gränser, sa Svanstrand.

Fortfarande hade han en gnagande oro i kroppen och en Ågren som störde honom. Bara tanken på den realistiska mardrömmen om den stora spindeln och en dunkande skalle, kunde få honom att avstå dagens lunch nere på Bakfinkan. Han hade ingen vidare aptit och saknade nu sin gamle parhäst Sivert, som kunde fått honom på andra tankar. Hur kan man drömma så där autentiskt verkligt trots att det var en fiktiv och imaginär dröm, överskred hans förstånd. Varför drömde jag som jag gjorde, funderade han. Jag vet ju om Brittas fobi för spindlar och hur hon kan klättra på stolar, bildligt talat, om hon ser en liten spindel. Med några centiliter fransk vodka

innanför västen, kanske jag omedvetet frammanade denna syn
av en spindel? Men det känns ändå som om att drömmen var
verklig, i alla fall på det existensplan den utspelade sig, eller på
astralplanen eller i ditt undermedvetande. Drömmen är också
sann i realiteten, eftersom den visar på hur du behandlar dig
själv i ditt inre, med dina tankar och dina känslor och då även
ofta i ditt beteende, till exempel när du stödjer andras fobier
på bekostnad av dig själv på, din tid. Jag tror det är Britta som
berättat detta för mig, tänkte han. Genom sin utbildning fick
hon och hennes kollegor insyn i drömmar och sömns inver-
kan på det invecklade centrala nervsystemet hjärnan styr. Hur
och vad påverkas man av lustgas, morfin, anestesi eller vanliga
receptfria värktabletter?
Var det möjligen Brittas spindelfobi och paniska förskräckelse
som iscensatte min mardröm under inverkan av graden på
promille? Hur som helst, rider den maran mig fortfarande
men i avtagande galopp till ett mera skrittande.
– Jo, jag har funderat en del på de där kistorna som egentligen
är upprinnelsen till alltihop. Det känns som om något inte
stämmer där. Jag tror fortfarande att vårt förhållande till lik-
kistor är av den arten att dessa äro helgade. Det är med vörd-
samhet och respekt vi betraktar likkistor. Om man stannar vid
denna tanke, kan man fundera över om det finns något bättre
att förvara i dessa kistor än lik? Jag tror mig ana att platsen vid
kyrkan var en perfekt omlastning av annat än lik. De som gick
med sina små krattor ute på kyrkogården syntes mest gå där
för syns skull. Alltså, de hade en helt annan uppgift än att
kratta kyrkogångarna mellan gravstenarna. Detta var Au-
gustsson väl förtrogen med. Fanns det någon runt kyrkan med

bättre insyn och kunskap om denna kyrka än Augustsson?
Nej, skulle jag vilja säga. Präster kom och gick, men den gamle
klockaren fanns kvar på sin gård. Och vad kan väl inte detta
belysas bättre med än hans proppfulla kakburk med svarta
stålar? August var en nyckel i hanteringen, vad för slag av han-
tering det nu kunde vara, ända till den dag då någon ovanför
August tyckte han pratat bredvid munnen. Snackat för myck-
et, helt enkelt. Det ledsamma är idag att vi bara kan gissa och
fundera över ditten och datten, men inte få klarhet. Kanske
kommer vi få en klarhet i vad allt egentligen handlade om, om
det nu gjorde det. Men idag har vi inget svar, kanske i mor-
gon. Oj nu blev jag lite långrandig. Hoppas ni kunde hålla er
vakna, avslutade Anton sitt långa utlägg.
– Alldeles utmärkta, tänkta tankar Anton. Man kan ju nysta
vidare på Antons fina tråd. Även jag har haft funderingar pre-
cis i denna riktning. Narkotikabrott är ett av de vanligaste
brotten och ligger även bakom mycket av annan brottslighet.
Detta gäller inte bara i Sverige naturligtvis, utan är ett vida
stort problem i många länder. Mycket av dessa kriminella
gängkrig, har en grund i denna droghantering.
Närmast nu, hoppas vi få besked från Karolinska när vi kan få
ett samtal med den, jag minns nu inte vad han sa sig heta, men
han som överlevde ett attentat mot sin bil när han och en
landsman återkom till sitt boende. Hans landsman dog medan
han själv fick livshotande skador. Nu har man berättat för oss
att han kommer överleva och då kanske han har en del att
berätta som är till gagn för oss. Låtom oss hoppas på hans
berättarlust. Nä, ut och jobba nu så ni inte får sittsår...

<h1 style="text-align:center">38</h1>

Hans kända ringsignal från mobilen gjorde sig påmind och han sträckte sig efter den.

– Anton!

– Hej, sa en mjuk kär röst.

– Men hej Anna! Oj, vad jag har saknat dig. Var har du hållit hus?

– Kan vi ses vid lunch på vårt så kallade stamlokus?

– Ah, du menar Tysta Marie?

– Ja, det låter väl bra? Det låter väldigt bra, Anna. När hur och var, höll jag på att säga?

– Jag hade hoppats på en lunch nu, titta på klockan och jag är ledig. Kan du komma ifrån, tror du?

– Men absolut. Jag har lovat spangruppen att ta kontakt med den källa jag har inom Säpo och det ser gruppen fram emot berättade Anton.

– Då ses vi snarast, jag har saknat dig också. När kan du vara där?

– Jag kan lyssna med gruppen så kan jag vara där...snart.

Låt mig säga, för att vara seriös, femton minuter? Grabbarna ger mig säkert skjuts, de drar igång blåljusen bara.

– Jag är där nästan samtidigt som dig i så fall men jag har inga blåljus, bara inombords. Vi ses snart alltså! Puss!

– Puss, kontrade han med, efter ett tag och stängde av mobben.

Anton svävade på moln och kom av sig helt... Måndag, tristessens murrigt grå vardag har nu bytts ut till en längtans glöd. Vilken utmärkt start på veckan, kan inte bli bättre. I detta läge är jag till och med långt ifrån att spika upp någon på anslagstavlan vid Ryds kyrka, vem det än handlar om. August brände ju sitt ljus i båda ändar vad jag hört genom sina snikna affärer som dock tog slut av en ände med förskräckelse, eller som slutade med en katastrof för hans del. Jag kommer inte ligga sömnlös för hans hädanfärd, inte idag med facit i hand. Behöver inte använda sju tums galvad, räcker nog med en häftapparat på den gubben. Kanske ärvt talangen?

Nu måste jag bara tala med Annas pappa, helt klart. Är jag bara helt såld, eller är jag, tänkte han? Måste messa Sigge, tänkte han och knappade in att han var på resande fot för att träffa sin kontakt på Säpo. Slipper man få en massa följdfrågor var hans strategi, om Sigge nu inte messar tillbaka förstås. Man vet aldrig med den mannen.

Hans kollega svängde runt vid Linnégatan och drog på uppför Nybrogatan samtidigt som han slog av blåljusen, de kunde ju sticka någon i ögonen och det skulle ju vara onödigt. Anton satt ju i baksätet bakom tonade rutor för att kanske se Anna. Vid övergångsstället, stannade kollegan och sa, avstigning för samtliga passagerare.

Han blinkade med ena ögat och nickade mot Anton och sa, bon appétit! Vid övergångsstället trippade något med något änglamarksliknande över sig. Det var Anna!

– Tack för skjutsen, Pelle. Ska försöka återgälda detta på något vis. Mitt lunchsällskap, sa han och nickade mot Anna som korsade vägbanan framför deras bild på övergångsstället.

– Jag sa ju bon appétit, log kollegan tillbaka medan han följde Anna med blicken, vilken fantastisk måltid det kommer bli. Grattis!

Anton bara log medan han drog igen bildörren och svävade Anna till mötes.

– Redan, sa Anna när hon såg Anton komma svävande.

– Ja, jag sa ju femton minuter!

Det blev ett innerligt kramande utanför delikatesstemplet innan de klev in.

– Blir det Tysta Mari denna gång också?

– Ja, jag hade tänkt mig det. Tycker det klingar lite magiskt över namnet, Tysta Mari.

– Vad menas egentligen, undrade Anna. Jag menar med namnet, det känner du säkert till?

– Känner till, de vet jag inte riktigt men jag har funderat själv för något år sedan och såg i en broschyr över kända etablissemang i Stockholm, om man säger. Från början var det ett enklare kafé vid Drottninggatan i korsningen med Jakobsgatan. Maria Christina Lindström kom från landsbygden, tror det för övrigt var ifrån Örebro, där är jag inte riktigt säker. Men hon fick arbete som uppasserska vid ett schweizeri i Gamla Stan som jag tror låg vid Storkyrkobrinken. Ett ställe där det bland annat serverades alkoholhaltiga drycker.

Det var kaffe, choklad samt likörer och annat.

– Jag har nog bara hört talas om det där med schweizerier, sa Anna, men har inte haft någon aning om vad det var.

– Ska vi ta och beställa kanske, tycker du?

– Jamen absolut! Jag har spanat in färskostbakad lax, sojabönsallad med räkor och örtsås och krutonger. Kan man ta vatten till.

– Ja kanske inte så pjåkigt om man är av kvinnlig fägring. Men för mig får det nog bli, inte bara nog, utan det blir så att jag beställer en flankstek provencale med råstekt potatis samt en pilsner och så färskostbakade lax med tillbehör för din del, du har inte ändrat dig?

– Nej det blir bra så.

De hittade ett bord i en liten fin passande miljö vid sidan av och borta från den ringlande kö som brukar uppstå fram till hovmästaren.

– Här blir fint, så slipper vi andra matgäster som kliver förbi mitt i tallriken när de ska vidare efter sin beställning.

Anna satt först bara för att se sig om på alla människor som passerade förbi. Inte i närheten av New Delhi förstås på långa vägar, men en viss likhet kunde hon skönja. Förra gången satt de ju uppe på balkongen, det var nästan mysigare tänkte hon, men så vände hon åter sin blick på Anton med glupande aptit och log det där bländande leendet som gjorde att all annan belysning var överflödig.

– Du får lov att fortsätta berättelsen om Tysta Mari. Du slutade någonstans bland schweizerier i Gamla Stan?

– Ja just de, så var det. Jo, efter hennes anställning där mitt bland punschiga galoner och baroner på schweizeriet, tänkte

hon i egna banor på att kunna öppna eget, men bara ett dam
kafé som skulle kallas Tysta Mari efter henne själv som ganska
tystlåten. Det blev så och låg senare vid Drottninggatan.

Damerna hade blivit väldigt förtjusta i stället och med tiden
letade sig även herrarna till kafét som blev mäkta populärt.

I broschyren där jag hittade storyn om Tysta Mari, stod att
läsa, det som du egentligen frågade om, liksom jag gjorde för
något år sedan som sagt var, namnet Tysta Mari. Jag kunde
nog ana att det härstammade från någon som hette Marie.

Det var från början ett smeknamn som Lindström fick på
grund av sitt lite återhållsamma sätt att driva sin rörelse på.
Men det hindrade henne inte på långa vägar från att sätta upp
en skylt utanför sitt kafé med namnet Tysta Mari. Kaféet be-
höll sitt namn tills det en gång stängdes. Så kom det att åter-
uppstå på senare tid här i Östermalmshallen där vi nu sitter.
Det är en lugn sober anda och miljö som vilar över denna
restaurang och gör att man kan känna de historiska fläktarna
när man vet bakgrunden och anar idén med den uppbyggda
atmosfären som finns här inne. Medge att det känns lite extra?

– Jag är helt omtumlad av din berättelse. Det finns säkert hur
mycket mer än så du kan berätta, menade Anna med bedjande
blick mot Anton.

– Du anar inte hur rätt du har. Men nu tänker jag vila mitt
gomsegel medan du berättar var du hållit hus, jag brinner av
nyfikenhet.

– Jag har varit i Indien, i New Delhi närmare bestämt.

– Anar arbete, knappast semester?

– Exakt ingen semester. Arbete! Allt var väldigt mycket hysch,
hysch. Man kan säga, det var locket på.

<h1 style="text-align:center">39</h1>

Jag meddelades att du sökt mig, men det anades att vi kunde vara avlyssnade och då hade allt kunnat gå åt pipan. Vi var där för att Huang He Bincheng var där. Jag jobbade med två agenter ifrån England och det var andra länder som också hade sina Säpo poliser på plats i staden. Vi fick alltså inte använda våra telefoner för att de kunde vara pejlade. Gulfadern skulle helt enkelt plockas in. Men till slut kom meddelandet att eftersom Huang He Bincheng befann sig i Indien, så var det också den indiska hemliga polisen, IPS, som hade ärendet på sitt bord av enkla skäl men som var av byråkratisk art. Inga utlämningsärenden och sådana saker skulle därmed lätt kunna undvikas. Det skulle liksom bli mer verkstad och mindre opåkallat pappers- och skrivbordsarbete.

– Så, IPS har nu plockat in vår gula gubbe, menar du?

– Det varken menar jag eller om jag ska vara ärlig, tror jag. Men den gamle mannens fortsatta ökenvandring är något jag lämnat bakom mig. Men jag anar på vilket sätt man tar hand om Bincheng på bästa sätt för vår del. Men, vet faktiskt inte.

– Men att denne Gulfader var så global, kände jag inte till men har förstått under resans gång.

Från början anade man människohandel samt att han utåt sett var generalagent för jordbruksmaskiner med tillbehör, menade Anton.

– Men så var det också. Det var ett sätt att upprätta en marknad för i första hand drogbehövande. Det var lättköpta kunder han fiskade upp och hans kännedom om denna marknad var universal i utbredning och en lätt inkomstbringande handel av lättköpt sort och klientel, eller kanske ska jag säga, kunder. Detta utan att smutsa ner sina egna händer, mer än möjligen sekundärt. Många ville bli grossister i droghandeln.

– Hur var det då annars i Indien... Delhi, var det så sa du?

– Ja, vi bodde i en bastu i New Delhi. Inte bildlikt kanske, men det kändes så. Det var minst trettio grader varmt under dygnets alla timmar med toppar på uppåt drygt trettiofem varmt vissa dagar. Deras tidningar hade talat om ett nytt värmerekord innan jag kom ner, på hela femtio grader. Då var jag glad jag inte hunnit dit ännu utan satt i en väl tempererad Boeing 747 förresten, eftersom du antagligen undrar.

– Inte en dag för tidigt, sa Anton när personalen på Tysta Mari kom med deras beställda kaloriintag. Dags att släta ut rynkorna, sa han och log det bästa han kunde för att accentuera sin noga plöjda panna med djupa fåror.

Anna log åt hans friska humör och lätt pojkaktiga jargong medan hon med blicken njöt av det hon såg på tallriken.

– Visst ser det härligt ut eller, undrade hon?

– Ser fantastiskt ut sa han, medan han vilade ögonen på sin bordsdam. Men, du kanske menade det vi fick in nu?

Hon log lite klädsamt, dygdigt.

– Jag tror ni har fått annat att jaga nu, sa hon. Ja, eftersom Bincheng hade en massa undersåtar som bara såg till att verkställa chefens order, så borde man plocka in dessa också för att strypa tillförseln av syre och dra åt handbromsen på hans drogfabriker.

– Det som är på gång, för vår del, det är att jaga den som avrättade klockaren och kyrkvaktmästaren vid Västra Ryds kyrka.

Vi tror att det är samma bödel som senare även höll i vapnet då det där tvåkyrkogårdsarbetarna fick bita i gräset. Ja, den ena fick livshotande skador och vårdas på sjukhus, medan den andre dog av illgärningen.

– Nu är det ju inte så himla trevligt samtalsämne när man vill ha det lite mysigt med en man saknat och längtat efter, sa Anna. Men, jag förstår mer än väl att ditt huvud är sprängfullt av frågor och funderingar.

– Jag håller med naturligtvis, men det som skulle kunna vara ett genombrott för oss, det är om den killen som ligger på sjukhus med allvarliga skallskador efter beskjutningen, så småningom börja samarbeta med oss om inte vitala delar är skadade som sätter stopp för hans minne och förhindrar att han kan berätta vad han såg och har sådana minnesbilder förstås. Men Anna, vi lämnar detta från nu. Inget mer jobbsnack under denna lunch.

– Vad ska vi då tala om sa hon medan hon log så där frälsande tjusigt som hon är expert på. Man faller som 1 ton tegelsten.

– En omedelbar fråga på grund av detta.

Kort och konkret, med svar utan betänketid? Jag skulle ju be din far om hans dotters hand, minns i alla fall jag. Har du talat med din far när han har tid att träffa mig? Du skulle ringa så fort din pappa hade tid sa du, men Indien kom förstås emellan.

– Det var lätt att svara på, men som du sa, Indien och New Delhi kom och rubbade ritningarna. Han sa att han har tid när du har det. Pappa såg faktiskt fram emot detta även om han tyckte det kändes lite förlegat och småborgligt, rent av brackigt, men de fick jag inte berätta för dig sa han för han var rädd du skulle skrämmas bort.

Anton lutade sig tillbaka och försökte dämpa sin munterhet.
– Men vad härligt, sa han. Jag kommer gilla din far, ett som är säkert. Släkten Franke, är kanske inte lika road förstås. Men vad gör väl det. Dom lever sitt liv i välmående grönska.
Jag bryr mig inte ett vitten på vilket vis eller på vilket sätt, de får dagarna att gå men jag förmodar de anser jag borde leva som dom.
– Var härstammar din släkt ifrån?
– Jag vet bara att någonstans i slutet av 1500 talet började släkten med hästavel i Lipica Österrike, för att förse hovet med ridhästar och körhästar. Men min släkt dök upp mer på allvar i Piber där man började med hästavel i stor skala av Lipizzanerhästar. Du vet de där vitskimrande man ofta ser på cirkus, bland annat och dressyrtävlingar.
– Men varför flyttade du ifrån denna stad och stuteriet? De var väl ett blomstrande företag och som väl är fortfarande för släkten Franke?
– Oj, det är en lång historia.

Kan vi nöja oss med den korta. Men det var så att i Piber, rånades en bank där man kom över åtskilliga österrikiska schilling. Jag hade blivit vittne till rånet och hade sett egentligen allt både före och efter rånet. Jag fick berätta vad jag sett och närvara vid den kommande rättegången eftersom mitt vittnesmål gjorde att man hittade deras tjuvgömma. Rättegången hölls i Sverige för att det var någon från just Sverige som var mer än inblandad. Därför kom jag att bo på hotell under flera veckor som rättegången fortskred. Ja, sedan blev jag kvar och nu sitter jag här med en ur Säpo polisens medarbetare, lite komiskt i sig.
Släkten Franke, kommer kort och konkret ifrån Piber Österrike.

40

– Nu börjar det röra på sig, sa Svanstrand då spaningsläget skulle vara på tapeten först, men mötet hade startat med det nästan reglementsenliga kaffet.

– Vad gäller den där Gulfadern, så är väl han avkopplad nu för vår del vad jag minns. Så idag gäller det väl bara nya bollar som gäller, sa Anton. Vem annars?

– Stämmer fint, sa deras chef. Stämmer väldigt fint. Till dagens uppdrag gäller två frivilliga. Mia och Janne, sa han och log samtidigt som han pejlade in dem?

De båda kollegerna tittade på varandra och nickade bekräftande.

– Bra sa han, vi har nu befogenhet att höra den iranier som överlevde pistolkulorna i deras bil senast utanför deras boende vid Bygdegårdsplan i Kungsängen. Han kallas av sina vänner för, Hammad, men heter Nasir Abbas och är 23 år. Han var en av de två Anton och jag talade med ute vid kyrkan och var en av det två kyrkogårdsarbetarna. Den andre och den mer tystlåtne, överlevde inte attentatet på iranierna.

Det var Khalil Sahim hann bara bli 21 år.

Den ni ska tala med kallas alltså Hammad och talar riktigt skaplig svenska. Ni kommer lösa uppgiften alldeles utmärkt, det är jag fullkomligt övertygad om vilket jag är lika övertygad om att förhöret, rent upplysningsvis, kommer föra oss ytterligare mot målet. Inte utan att jag börjar fundera på hur jag skall använda silkessnöret och på vilket sätt.

– Behövs inget silkessnöre Sigge, sa Anton. Ner med fanskapet i säcken och dra åt, sedan är det bara att dumpa säcken i Nybroviken. Jag hjälper gärna till.

Mia viftade ganska energiskt vänd mot Anton.

– Kör, sa han när han förstod att hon hade något på lilla hjärtat vad nu det kunde vara

– Vi ska väl inte lorta ner Nybroviken. Vi ska värna om vårt vatten och inte skräpa ner i naturen, har jag fått lära mig en gång på dagis.

– Ja, det kanske var lite överilat, sa Anton.

– Håller med, men vi har ingenting att lägga snaran kring ännu.

– Undrar hur de gör sig av med Gulfadern, sa Anton medan de andra nickade och såg undrande ut.

– Du Anton, har du talat med din kontakt på Säpo man har ju en svag aning eller minne av att du skulle ta tag i den biten när hon, eller vem det nu var, kontaktade dig?

– Jo, jag har snackat med min kontakt. Hon, för det är en hon, berättade lite fåordigt att hon varit i Indien för att hålla kollen på denne kines i ursprunget. Hon berättade att hennes uppdrag liksom sina kollegors, var att skydda Sverige och demokratin och däri ingår det att förhindra att Sverige blir en plattform för all form av droghandel som ju var Binchengs största och egentligen enda inkomstkälla. Allt annat som att sälja jordbruksmaskiner var ju bara en fasad.

Jag tror vi var inne på det där om att det endast var ett blindskär av vår Gulfader, om det nu var hans idé, jag menar med det där likkistorna vid Ryds kyrka. Det kanske bara var ett spel för gallerierna och få oss att jaga något som i slutänden inte var särskilt relevant för vad som var väsentligt för hans syften och intentioner. Ändamålet helgar medlen så att säga.

– Vad menar du då, undrade Mia?

– Jag tror såhär, liksom vår ärade chef gör, han och jag har nämligen talat om detta. Vi är båda rörande överens om att det rör sig om droghandel för Bincheng som är ganska fjärran i sig från den utbredda gängkriminaliteten. Vi tror att Gulfadern, Bincheng alltså, utnyttjade skjutandet bland de kriminella gängen, för att mer i lugn och ro flytta sina droger ut på marknaden, det vill säga våra gator och torg. Där drog vi det kortaste strået. Vi kan ju heller inte jaga något vi inte känner till vi skall jaga, även om Säpo hängde Bincheng i hasorna men inte informerade oss. Det är inte första gången i och för sig så vi borde kanske själva anat ugglor i mossen.

Svanstrand satt tillbakalutad och lät Anton föra deras talan vilket han gjorde med stor inlevelse. En inlevelse Svanstrand hade en gång i tiden men som nu var mer fjärran. Han kände det som om han gjort sitt inom polisen. Han hade inte samma gnista längre och han kände sig inte lika kry längre heller. Åldern hade så smått gjort sig påmind, ändå var han siffermässigt inte gammal alls. I huvudet var han fortfarande drygt trettio år. Det känns ibland som jag är besökare i mitt egna liv, tänkte Sigurd och ruskade på sig. Varför får jag sådana här introverta tankar, varför blir jag så ofta insjunken i mig själv?

Hans Britta, hade påtalat detta många gånger. Det är ditt gåband du kan tacka och dess förtjänst hade hon sagt. Du har blivit piggare tycker jag sedan du började med gåbandet. Och så kom den vanliga frågan – har du varit på din årskontroll uppe på vårdcentralen förresten?

Ständigt återkommande, har du inte fått kallelse så får du allt ta och ringa vårdcentralen för att höra om de har glömt bort dig… tjat, tjat, tjat tänkte han.

– Ja, vi kanske skulle anat denna uggla, men får man inte någon vink av de som till och med vet var ugglan har sitt rede, så hur ska vi då, gamla plattfötter, kunna ana?

– Vad vi däremot anar sa Anton, är att det handlar om cannabis, kokain och opium i första hand. Det vi inte tror på är olika sorters alkohol. Det är en bökig och tung hantering. Att bära omkring på en massa dunkar, det tar plats och ork i anspråk.

– Trots att vi idag känner till de risker som förknippas med droger, sa Svanstrand och pekade på staplarna på overheadbilden, så finns det många narkotiska preparat som är så vanligt förekommande att de flesta inte ens ser på dem som droger. Anledningen till detta är i mångt och mycket vanor och kultur. Dessutom har vissa invandrargrupper en annorlunda syn på vad som är droger om man jämför med infödda svenskar. Dessutom skiljer sig bruket av narkotika mycket i olika åldrar. Därför behöver man dela in dem i två kategorier. Droger för barn och ungdomar och knark för vuxna. På tredje plats bland de vanligaste drogerna är cannabis, och nu kom-

mer vi in på droger där hanteringen räknas som narkoti-
kabrott.

Hasch och marijuana är de två varianterna som utvinns ur
cannabisplantan och är idag ungefär lika vanliga. Cannabis ses
ofta som en lättare drog och är redan avkriminaliserad i ett
flertal länder. Vi tror att i länder som inte har förbjudit att
odla cannabisplantor, så är den väldigt utbredd och har många
odlare i stora mängder. Där tror vi på en underleverantör till
Bincheng och hans imperium. Cannabis är dock inte ofarligt,
det påverkar hjärnan på lång sikt och kan dessutom leda till
psykoser. Det finns idag syntetiskt framställd cannabis, ofta
kallad spice. Den drogen är vanlig bland ungdomar och ses
som mycket riskabel av experter. Man har på senare år konsta-
terat några dödsfall orsakade av syntetisk cannabis. Andra
droger som förekommer i Sverige är opium, GHB, morfin,
ecstasy och kat. Heroin är dock ganska ovanligt, en farlig drog
som är extremt beroendeframkallande och mest använts av
tunga missbrukare. Heroin är dessutom dyrt och relativt svårt
att få tag på. Kat tuggas mest av invandrare från arabiska
halvön och Afrikas horn. I övrigt är väl den senaste trenden
hos ungdomar, lustgas. Själv funderar jag en hel del på hur
man kan få tag på lustgas. På det sätt den används hos det
yngre klientelet, är den heller inte helt ofarlig om den inte han-
teras rätt. Den är inte narkotikaklassad men den används i
berusningssyfte vilket har blivit ganska populärt på senare tid.

– Men, lustgas ges väl vid bland annat förlossningar, då kan
det väl inte vara farligt.

– Nej så är det ju, men då är den utblandad med syrgas. Det
har hustru Britta berättat för mig. Men då hanteras bedöv-

ningsmedlet av utbildad personal. Lustgas är en hallucinogen och kategoriseras under dissociativa droger, berättade hon vidare, vad nu det kan betyda. Men så ligger det till i den värld många lever i som är beroendeframkallande.

Det kanske mest olustiga, om jag får säga så, är att man ser fler individer som ägnar sig åt att andas in lustgas ofta. När du använder lustgas ofta och under längre perioder kan det leda till kroniska skador på nervsystemet. Nu talar jag i första hand om våra framtids unga som har hela livet framför sig där någon i en skyddad plats livnär sig på andras beroende. Beklämmande att någon, eller några ägnar sig åt detta. Troligen har de inga barn själva utan lever på de beroendes sista slantar. Är vi klara med lustgasen nu, för roligare än så här blir det inte. Lustgas är alltså relativt ofarlig vid kontrollerad användning, milt bedövande, men inte narkotikaklassad.

– Jag får för mig, sa Anton, att Gulfadern nåja, Huang he Bincheng då om det är så noga, att han är mer generalagent för Cannabis än för KIA och böndernas maskinpark av jordbruksmaskiner. Någon som håller emot?

– Tack för det, sa han när han noterat det samstämmiga nickandet. Nog med inlägg för tillfället. Jo, en sak till. När är det bensträckare med det polisiära kaffet?

– Nu, sa Mia och fick applåder. Det var från samtliga, inklusive Svanstrand som reste sig och satte kompassnålen på kaffebryggaren.

– Jo, tog Janne upp. Efter fikat drar Mia och jag till Karolinska för att lyssna med iraniern.

– Bra! Det låter spännande att få höra vad han har att berätta, om han nu har något i den vägen. Men min kända magkänsla säger mig att han har det. Jag menar, om man blir beskjuten av den som tidigare fixat jobb åt dem och de jobbat häcken av sig för, senare ställer kornet inställt på dem då det ska parkera utanför sitt boende, klart man blir förbannad. Han minns nog bara en kraftig smäll och glassplitter som flög inne i bilen och skadade honom med splitter förutom av en höghastighetskula. Hans landsman fick därutöver köras till bårhuset, vilket säkert han smärtsamt fått veta i efterhand.

Vi har två kolleger som bevakar hans rum på sjukhuset, så det är bara vifta med leggen för dem så är det Sesam öppna dig som gäller. Dom vet, eller är förvarnade att ni är på väg. Jag ska se till det efter fikat. Lycka till, vet ja!

41

Efter fikarasten satte sig Mia vid ratten medan Janne skötte radio och sådant polisiärt arbete. Han gillade när Mia rattade deras hypertrimmade Volvo och gasade på så det osade gummi. Det fick man inte, men vad då, det lättade på trycket och med tomma gator där inte en katt var i synfältet, var det kul tyckte han. Mia brukar annars köra Porsche Carrera Cup Scandinavia med inte helt blygsamma placeringar. Hennes bästa bana och resultat är ifrån Mantorp Park. Hon har stått i samma startled som vår prins Carl Philip vet Janne och är lite stolt att sitta bredvid henne.

– Jag glömde starta kronometern när vi drog iväg från garaget, sa Janne med ett brett leende mot Mia. Men, jag tror det blir ett rekord till garaget på Karolinska. Kommer man byta till nya däck när vi kommer ner i garaget, tror du?

Mia kunde inte låta bli att skratta.

– Du menar att det skulle vara ett pitstop vid Karolinska? Vi får väl se. Men, det behövs inga regndäck i alla fall. Har vi någon adress vart vi ska ta vägen i denna stora fabrik?

– Verkstad för mänsklig reparation och service, snacka om pitstop, i så fall.

– Jag kollade vår färddator och den säger drygt sju minuter ifrån Bergsgatan. Kan det möjligen vara på idealtid, ett rekord?

– Tror det kommer ta längre tid att hitta den där, Hammad. Vem hittar här egentligen, undrade hon?

– Jag tar ett snack med folket där borta vid informationsdisken, så kanske det löser sig sa han när de kommit upp med hissen från p-garaget.

Men innan Janne nådde den långa disken vid informationen, inte mycket större än den på Grand Hotell men supermodern, fick han en lättsam fråga från någon till höger och han stannade för att vände sig om mot rösten.

– Förlåt, sa han?

– Är det någon avdelning ni ska till eller undrar över, sa den väna damen i övre medelåldern i diskret rödaktig dräkt med namnbricka i blankslipad stål, för hon hade nog iakttagit på klädseln att de var poliser.

– Ja, vi skall till en patient här som heter Nasir Abbas. Han har eget rum möjligen på IVA eller något i närheten.

Viola, som den hjälpande damen hette i vitt lockigt hår… som i sina bästa år, tänkte Janne. Hon har nog en gång jobbat för Röda Korset eller något inom lottakåren, funderade han vidare.

– Ett ögonblick bara, sa hon och knappade en stund på sin telefon. Lyssnade länge med ganska allvarsam min, nickade och sneglade samtidigt på Janne, som om hon värderade honom som fågel eller fisk. I värsta fall kanske något mitt emellan. Hon hade även ett öga på Mia för säkerhets skull. Så stängde hon sin telefon och vände sig med ett artigt leende mot Janne. Ni har väl naturligtvis legitimation?

– Naturligtvis, jag ber om ursäkt för att vi inte visade upp våra legg med en gång, sa han lite urskuldande.

– Jag har talat med era kolleger som har bevakningen av den ni skall besöka och restriktionerna är mer än höggradiga ska inspektörerna veta. Ni kan ta hissen, till höger och det är plan 8 som gäller. En av era kolleger på plan 8 kommer möta er vid hissen. Ha en fortsatt bra dag och lycka till sa hon, medan hon följde dem med blicken så de verkligen tog hissen och inte gjorde något annat.

Supertyst och supersnabbt, var de uppe på våning åtta. Där möttes de genast av en uniformerad kollega och de utbytte kollegiala nickar samt halade upp sina id-legg.

– Det här är den nya delen av sjukhuset, vad undrade Mia?

– Har ingen aning sa den mötande kollegan, men det ser ju verkligen väldigt nytt ut, har jag inte tänkt på. Jag gick på bevakningen nu i morse så för mig är det första gången jag är här.

– Okej, sa Janne. Du får gärna visa oss var iraniern Nasir Abbas har sitt rum så vi kan lyssna med honom så snabbt det bara går.

De travade iväg en bit åt vänster i korridoren och mötte ett gäng läkare med fladdrande vita rockar. Som sig bör, tänkte Janne… fladdrande vita rockar. Undrar om de har stetoskop i rockfickan också. Hans tankegång var i paritet med hur Anton skulle tänkt, kände han på sig. Han log lite åt sina tankar. Så kom man fram till en rad av dörrar.

En dörr som troligen ledde in till ett enskilt rum för behövande i raden av andra dörrar med samma utförande. Skillnaden var bara att vid denna dörr fanns två stolar på var sin sida om dörren varav den ena var upptagen av ytterligare en uniformerad kollega. De nickade åt varandra.

– Kan vi bara kliva på, eller ska det komma någon läkare eller sjuksyster för att så att säga, släppa in oss?

– Du har varit med förr hör jag sa kollegan som mött dem vid hissen. Vi har jagat upp någon som kommer för att närvara vid ert samtal med patienten innanför denna dörr. Räkna med en akademisk kvart, innan någon kommer.

Redan efter tjugo minuter, kom det en yngre läkare runt hörnet i korridoren med siktet inställt på kvartetten av konstaplar, som hon kallade dem.

Efter en kortare information av läkaren om patientens medicinska hälsa och en del enklare förhållningsorder, öppnade hon så dörren in till enkelrummet.

– Du har besök Nasir, sa hon med lite höjd röst.

I sjuksängen låg en man väl paketerad runt huvudet men utan att täcka ansiktet. Han var uppkopplad med en del olika slangar från påsar som hängde i en ställning bredvid sängen. Hela tiden kunde man följa hans hjärtrytm på en datorskärm som hängde på väggen och visade kontinuerligt hans hälsa på det viset. Antagligen en EKG apparat som skötte den tjänsten med en graf på skärmen, eller så kunde man antagligen printa ut grafen i pappersform. Vad vet väl jag, tänkte Janne. Men det ena utesluter inte det andra, funderade han vidare.

– Dom här poliserna vill ställa några frågor som dom hoppas du kan ge svar på förklarade läkaren för patienten i sängen.

– Men om du inte orkar, så skall du säga till sa Mia.

Hammad som låg där han låg, hade nickat. Bara att han hade nickat, var lovande både för läkaren, Janne och Mia. Man får vara glad åt det lilla, var deras bedömning.

– Han har inte skador på det viset, sa läkaren. Men vi har inte haft något större problem att utbyta samtal med honom. Han verkar faktiskt ganska positiv, trots allt. Statusen då han kom in till oss, var inte så överväldigande. Det var ingen av oss som hade något större hopp.

– Tack, sa Janne medan han vände sig mot Hammad eller Nasir som han hette och sökte ögonkontakt.

Hammad hade ju sett Janne och Mia tidigare, men han kanske inte mindes det så noga plus att det var på lite längre avstånd. Vad han hade sett, var att två poliser hade samtalat med kyrkvaktmästaren. Inte helt säkert att han sett att det var just Janne och Mia.

– Hur mår du, Hammad? Kan jag kalla dig Hammad eller vill du kanske jag ska säga, Nasir?

– Du kan säga Nasir. Hammad, säger bara mina vänner.

– Helt okej för mig, sa Janne. Jag nämner dig vid ditt namn, Nasir.

Han verkade nöjd med det. Huvudsaken var ju att han pratade med dem och inte bara låg där, för i så fall skulle det inte leda någonstans och de hade åkt i onödan, på sätt och vis.

– Vad jag vet, fortsatte Janne, är att du blivit beskjuten i din bil. Vad var det för bil du körde, kan du berätta det?

– Ja, det var en Mazda av äldre modell, en mörkgrön med takräcke.

– Gillar du att köra bil?

– Jag tycker det är roligt att köra bil, även om den var lite gammal. Det var egentligen inte min bil, vi fick låna den för att kunna åka till jobbet vid kyrkan. I början åkte vi buss, men det tog lång tid och ibland så gick ingen buss.

– Får jag fråga, har du körkort så du fick köra bilen?

Nasir såg orolig ut efter frågan, flackade med blicken och Janne visste ju sedan tidigare att något körkort hade han inte. Men han frågade mest för att hålla samtalet igång på en lite vänskaplig nivå.

– Ah, sa Janne. Om du inte minns så gör det inget.

Nu verkade Nasir andas ut och såg lugnare ut igen.

– Vem fick ni låna bilen av då, det kanske du kommer ihåg?

– Det var av Garrincha.

– Garrincha?

– Ja, det var han som hade ordnat arbetet åt oss vid kyrkan och det var han som skötte allting, han som bestämde militäriskt.

– Var det av Garrincha som ni fick era identifieringskort?

– Ja, just det.

– Vad heter han mer än Garrincha då?

– Nej, han heter inte Garrincha, det är bara vad alla kallar honom för, ett skojnamn eller hur man säger.

– Okej, vet du, eller minns du vad han kommer ifrån för land? Är det kanske samma land som du kommer ifrån rent av?

– Garrincha kommer ifrån Pakistan.

– Har han berättat det eller gissar du bara?

– Han berättade det för oss då han var ut till kyrkan en gång. Det var strax efter vi hade kommit till Sverige. Vi hade åkt buss hela vägen ut till kyrkan och träffade då på en kyrkvaktmästare som visade oss ner till redskapsboden där det stod en grävskopa och en traktor och en massa redskap och verktyg. Vi fick en nyckel av vaktmästaren som han sa vi skulle vara rädda om. Sedan kom Garrincha med sin bil, en stor Mercedes som verkade alldeles ny…

Oj, tänkte Mia. När proppen väl gick ur, blev hans tal och minnesbilder som ett strilande höstregn som aldrig verkade ta slut.

Kanske hade han känt att vi inte hade några onda uppsåt. Till och med läkaren som satt kvar på en stol under förhöret för att kontrollera allt som var uppkopplat på Nasir, såg tillfreds ut med hans långa tirad. Det var verkligen bra.

– Berättade då Garrincha vad han hette?

– Jodå, just det, det gjorde han. Jag heter Caricho Banzaie, men alla kallar mig Garrincha för jag påminner om en brasiliansk fotbollsspelare. Han hade sedan berättat för dem att han tidigare tävlat i pistolskytte för Pakistan i både OS och VM. Han har också varit dressyrlärare i hästtävlan hemma i Pakistan. Han berättade också en lång historia hur han och ett par landsmän bestigit de högsta bergen, bland annat Kilimanjaro, påstod han. Han sa sig vara ytterst vältränad inom många områden.

– Känner du till att din kamrat i bilen, dog av skadorna han fick då ni blev beskjutna?

– Jag känner till de. Nu har han påbörjat sitt nya liv. Han var ju bara 21 år och har mycket ogjort. Jag bad för honom den dagen jag fick veta att han var död och att han därför nu skall bli väl mottagen i Kaba. Där kommer han börja sitt nya liv och jag vet att vi kommer träffas igen, det vet vi muslimer. I det nästan helt muslimska Pakistan präglas livet av islam, dess levnadsregler och högtider. Därför ses vi igen. Jag minns honom med glädje han var min vän.

– Vi ska inte trötta ut dig mer idag med våra frågor, men jag har en sista fråga innan vi går. Kan du beskriva den som sköt mot er bil, eller var han maskerad?

– Jo jag såg den som sköt. Han siktade rakt mot vår sidoruta på bilen och så… pang, pang!

– Du sa, ”pang, pang? Kan du beskriva det lite mer noga hur du menar, undrade Mia?

– Ja, han sköt två skott.

– En följdfråga då, nu sa du ”han” menar du med detta att det var en man som sköt, inte en kvinna?

– Det var en man med skägg.

– Tror du att du skulle känna igen den som sköt om du fick se någon bild på honom?

– Det vet jag inte.

– Nej jag förstår. Det var en dum fråga av mig. Det beror ju på vilken bild jag skulle visa för dig. Kan vi göra så här Nasir. Vi återkommer till dig i morgon och visar dig några bilder. Tror du att du skulle orka med det?

– Ja det är jag övertygad om. Jag vill gärna peka ut vem som sköt mig och dödade min vän Khalil.

– Då ska du ha tack för idag, Nasir. Vi ses i morgon, hej!

42

– Då ska ni vara välkomna till morgonens möte allihop. Jag anar vi har en hel del att ventilera denna morgon. Det hjälper att vända på varenda sten och knota. Vad vi erfarit är ju att det här skjutningarna är något som inte hör ihop. Då menar jag det vi fick på vårt bord ifrån början med likkistorna ute i Västra Ryd. Dessa avrättningar har inget att göra med alla andra skjutningar mellan de olika kriminella gängen som verkar vara en väldigt smittosam farsot, om jag kan uttrycka mig så. Där vässar vi alla idéer innan patron ur.

– Jag har tänkt på det där, sa Anton. Skulle vi inte kunna infiltrera dessa gäng för att hitta knutpunkten? Vara steget före innan det händer något, liksom?

– Bra tanke där. Jo, vi har denna möjlighet, ja!

– Jag har ett par kompisar som jobbar på ordningen som skulle vara som klippta för denna uppgift. Men jag vet att om man vill vara med i denna soppa, som en i gänget, kan det kräva en hel del olagligt handlande ifrån infiltratören för att vara trovärdig hos gängen i deras ögon och ur det inskränkta perspektiv de ser. Det kan gå så långt att de kan bli tvungna att begå brott för att inte avslöja sig och därmed riskerar det fängelse.

– Det är exakt så, Anton. Men nu är de på gång, jag tror till och med att det är implementerat med straffrihet för polismän. Detta betyder, som du säkert förstår att du kan snacka med dina kolleger att om de vill ha lite rast från sitt asfalttrampande så är de välkomna att höra av sig så får vi se vad vi kan göra i detta nystan av gäng.

– Bra chefen, jag ska lyssna med dessa grabbar redan under dagen. Rent visuellt, passar de bra in i gängen även om jag inte har det fördomar som kanske krävs.

– Bra där Anton, vad har vi mer att ventilera… Mia?

– Du menar besöket på Karolinska där Nasir som han heter, ligger efter dådet då de två blev beskjutna i sin bil?

– Ja, det var så jag tänkte men uttryckte mig lite vårdslöst precis som om alla visste vad jag menade.

– Gör inget chefen, vi förstår sa Janne. Mia kan berätta vad som hände.

– Ja, återtog Mia, efter lite villospår alltså ifrån chefen, så var vi alltså på Karolinska i Solna för att lyssna med den överlevande efter beskjutningen av deras bil då de återkom till sitt boende vid Bygdegårdsplan i Kungsängen. De hade bott i några baracker uppställda av kommunen för ensamkommande, som en slags tillfällig bostad där de hade ett tak över huvudet och en säng att sova i. Den vi besökte heter Nasir Abbas, men kallas av sina vänner för Hammad. Det var en gång i tiden, för 23 år sedan som hans mamma hade kallat honom för lilla Hammad då han varit väldigt liten och namnet har följt honom och som sagt var, hans vänner säger nästan undantagslöst, Hammad. På sjukhuset är han dock inskriven som Nasir Abbas. Han talar riktigt begriplig svenska och vi behövde ingen tolk, vilket var bra och underlättade.

Han berättade också för oss att han sett den som sköt mot dem i bilen. Två skott i snabb följd sa han sig ha uppfattat innan han blev medvetslös. Jag vill minnas också att våra tekniker har berättat att det var två skott som skjutits men man har bara hittat en kula. Den kulan är intressant ur den meningen att den är exakt av samma typ som kyrkvaktmästaren sköts med. Samma krutblandning, samma sorts höghastighets projektil.

– Var det möjligen någon han hade känt igen, undrade naturligtvis Svanstrand? Något bekant ansikte, undrade han vidare?

– Vi frågade honom om han skulle känna igen den som sköt om han fick se en bild på honom.

– Och, undrade Svanstrand igen lite ivrigare än nyss?

– Absolut, hade han svarat.

– Då måste vi alltså jaga fram ett knippe trovärdiga bilder, sa han och antecknade något i sitt block.

– Först och främst på den pakistanier som heter Caricho Banzaie men kallas av alla ensamkommande för Garrincha.

– Och då undrar en vän av ordning varför han kallas så, fortsatte Svanstrand?

– Enkelt för oss som kan svaret, sa Janne och tittade på Mia för att liksom be om ursäkt för att han lade sig i hennes föredragning.

– Ja sa Mia, för att åter ta tag i rodret. Han kallas Garrincha efter en välkänd brasiliansk fotbollsspelare en gång i tiden. De lär ha drag av varandra. Garrincha spelade tillsammans med Pelé i Brasiliens landslag. De, var den enkla anledningen till namnet. Garrincha lär ha arbetat på Pakistans ambassad i Stockholm. Kanske han fortfarande finns på deras avlöningslista, vi får kolla de. Men så långt känner vi inte till för nu.

– Det här är nog ett uppdrag för Pernilla Östes folk, sa Svanstrand. Tror jag ska ta och ringa Sivert som ju sitter uppe på hennes grupp nu för tiden som ni vet. Att få tag på ett fotografi på denne Garrincha, kräver nog lite fingertoppskänsla och då menar jag bara den där pakistaniern. Lite diplomati, för att nu tala samma språk. Finkänslighet, helt enkelt.

– Steg ett, eller prio ett, blir alltså att skaka fram en bild på denne pakistanier, Caricho Banzaie om jag förstått saken rätt?

– Ja, det stämmer Anton. Men som jag sa nyss, så ska jag ganska så omedelbart efter att vi avrundat mötet, kontakta Sivert som sitter på rätt plats uppe hos Pernilla Öste. Dom har det rätta kontakterna och vet åt vilket håll slipstenen skall snurra för rätt resultat. När vi har några bilder på några figuranter med liknande utseende som Garrincha, så får Mia och Janne göra en ny resa till Karolinska sjukhuset i Solna för att prata med Nasir. Ska vi säga så? Ni har helgen på er att ordna det praktiska så ses vi här igen på måndag samma tid, samma mötesplats med nybryggt kaffe. Trevlig helg!

43

Ute på Arlanda styrde Sigurd och hustru Britta sina steg mot gate 05A i terminal 5. De skulle flyga med SAS SK411 till Köpenhamn, som det stod på den stora elektroniska tavlan för avgångar.

– Är det pirrigt i dag också fru Svanstrand, undrade Sigurd?

– Ja, sa fru Svanstrand pirrigt är det, men på ett annat sätt. Nu är det liksom på tv fyra, repris!

– Repris blir det kanske för jag har bokat rum på samma hotell nu också som för ett år sedan.

– Men, vad romantiskt det låter, Pierre!

Nu blinkade det Boarding vid deras flightnummer. Så de tog sitt handbagage och begav sig ombord. Hade Sivert varit med hade han berättat vad det var för typ av flygplan det klev ombord på. Sigurd hade kollat detta för han ville inte vara sämre än Sivert så han sa lite slarvigt och mest i förbigående att det skulle vara trevligt att flyga med en Airbus A320 den här gången. Vad som skiljer de olika beteckningarna, vet jag inte. Det är mera Siverts bord. Han hade nog berättat för mig, eller rättare sagt, jag är övertygad om att han hade berättat vad som var skillnaden mellan en A320 och en A321. Som denna freak han är på området, hade han säkert också förklarat vad det var för pushback truck som skulle backa ut dem ifrån deras gate. För ett år sedan hade det alltså också varit en Airbus de flugit med, då liksom nu, skulle de sitta i business class. Deras övriga bagage hade man checkat in vid automatcheckningen då de kom, så det var överstökat sedan en dryg timme tillbaka minst. Tekniken går framåt i flygande fläng, tänkte han vidare. En utomordentligt trevlig kabinpersonal mötte dem när det klev ombord. Han kom ihåg en kurs han och en del övrig personal inom polisen och i chefsställning, som det var just SAS som, var den som tillhandahöll den kursen. Skämtsamt kallades kursen för "puss och kram". Han mindes kursen som mycket bra, en kurs man skulle behöva en repetition på. Den första veckan efter kursen var han som en annan människa. Han var mer tålmodig, lyssnade gärna på andra utan att avbryta. Det var därför man hade fått två öron, som hon som höll i kursen, berättade. Två öron och bara en mun och det var därför man skulle lyssna dubbelt så mycket som man skulle tala själv. Vi hade också fått ett tipps av henne som höll i kursen, att om man såg att hans sambo eller fästmö hade stora pupiller, så betydde det att det var fritt fram, tänk på det sa hon. Men... det kunde också ge en fingervisning att det kan ha blivit lite mycket vin eller att hon bara var trött. Då hade luften gått ur alla manliga deltagare, mindes han. Så sant, hade Sigurd tänkt. En bra kurs i ledarskap hade han då funderat. Tror att det var Jan Carlzon som var chef för SAS vid den tiden och hade massor av idéer hur ledarskap skulle formas.

Den som var länspolismästare på den tiden var studiekamrat men Jan då de gick på Handelshögskolan och hängde ihop en del. Tror det var svågerpolitiken som gjorde att vi inom polisen med ledande positioner fick gå den där puss & kramkursen. Jan är en av Sveriges mest framgångsrika företagsledare genom tiderna. Under 1980-talet fick han rockstjärnestatus genom sin enormt inflytelserika ledarskapsbok, Riv Pyramiderna. Då den populära termen självledarskap dök upp. Det var något han själv missade, fick vi veta på kursen. Han följde inte riktigt själv det budskap han försökte förmedla. Han satt aldrig upp mål för sig själv han hade säkert för många bollar i luften, eller flygplan då, samtidigt? Men han ansåg att det är något han verkligen vill rekommendera för företagsledare av idag. Tänk igenom… Vad är jag bra på? Vad mår jag bra av? I dag vet jag, tänkte Sigurd, att jag mår bäst när jag får leda människor för att tjäna människor och minska brottsligheten och gängkriminaliteten. Carlzon skaffade sig under tiden ett stort kontaktnät inom bland topparna, något jag saknar.

Detta har alltid Sigurd arbetat efter. Möjligen har den där kursen satt sina spår ändå men som jag inte själv uppfattar.

Kanske skulle jag fråga Britta tänkte han, eller varför inte lyssna med Anton. Sivert har säkert inte tid att analysera, men vem vet. Där har jag kanske fel.

Han styrde genom kabinen mot de snygga stolarna i djupblått, som Britta nog skulle kunna förklara lite närmare om han hade önskat. Huvudsaken är att det kommer vara bekvämt i Business Class när han nådde deras platser, två bredvid varandra. Slipper man ha någon bredvid sig, bara vi två.

– Kan vår resa få en trevligare start, undrade Britta?

Hon tog sig in till stolen närmast kabinfönstret och lutade sig tillbaka.

– Du syftar på kabinpersonalen, undrade han?

– Rätt, min lilla konstapel. Men det bästa har jag bredvid mig.

Sigurd tog hennes hand i sin. Deras ögon möttes medan de fick ett meddelande att det var dags att spänna fast sina säkerhetsbälten och en flygvärdinna gick igenom kabinen för att se att allt var i sin ordning. Hon log och undrade om allt var bra? Sigurd hade nickat.

– Vi ser fram emot en kopp kaffe när vi är i luften, lade han till mot den vänliga omtanken i ljusblå dräkt.

Han knappade lite på dataskärmen i framförvarande ryggstöd. Sigurd hade lärt sig av Sivert för ett år sedan. Här skulle han kanske kunna se var över Sverige de skulle flyga och hur högt. Nog inte värt att berätta för hustrun hur högt, tänkte han, hon är ju inte så förtjust i höjder. Sedan är det väl bara att landa på Köpenhamns Airport. Trevligt, men det blir ont om tid med en SAS frukost på vägen, tänkte han. Jag menar en timma och tio minuter, de blir språngfika i så fall.

44

I det stora polishuset på Kungsholmen arbetade man på Pernilla Östes grupp med att kartlägga den som kallades Garrincha och som man trodde hade tjänst på Pakistans ambassad, för att få tag på ett fotografi på den mannen.

Kontakten med ambassaden flöt betydligt bättre än man hade hoppats på. Det kändes som om man på ambassaden hade vänt denne man ryggen för diverse dubiös skötsel av det som ålagts honom, i vad, framkom dock inte. Och egentligen, kunde det göra detsamma. Denna bild på pakistaniern Caricho Banzaie, men som allmänt kallades Garrincha av ensamkomna flyktingar, samt ytterligare fem bilder men då på statister, eller bifigurer, skulle ingå i bildkonfrontationen. Bland annat en bild på just den omtalade fotbollsspelaren Garrincha som Nasir ska få ta del av.

Redan efter tre timmar, hade Östes grupp fått svar från Pakistans ambassad med både en bra bild samt lite annat av bonuskaraktär och som man inte frågat efter.

Nu sammanställde man materialet för omedelbart avsändande.

Adressen hade varit till Svanstrands spaningsgrupp.

Sigurd hade ju ställt en förfrågan om hjälp till Sivert med ett fotografi på Caricho "Garrincha" Banzaie. Naturligtvis hade Sivert såklart inte varit i tjänst för tillfället och inte Pernilla Öste heller, men det hade flutit på bra ändå.

– Det funkade ändå utan de högsta hönsen, ropade Mia!

Mia var den som tagit emot handlingen ifrån Pernillas grupp inom underrättelseverksamheten.

– Hoppsan, vi har fått lite handlingar om den där Garrincha, sa hon och vände sig om mot Janne. Bonus, verkar det som.

– Då hämtar jag ett par muggar kaffe så vi kan tänka klart och förstå vad det handlar om, sa han.

– Men absolut, Janne!

– Vill du ha wienerbröd också?

– Hur visste du de, ropade hon tillbaka åt den flyende kollegan.

– Med mormorshosta, eller ropade han tillbaka?

– Mycket mormorshosta!

Under tiden Janne hämtade lite förnödenheter åt dem, de var ju ändå lördag, printade hon ut fotografiet på Garrincha, eller som det stod som filnamn, img_2436hiec Caricho Banzaie. Det var en bild som för hennes ögon berättade att detta var en person från Asien. En inte alltför vågad gissning.

– Det var en bra bild, sa Janne när han kom tillbaka med fikat, vi får se till att de andra bilderna är av samma storlek och karaktär. Står det något intressant om honom?

– Jag har inte hunnit så långt ännu.

– Klart spännande. Hittar vi något gångbart i detta måste vi kanske störa Sigge, trots att det är lördag.

– Jag printar ut vad de skrivit om denne Garrincha.

– Låter genomtänkt och bra. Bättre att blada bland lite fysiskt material. Jag är ju ingen större vän av läsplattor och annan skit, sa han för att låta som Anton, med samma tycke om detta påfund.

Båda tog en kopia var av det Mia printat ut och läste med iver, var och en på sitt håll, vid bordet.

”Caricho Banzaie hade varit en militärattaché. Men innan dess hade han arbetat inom avdelningen för handelsattachén, men av lägsta graden.”

– Militärattaché och handelsattaché… inte illa, sa Mia och nickade.

”Han benämndes alltid som Mister Banzaie av dem han hade kontakt med. På ambassaden skötte han företrädesvis pass och liknande för de ensamkommande pakistanierna.

Under en längre tid hade han stått på vår ambassads säkerhetsavdelnings lönelista för externa medarbetare. Men han togs ur och bort från denna tjänst när samröret med en något, ur våra ögon diskutabel och omtvistlig man, Huang He Bincheng ifrån Kina, som inte utan kunde ifrågasättas av oss. En herre i hans bekantskap som svärtade ner beskickningens varande i förlängningen. Mr Banzaie bedrev ett dubbelspel, där ambassaden antagligen var som hans garant. Han förskingrade ambassaden på åtskilliga tusentals kronor till dess han avslöjades och degraderades därmed som diplomatisk tjänsteman. Han har dock fortsatt sina ljusskygga affärer där han inte någonstans har berättat om sin degradering trots att han inte längre har någon myndighetsutövning eller diplomatisk immunitet. Men han bor, de facto, fortfarande kvar i sin tjänstebostad på Banérgatan här på Östermalm.”

– Ja då har vi faktiskt en hel del att gå på, sa Janne.

– Ja, även om det inte är särskilt mycket, menade Mia och bligade på Janne. Men nyss hade vi ingenting, nu har vi i alla fall ett foto.

– Det jag kommit fram till, menade Janne, är att ska man ta bort någon för att minimera allt detta skjutande mellan kriminella gäng och deras avrättanden, så är det just Garrincha. Det verkade som om han förfogade över två identiteter en tid och spelade då på en illa stämd förstafiol. Det man anser om honom på bland annat ambassaden, är att han är en illa omtyckt spyfluga som surrar runt där det luktar mest skit för att sätta sig och även han uträtta sitt tarv.

– Han bor alltså på Banérgatan i en tjänstebostad som troligtvis ambassaden betalar för och medan han låtsas som om det regnar.

– Så är det nog. Jag har kollat var Pakistans ambassad ligger, jag hade ingen aning men skulle jag gissa, skulle det bli på Östermalm. Pakistans ambassad, Karlavägen 65 fyra våningars hus av nobelt utseende. Den pakistanska gröna flaggan som har ett vitt vertikalt fält på inre sidan samt en vit halvmåne och en vit stjärna på duken, vajar i hörnet av byggnaden.

45

Mia och Janne satt i deras stora fotoarkiv för att plocka ut fotografier på lämpliga figuranter som Nasir, den skottskadade patienten på Karolinska, skulle få konfronteras med. De sökte efter bilder som skulle vara utseendelika med i första hand den brasilianske fotbollsspelaren, Garrincha. De hade ju en bild på den som kallades vid samma namn, Caricho Banzaie, som de hade fått genom underrättelsegruppen hos Pernilla Öste.

– Nu måste vi slå en signal till Sigge, sa Mia. Du eller jag?

– Ring du som har talets gåva, sa Janne och nickade mot Mia.

Mia gick iväg till kaffeautomaten för att hämta ytterligare kaffe innan hon knappade in Svanstrands kortnummer.

– Ja, Svanstrand!

– Godmiddag chefen så här på lördagen, inte min mening att störa.

– Men jag anar du har något vettigt på tungan, eller?

– Jag hoppas det, sa hon. Du får avgöra.

– Vad kan jag hjälpa dig med då, Mia?

– Jo, jag vill bara höra hur vi skall göra med vår åklagare?

– Om vad då?

– Vi har ju fått en bild nu på Caricho Banzaie, den pakistanier som kyrkogårdsarbetarna allmänt kallade för Garrincha och var den som ordnade deras pass, du minns?

– Jodå, jag minns. Än har jag inte blivit helt senil.

– Vi sitter nu och skrapar ihop fem bilder till för att genomföra en bildkonfrontation med Nasir Abbas han som ligger på Karolinska. Vad vi funderar över är om vi ska kontakta Krister Wickström innan vi gör denna konfrontation?

– Jamen, naturligtvis ska ni göra det. Han är ju vår förundersökningsledare. Prata med Krister och lägg fram de fakta ni har. Han kanske vill vara närvarande vid konfrontationen så inga misstag görs, förutom att ni skall banda konfrontationen.

– Tack chefen. Det var i dessa banor vi har resonerat. Tror du att det räcker med sex bilder inklusive den brottsmisstänkte?

– Ja det tror jag, men det kan vara läge att höra vad Krister säger. Den här Nasir verkar ju väldigt övertygad om vem som skjutit mot dem så därför tror jag han kommer godkänna era fem bilder plus då attentatsmannen.

– Då gör vi så, jag ska genast ringa Krister. Ha det bra var du än befinner dig. I bastun, i snabbkassan för endast kortbetalning eller i kön på IKEA med fotpallen, Ville.

– Hej!

Mia lade ifrån sin mobil, ryckte på axlarna åt telefon medan hon knycklade ihop pappmuggen från kaffet.

– Blev det nobben, eller vad sa farbror Sigge?

– Nä, det var bra även om han ibland låter som om han blandat ihop äpplen och päron som i slutänden inte hör ihop i korgen.

– Då får vi sammanställa vad vi har på den där pakistaniern på ambassaden innan vi kontaktar Krister, sa Janne. Vad har vi som kan blidka vår förundersökningsledare?

– Vi har först och främst en bild på honom som Nasir var bergsäker på att känna igen som den som sköt. Men, jag tycker det är konstigt att han inte hade någon maskering över ansiktet när han attackerade dem med höjd pistol mot sidorutan på deras bil.

– Jag tror att för det första hade han ingen halsduk eller liknande att maskera sig med, för det andra tänkte han att ingen av dem skulle kunna berätta vem som skjutit efteråt, han räknade med att ingen av dem skulle överleva.

– Jo, så kan det vara naturligtvis och det följer väl den bild man fått av denne pakistanier. Han sköt två skott, utan att fråga…

– Stämmer. Sedan var han en gång med i både OS och VM inom pistolskytte. Och det var som Sokolovska sa, en van skytt kan man ana på grund av den samlade träffbilden av kulorna. Samma sorts höghastighets ammunition som ändade både kyrkvaktmästaren och den ene i bilen, Khalil Sahim medan Nasir undkom som av ett under. Jag tror att idag funderar inte pakistaniern Garrincha över om någon överlevde hans attentat. Skulle han ha misslyckats i sitt uppsåt? Knappast, inte han, Garrincha, tävlingsskytt och Pakistansk mästare.

– Jag tror Krister blir ganska nöjd så här långt. Vi får se om han vill närvara vid bildkonfrontationen, Sigurd nämnde något om det. Det lär visa sig när vi föredragit detta för honom, sa Mia.

– Eftersom du har telefonvana, överlåter jag till dig att ringa.

– Överåklagare Wickström!

– Hej Krister, aspirant Mia Bengtsfors hos kommissarie Svanstrand.

– Jamen hej, vad har du på lilla hjärtat.

– Jo, det handlar om de där två som vart beskjutna i Kungsängen då de kom hem till sitt boende. Den ene dog, den andre ligger fortfarande på sjukhus för sina skador.

– Oj, det skjuts ju i princip varje dag, så jag har svårt att hålla isär allt skjutande. Vad är det du vill i så fall?

– Vi undrar om det är okej att göra en fotokonfrontation med mannen på sjukhuset för han säger sig veta vem som sköt. Du är ju vår förundersökningsledare så vi ville höra med dig.

– Jaha, ja då är jag med på banan vad gäller sakfrågan. Kan vi inte göra såhär att du skickar över fakta med nummer och namn och hela den biten så ska jag snarast, om det brådskar, ta och titta på ärendet. Ska vi säga så?

– Men, det låter ju alldeles utmärkt trots att det är lördag och allt, sa Mia. Jag skickar inom tre minuter.

– Gör så och ha en trevlig lördag på arbetet.

– Tack Krister. Ha det gott själv.

46

Hemma i Antons trevna lya rådde ett lugn, en kontemplation, en slags inre andakt. Han hade precis öppnat fönstret mot gården och lät solens strålar värma honom. Nere på gården var det några barn som stojade, annars andades dagen frid och helg. Påminde om stillhet som en söndagsförmiddag. Nu var det dock lördag och senare på dagen skulle han träffa Anna. Sin Anna, som han betecknade henne för sitt inre. Som hastigast kunde han inte förstå att han inte lagt vantarna på henne redan då de var på samma utbildning en gång. Nu hade dimmorna lättat och han hade vaknat upp. Väckts av hennes närhet, sitt fina väsen, hennes underbara och störtläckra varande. Man kan bli religiös för mindre, tänkte han.

Han höjde blicken mot solen och fick kisa för att inte bländas det var som att se in i ögonen på Anna, då fick han nästan kisa för att inte bländas. Han kände sig väl till freds med sina tankar och inte utan att han log där han stod. Log åt sina varma tankar på Anna så en tår ville tränga fram i ögonvrån. Nu måste jag bara träffa hennes far och be om hennes hand.

Han blinkade flera gånger för att liksom klarna blicken. På fönsterbrädan låg boken om Västra Ryd. När han inte hade hittat det han sökte, eller hoppats på att hitta, fick det vara. Antons grej var inte att läsa böcker om det inte gällde något inom hans arbete, som det hade varit tidigare med denna bok, Röjning.

Han tog upp boken igen och bläddrade lite förstrött. Det han tyckte var som finast, var den äldre berättelsen om byn. Hur mor Edla kämpade vintertid med vad man hade. Två ungar hade hon haft och som det verkade, en slö trött gubbe som ville ha allt serverat. De slet säkert ont på den gamla gumman. Han hoppades det fanns mer i boken om denne gamle madam. Kanske var hon inte så gammal ändå eftersom hon hade två mindre barn, tänkte han. Men det kändes så när man läste om henne, tänkte han. Han mindes ett gammalt fotografi där hans farfar hade fyllt 50 år, men på bilden såg han ut som minst hundra. Flera på hans grupp av utredare och folk ifrån span, var femtio och drygt det. Men, inte såg dessa ut som hundraåringar inte.

En tunn molnsky gled förbi solen och fick honom att bryta upp i tankarna. Han tog boken med sig och satte sig i sin bästa fåtölj. En skinnfåtölj typ Kensington, men en retro annars hade han inte haft råd att köpa den, mindes han. Här ska man egentligen sitta med en god whisky och puffa på en cigarr. Men, det där med cigarren, kunde han lätt avfärda även om det därmed skulle luktat herreman i lyan, men Anton rökte inte så där sprack den illusionen. Men visst, en whisky det kunde han ibland unna sig när han såg någon deckarserie på tv med exempelvis, kommissarie Morse.

Han hittade ett ställe i boken igen som handlade om gumman Edla på Ryd. Verkar vara en epistel eller liknande, tänkte han.

"Vad tog åt far som skulle betala biljetten för er, bara ni kom. Han ville väl rå om er hela midsommar. Få både mat lagad, diskat och städat. Hade han skött sig, så hade han säkert som amen i kyrkan, kunnat haft Landboda kvar, rustat upp lillstugan åt sig. Hyrt ut det andra stora huset. Alltid hade jag väl då fått nån som hjälpt klä mig. Lika gärna har jag väl kunnat ätit upp min tusenlapp där på Landboda, som att bli motad till hemmet som nu. Jag hade ju även min pension, tre famnar ved om året. Ryd socken lovade Petter att få en liter mjölk om dan som vi kunde tatt hant om åt han. Det hade varit allt för mig och mina barn. Även nu har jag varit så klen, det har jag nog blivit av sorg för att Petter inte visat bemötande för en annan. Jag hade nog kunnat vara så rask så han inte behövt klaga. Det var ju ej så roligt att lämna den jord där man arbetat ut sina sista krafter och passade och ville honom så väl.

Själv är jag bara dålig idag, men sitter uppe. Värker i alla leder, det är så mycket korsdrag här de tål inte rematisten.

Jag har varit så sjuk så jag har inte orkat besvara dina rader. Jag är ännu så dålig, jag vill helst ligga, med mina ögon igenstängda. Jag är så trött också. Vi har ju haft influensan på hela hemmet och sjukstugan så här har ingen fått besöka oss. Även flera av biträdena har legat. Jag var en av de första som fick den och bland dem som hade de värst. Jag har så ont i ryggen men det har ju aldrig blivit riktigt utläkt. Sedan utslagen, öje öje öj. Men allt går ju en dag omsänder. Jag har ju min goda mat och kaffe, men vi har en kall sal så det är att bylta på sig, så jag inte fryser. Men Gud skall veta vad jag tänker på eder både natt och dag och ber till min lilla Gud för eder. Jag tror ni både fryser och svälter, det gör mig mycket ont. Jag har inte varit uppe något idag på det nya året, det står väl i Guds hand om jag lämnar vid. Di hade influensa alla i Ryd, skrev fru Hillgren på Bålsta, den rara människan.

Fru Hillgren är nu på Ulleråker, stackars gumma. Åh den olyckan häradsskrivare Augustsson, sån människa. Ja käre tid."

Jag undrar när i tid detta var skrivet, tänkte Anton. Måste vara ganska gammalt ändå om det var arrendatorn Thunholm på Sylta Länsmanboställe, Elins far, som skrivit boken Röjning. Han bläddrade till försättsbladen till boken för att enkelt kolla. Den som skrivit boken såg han, var arrendatorn Adolf Vilhelm Thunholm f. 1865 med hemort i Tång, Håbo församling Västra Ryd, tryckt på Ivar Halvardssons tryckeri AB Uppsala stift, anno 1902. Okej, 120 år sedan. Tiden går, av allt att döma. Allt är förgängligt, allt är timligt tänkte han vidare. Påminner mig om att jag har ett kärt möte som inte kan vänta, tiden går. Hur säger smeden nere i Eskilstuna? Det gäller att smida medan järnet är varmt.

47

– Det lät som jobbsnack, vem var det som ringde undrade Sigurds hustru?

– Jo, det blev lite jobbsnack. Bara helt kort som du märkte. Men de var kanske ett genombrott. Vi hade fått bild på en pakistanier genom Pernilla Östes grupp, ja lite diplomati troligen. Jag hade bett dem försöka få fram en bra bild på en av deras ambassadtjänstemän. Nu verkade det som om de har fungerat. Du ser, jag behöver inte sitta där bakom mitt skrivbord, det rullar på ändå utan mina pekpinnar sa han med en liten bitter underton. Inte vara behövd längre.

– Klart att du är behövd. Jag behöver dig Pierre, sa hans egna lilla kuttersmycke.

– Vänligt av dig, sa han. Britta var den ende han kände som nämnde honom vid hans första namn, Pierre.

Men man känner att tiden går, jag har inte samma gnista på jobbet som jag faktiskt haft. Det var ju i och för sig bovar på en helt annan nivå än vad vi ser idag. Förr var de mest Tumba Tarzan och Nisse pistol som var frekventa kåkfarare.

– Nu skjuter man först, utan att fråga.

Idag verkar de kriminella mer lättkränkta och då lyfter dom sitt vapen, hög som låg. Oftast de som är lägst, yngst och som står och stampar i marginalen för att försöka ta sig uppåt på karriärstegen. Dom spelar ett högt spel, oftast rysk roulett.

– Är det sådant du grubblar över?

– Nja, grubblar kanske jag inte gör. Det är som jag tänkt tidigare bara, att jag är besökare i mitt egna liv. Ett liv jag vill värna om och kunna leva vidare i men där jag slagit av på takten. I dag är det också så att alla dessa gängkrig har en låg sannolikhet att klaras upp då den vi ska häkta, skjuts. Jag har bara kommit till insikt, en personlig insikt. Så på måndag ska jag lämna in min avskedsansökan hos länspolischefen.

– Det låter tungt, Pierre!

– Det är, tungt Britta. Jag har haft långtgående planer på att sluta inom polisen. Har som man brukar säga gjort mitt, jag är klar inom polisen. Kommit till vägs ände, även om denna vägs ände inte ligger i Ödeshög, av alla platser.

– Men tja, varför inte? Jag blev inte mer förvånad än så här. Du har nog fler strängar på din lyra så där blir det inget problem, men ändå. Jag har inte hunnit ta detta till mig ännu.

– Eftersom ekonomin spelar mindre roll i mitt handlande då jag på den fronten har så vi klarar oss, så varför ska jag bara sitta av tiden när jag egentligen inte längre tillför något som gammal polis. Ja ja, kriminalkommissarie då.

– Vet fotfolket på din grupp om detta?

– Nej, jag har inte sagt något. Har bara berättat, eller hört mig för kanske jag ska säga, med länspolischefen om det rent praktiska.

– Och då sa länspolischefen?

– Jo, då sa han att man inte ville bli av med mig. Och man kommer försöka övertala mig och bland annat öka på lönen. Den biten hade jag kunnat ta om jag inte hade varit nerlusad med slantar, skojar såklart men jag har möjlighet att kliva av skutan i förtid innan den nått hamnen. Men han tyckte jag skulle tänka över saken ytterligare en gång. Ja, jag blev naturligtvis stolt över deras önskan att jag skulle vara kvar, men jag hade så vänligt som möjligt, tackat nej. Jag behövde ingen betänketid. Mitt liv ändrades till det bättre när jag träffade dig vid våra brevlådor i farstun. Då började insikten med de skjutgalna gängen där dom inte drar sig för vem dom skjuter på eller mot. Det var ju min vardag, mitt arbete, så redan då började min tanke gro att sluta medan jag kan av fri vilja.

– Men Pierre, vad har du tänkt att göra istället. Du har säkert en plan för detta också, allt annat hade varit konstigt. Berätta för din lilla fru?

– Hoppsan, nu får vi kaffe, sa Sigurd då en av flygvärdinnorna ställde ner en bricka hos var och en av dem med kaffe och något lättuggat till från Anthon Berg.

Inte utan Sigurd ansåg kaffet kom lämpligt för allt hade kommit över honom så plötsligt. Han ville inte göra någon stor sak av att han tänkte lägga tjänstesabeln på hyllan.

– Nu är vi, låt mig se, sa han och smuttade på kaffet. En ren tillfällighet, men just nu flyger vi precis över Kungsängen. Det var ju där nere som vi hade en skjutning där en dödades och den andre blev allvarligt skadad och ligger på Karolinska sjukhuset. Vi är i stigande så det kommer mest bli en massa molntussar som vi kommer se. Vi kommer passera över

Norrköping också, visar färdplanen på kartan, men vi kommer gå till vänster om gamla Mjölby.

– Var det detta Sivert lärde dig när vi flög ner förra gången då Rådhuset var vår måltavla?

– Lärde och lärde, Sivert visade vad man kunde se och hur man hittade uppgifterna på kartan. Vad var de nu du frågade om, min lilla duva?

– Jo, det var vad du tänkte göra istället för att ha dina möten och äta dina luncher på Bakfinkan?

– Jo men det är ganska enkelt att förklara. Minns du för ett par år sedan då vi talade om att skaffa ett sommarhus i all enkelhet. Men du hade då undrat om jag skulle ha ro med att bara sitta och se ut över guppande vågor och lyss till tärnor och mås. Att bara förmå dig att, bara vara?

– Ja, jag minns. Ni höll på med någon hemsk utredning om någon som dog i lågorna efter en utbränd taxibil i Hagsätra, eller vad de var.

– Just de, så var det. Du var så förtjust över att jag skaffat de där gåbandet och slutat röka. Då började du prata om en roddmaskin också. Men jag ville inte göra om lägenheten till ett jäkla gym. Då kom jag på den ljusa idén om en roddbåt vid den där bryggan, på den potentiella sommarstugan, med sjötomt. Behövdes ju ingen roddmaskin. Man kunde ju ha aktersnurra hade jag tänkt, men de hade jag inte sagt.

– Men vad trevligt det lät genast. Du som gillar byxad nystekt abborre med dillsmör och färskpotatis, en kall öl och en immig OP Andersson.

– Utsätt mig inte för mer frestelse snälla, kved Sigurd. Då hade jag nog inte ro för att titta på ett guppande flöte, men nu!

– Men var kan man hitta denna lyx, undrade hans lagvigda. Tror man måste ha kontakter eller en kostsam mäklare med bred katalog?

– Så rätt så rätt sa han, medan han granskade flygrutten i ryggstödet på stolen framför honom. Jo, en kontakt har jag som inte kostar någonting. Vi träffades första gången när vi gjorde lumpen inom flygvapnet. Kanske därifrån mitt intresse för dessa flygplanstyper idag. Den här kompisen fortsatte inom flygvapnet och blev senare även Draken pilot på Bråvalla i Norrköping. Jag brukar alltid tänka på honom som major Lundin. Folke Lundin, Draken pilot. Han ärvde sedan en stuga i skärgården och jag har lyssnat med honom om det möjligen kunde finnas något till salu som skulle passa mig.

– Och nu har han hört av sig, menar du?

– Ja precis. Om ett ställe på något som heter Ängsholmen. Kan du tänka dig något mer somrigt? Hans stuga ligger på samma halvö. Man kan åka bil hela vägen. Ingen färja eller så, bara en mindre bro.

– Nej, det låter ljuvligt, sa Britta.

– Jo det gör så och verkar bra. Så, kontakt har jag.

Sigurd avböjde med en handviftning en påtår som flygvärdinnan kom med i samma stund. Han skakade på huvudet och log också, för säkerhetsskull. De hade antagligen nått sin flyghöjd och fart såg han, för de låg nu stadigt på trettioåttatusen fot över havet och höll en icke föraktlig hastighet av fyrahundratrettiotvå knop. Men han kände genast att de nu hade börjat sänka sig vilket också han kunde se på informationen han hade på displayen. Även flyghastigheten, eller farten, hade sänkts och de hade Helsingborg rakt framför dem. Det enda han tänkte förmedlade av dessa uppgifter till sin hustru, var att de nu kommer landa om tretton minuter.

– Nu kommer vi landa om sådär en kvart högst enligt displayen sa Sigurd, medan han flätade samman sina fingrar med hustru Brittas.

Han hade kunnat kopiera deras förra resa för ett år sedan för det var i mångt och mycket exakt densamma som då. Både med höjd och fart samt flygväg. Det som skiljde var inflygningen såg han. Nu skulle de landa mot norr och om ett fåtal minuter skulle kaptenen sätta ner hjulen på deras Airbus i asfalten på bana 04 Left. När vi flög ner förra gången, för exakt ett år sedan, landade vi på bana 22 Right, samma bana men från andra hållet. Ombyte förnöjer, tänkte han och log.

– Inte utan att jag är lite pirrig, sa hon. Ja, inte för landningen, men att vi är här igen, man återvänder till brottsplatsen.

– Du har smittats av min yrkesskada. Du kanske behöver gå på något rehab eller så. Du tror inte SöS har något?

– Nej, har man fastnat, så har man. Det blir liksom lite kroniskt sa hon när dom kände att nu hade de landat och rullade ut över landningsbanan för att taxa in till någon av alla dessa gater.

– Vad säger fru Svanstrand om att vi tar en taxi in till hotellet?

– Oh, då säger man tusen tack, konstapeln.

48

– Lät han positiv, eller var det kalla handen, undrade Mias kollega Janne?

– Vad trevlig han var. Krister var helt klart intresserad av vad vi fått fram. Han skulle direkt kolla igenom det jag nyss hade skickat. Pratade om något ljus i en tunnel. Och det mest trevliga var att han verkade veta vem jag, var! Det kändes som om han var duktigt påläst och med stor och intensiv förståelse som man inte är allt för bortskämd med. Sigge kan vara lite frånvarande ibland tycker jag, som om han grubblar på någonting.

– Jamen grubblandet är ganska typiskt för honom, menade Janne. Det brukar var just då som han är slugast, kommer på det mest briljanta idéer. Så du ska inte hänga upp dig på hans lite tankspridda varande. Han är egentligen som din gamle husläkare om du tänker efter hur han är. Har man en äldre husläkare, har dom liksom tacklat av och kör med sina medicinknep som av födsel och en ohejdad vana. Dom har liksom gjort sitt, börjat varva ner utan att tänka på det. En nybakad medicinman, en AT läkare, är ju på väg uppför stegen och vill inte gärna lämna något åt slumpen. Samma sak med våra gamla kommissarier. Dom sitter mest och snackar om gamla minnen och drar skrönor för varandra över en kopp kaffe. Dom har också gjort sitt. Kanske tänker Sigge på sina tillkortakommanden i den där trånga portgången vad gäller gängens skjutande. Kanske saknar han sitt bollplank som Sivert var en gång innan han flyttade upp till Pernilla Öste och hennes hemliga grupp. Sivert förlorade ju sin hustru Frida i corona och förlorade därmed sin självtillit. Men han hade ju blivit störtförälskad i Pernilla då hon var chef ute på Arlanda innan hans Frida insjuknade. Det har varit en del förändringar i huset som påverkar än den ena än den andra. Kanske har något att göra med att vi blir äldre, vad tror du själv?

– Själv tycker jag vi ska följa de gamla parhästarnas skritt ner till vår hemmakrog Bakfinkan, för att fylla på kaloridepån. Jag tror Sigurd och Sivert hade stambord där nere. Låt oss försöka återfinna det medan vi inväntar svar ifrån Krister.

Jodå, de tog sig ner till Bakfinkan, men inte den väg de två parhästarna använde sig av. De fick ta den konventionella vägen, vad gjorde väl det. De hade ju för en gångs skull lite tid att koppla av innan Krister hörde av sig med sitt utlåtande. Man visste ju inte alls hur han skulle reagera på deras planerade fotokonfrontation. Dom visste ju inte till hundra vad de juridiska termerna säger.

– Vad har man en sådan här dag på menyn en lördag, har du någon aning, jag har tjuvkikat sa Janne?

– Öppet är de ju, polisen jobbar ju även helger. Men säg!

– Vi kommer få husets grillspett, ris och tomatsås. Låter ätligt.

– Och på den vegetariska menyn, undrade Mia?

– Tomatsoppa och vitlöksbaguette.

– Kanske man skulle nöja sig med, jag menar tomatsoppan.

När man stod och funderade vad som skulle stilla deras hunger, ringde Mias mobiltelefon.

– Mia Bengtsfors!

Sedan utbröt ett stilla, men kort samtal där Mia gjorde tummen upp under samtalets gång. Hon nickade och stängde av telefon.

– Det var Krister som du säkert förstod. Han hade varit mer än nöjd med det material vi hade på pakistaniern och gav klartecken för vår fotokonfrontation.

Överåklagaren Krister Wickström hade, efter genomgång av det material Mia skickat över som de hade om pakistaniern för att en fotokonfrontation skulle kunna genomföras. Han hade bara en erinran och det var att ingen annan än aspirant Mia Bengtsfors och kriminalinspektör Janne Klinga fick närvara vid fotokonfrontationen. Bandupptagning skulle också göras. Någon läkare som skulle sitta med, godkände han inte heller. Han hade också godkänt de fotografier som Nasir skulle få titta på som hade haft rätt typ av bild och var väldigt lika till utseende. Det var fyndigt att ta med en bild på den där brasilianske fotbollsspelaren också, han som kallades Garrincha, precis som den där före detta diplomaten på Pakistans ambassad, som också kallades så för att de var så lika.

– Krister tyckte vi hade gjort ett bra jobb och litade på att vi skulle ro skutan iland också, som han sa. Det räknar jag med, allt annat är inte godkänt, hade han stramat upp på slutet.

– Bra sa Janne. Då styr vi iväg bort mot stambordet.

– Du menar de bord som du tror Sigge och Sivert satt vid varje gång de var här nere i Bakfinkan?

– Jamen precis, så kan vi lägga upp taktiken hur vi ska hantera Nasir om vi nu får besöka honom för någon beskäftig läkare. När ska vi göra vår fotokonfrontation då hade du tänkt dig?

– Vi kanske skulle göra det nu, efter lunch om vi får tillstånd av läkaren som hade Nasir som patient, så har vi det avklarat. I morgon är det ju söndag, då ska man tänka på vilodagen så att man helgar den, fick jag lära mig under kristendomsundervisningen i skolan. Det är något av de tio budorden, men mer än så vet jag inte.

– Tror inte jag haft någon sådan undervisning i skolan, sa Janne. Eller så har jag bara glömt bort det. Då blir det nu!

– Jag fick ju ett visitkort av läkaren med direktnummer om vi ville nå henne enkelt och smidigt. Nu är det ett sånt läge anser jag, fortsatte Mia.

– Bra, då funderar vi i vilken ordning vi ska lägga upp bilderna, var den där Garrincha ska hamna bland de sex bilderna i visningen. Hur gör vi, lägger vi upp bilderna i en rad på ett bord, eller ska han få bilderna direkt i handen och blada själv?

– Om han ligger i sängen, kan det vara svårt att se vad vi lägger ut på ett bord, det blir fel vinkel, så vi ger honom helt enkelt bilderna så får han bläddra själv utan vår påverkan. Föreslår att vi lägger den där ambassadgubben, Caricho Banzaie, som nummer tre bland bilderna. Tror jag varit på någon kurs om detta med konfrontationer och hur och var man skall placera en häktesperson. Men, hur mycket minns man av sådant? Men jag tror att det var på plats tre, bland fem man skulle placera den misstänkte.

– Jag har inte gått kursen i alla fall sa Mia. Men, den kommer väl. Tror inte det spelar någon roll. Har han, som det nu verkar en bra bild på näthinnan, så spikar han den bilden direkt tror jag. Precis som på minigolfbanan när man kommer till det där bildäcket, du vet. Då kan man normalt också spika med lite tur.

– Undrar om vi skulle fråga om det var kokain som Garrincha producerade med hjälp av alla dessa ensamkommande och som lön fick tak över huvudet samt mat och potatis?

– Vi kanske ska lyssna med Sigge först. Nä förresten, vi drar iväg till Karolinska, utan att fråga om lov.

– Så gör vi och nu föreslår jag du ringer din läkare.

49

Samma procedur som förra gången när de hade parkerat i garaget vid Karolinska sjukhuset. Där kom Röda Korsets syster och frågade om hon kunde hjälpa till att lotsa dem rätt.

– Idag hittar vi själva, sa Janne och log mot Röda Korsets personal.

– Annars hjälper jag så gärna till, hade den övervintrade sagt. Så gärna så, lade hon till för att accentuera sin välvilja.

– Tack, hade Mia sagt när de travade vidare mot hissarna. Hon hade nickat också med ett litet leende på läpparna. Ja de ville ju inte verka stöddiga på något vis.

– Våning åtta va, sa hon när det klev in i en hiss som öppnade sig automatiskt när de närmade sig hissraden.

– Yes, kör upp till åttan.

– Tror att Nasir mår bättre idag eftersom de inte fanns några som helst restriktioner av läkaren att besöka honom. Men vi får antagligen, vänligt men bestämt naturligtvis, avböja hennes närvaro under förhöret med Nasir. Hon får väl sitta på en stol ute i korridoren som alla andra icke önskvärda öron.

Efter en mjuk landning med ett litet plingande, så var man redan uppe på våningsplan åtta. Någon mottagningskommitté fanns inte, men det gjorde ingenting, de visste att de skulle svänga runt åt vänster i korridoren och där satt nu ett par nya ansikten för bevakningen av deras patient från ordningen. Troligen ur Solna polisdistrikts trupp. Det blev den vanliga ritualen att visa sina polisleg.

– Och det är någon inne hos vårt bevakningsobjekt eller, undrade Janne?

– Det brukar vara en läkare där inne, men det är inte på så vis nu, sa en av de båda med norrländsk brytning.

Så fort han hade sagt det, dök deras läkare upp runt hörnet som på ett givet kommando. De hade ju setts tidigare och nu var hon där igen. Dom gick in på salen efter att läkaren öppnade dörren och visade med en fin gest att det var bara att stiga på. Nasir hade tittat upp då det kom folk in på hans rum. Han såg faktiskt lite glad ut över besöket. Kan ju bli lite enahanda med bara en massa vitrockar hela tiden för i övrigt var han fortfarande uppkopplad med något dropp men inte EKG.

– Hej sa Mia vänligt, hur är det med dig?

– Jag tror det är ganska bra, sa han och tittade på läkaren som hade nickat förnöjt.

– Ja, sa läkaren, det stämmer. Han visar för varje dag framsteg och god bättring. Ska ni fortsätta med ert förhör idag, undrade hon?

– Om det är okej för dig och inga medicinska hinder, så tänkte vi faktiskt göra så, sa Mia.

– Nej, det finns inga medicinska hinder. Så då kanske jag kan göra lite insatser på annat håll, hade hon undrat?

– Men vad praktiskt, sa Janne som ville vara delaktig han också i ryggdunkandet. Ska vi ringa dig när vi är klara eller hur vill du vi ska förfara med den delen. Känns ju lite som att smita ut bakvägen om vi inte meddelar att vi drar.

– Låter som en genomtänkt tanke. Ni har mitt nummer, eller hur var det?

– Ja sa Mia, jag har ditt direktnummer så det kommer lösa sig. Tack så länge för din hjälp, hur var namnet, undrade hon för det står ju inte på visitkortet?

– Isa Hansson, sa hon. Jag är AT-läkare. Har jag mitt namn på kortet, blir det extra många samtal och då blir det liksom för lite verkstad. Lycka till då. Hejdå Nasir! Vi syns senare.

Mia pustade ut inombords. Vilken trevlig läkare, tänkte Mia. Nu slapp vi det där om att vänligt men bestämt och köra ut henne från rummet som vi hade resonerat om innan vi drog. Så vände hon sig mot Nasir.

– Då kan vi snacka ett tag om du känner dig beredd för det. Vi talade ju om att du skulle få se några fotografier och genom dessa peka ut vem det var som sköt mot er.

– Ja, så hade vi sagt minns jag.

– Men vad bra. Minns du också att du bergsäkert skulle peka ut vem som skjutit din kamrat och skottskadat dig riktigt illa?

– Kommer jag också ihåg. Visar ni mig rätt bild, pekar jag ut han hur lätt som helst.

– Nasir, vi kommer starta en bandspelare som kommer spela in det du och vi säger, för att inga missförstånd ska uppstå i en eventuell rättegång. Är det okej för dig?

Nasir hade nickat.

– Jag vill att du besvarar min fråga med ja eller nej.

– All teknik går framåt, men bandinspelaren är kanske lite urmodig. Därför filmas ofta förhör idag för att kunna läsa av kroppsspråk, men nu är vi ute på fältet och då blir det lite av en annan modell. Bandspelaren tar alltså inte upp att du nickade jakande. Så om du vill svara på den frågan igen, om det är okej att vi har en bandspelare som tar upp våra röster igång under samtalet?

– Ja, det är okej för mig.

– Då ska jag ge dig sex stycken fotografier som är numrerade från 1 till 6 där du ska säga vilket foto du känner igen eller som du anser var den som sköt mot er bil. Ta god tid på dig och fundera noga. När du är helt säker på vilken bild det är, så berättar du vilket nummer det fotografiet har. Låter väl enkelt?

– Ja, det var enkelt.

Mia gav honom det sex fotografierna. Han tog dom nästan ivrigt. Antingen var han bergsäker på hur denne mördare såg ut, eller så tror han bara, vill gärna tro.

Janne stod och höll tummarna men sa ingenting. Han bara visade Mia att han höll tummarna och hon log och tog upp sina händer för att visa att även hon höll tummarna på båda händerna. Så vände sig Nasir om med ett foto i handen som det i högra hörnet stod siffran 3 på.

– Det är nummer tre, sa han tydligt. Finns ingen annan. Det är nummer tre, jag sa ju att jag skulle peka ut honom.

– Du är säker på att det är foto nummer tre, som är den som sköt mot er, sa Janne?

– Väldigt säker, sa Nasir. Dom andra har jag aldrig sett någon gång. Nummer tre var den som dödade min kamrat Khalil. Han var bara 21 år, sa Nasir och vände bort blicken.

– Jag förstår, sa Mia.

– Har du någon fundering på varför han sköt mot er, vad kan vara orsaken tror du?

– Det förstår jag inte alls.

– Hade ni kanske låtit bli att göra som han sa, eller om ni sagt att ni inte ville göra det, eller de?

– Som jag ser de, kan det inte vara någonting vi gjort fel. Det var ju inte vårt fel att polisen kom innan vi hann gräva gravarna för de där kistorna.

– Ni hann inte gräva gravarna, sa du. Vilka skulle begravas där i så fall menar du?

– Dom som låg i det där kistorna som en dag bara fanns i vår verkstad, där på baksidan av kyrkan.

– Du menar det som en gång varit en likbod men var nu en bod där det förvarades redskap och maskiner för skötseln av kyrkogården, men inga kistor?

– Jo så var de.

– Hur kom ni dit första gången, jag menar till kyrkan?

– Vi åkte buss och träffade den där kyrkvaktmästaren som visade oss var vi skulle hålla till och gav oss en nyckel till förrådet.

– Du, sa Janne! Vi är vana inom polisen att dricka kaffe hela tiden, jag tänkte gå och hämta kaffe nu, vill du också ha?

– Nej sa Nasir och skakade lätt på huvudet.

Janne försvann ut från rummet.

50

Åter med ett par väldoftande muggar kaffe.

– Det fanns inga kistor där sa du, har jag uppfattat dig rätt då?

– Ja! Inga kistor och ingen grävmaskin heller. På söndagen kom Garrincha, som han kallades, han som har nummer 3 på fotografiet jag tittade på nyss, för att berätta för oss vad vi skulle göra. Han gav oss också id-kort som han sa vi behövde.

– Vad sa han då att ni skulle göra där på kyrkogården?

– Vi skulle gräva gravar för några kistor så fort grävmaskinen kom på plats till vår verkstad.

– Så du menar att det fanns ingen grävmaskin i boden, eller verkstaden, när ni kom?

– Nej, där fanns ingen den dagen. Men dagen efter, när vi kom och låste upp vår verkstad, stod där en precis ny liten grävmaskin. Strax efter såg vi att där stod också tre kistor på varandra. Det gjorde det inte dagen innan. Vi tänkte att de var nog dessa vi skulle gräva en grop för, sa Nasir.

Det var därför dessa två ensamkommande anställdes som kyrkogårdsarbetare vid Västra Ryds kyrkogård. Ingen skulle höja ett ögonbryn om de grävde en grav på kyrkogården, sådant var en syssla för dessa kyrkans arbetare. Ett behagligt sätt att sopa under mattan. Troligen Bincheng och hans förlängda arm Garrincha, som varit framme. Det var ju bara vanligt fotfolk och papperslösa som fick bita i gräset, utan att fråga... Det var som att skjuta på sittande fågel, vilket inom jakt inte är riktigt rumsrent eftersom fågeln måste ges en chans. Den chansen gav inte Garrincha de ensamkommande.

– Fick du veta vad dessa kistor innehöll, undrade Janne som suttit och bara lyssnat medan Mia höll i förhöret.

– Ja, sa han. Garrincha gillade att berätta hur duktig han var. Garrincha åker ner med sin diplomatbil och knäpper det två ensamkomna ifrån Pakistan. Sina landsmän! För att se till att hans landsmän skulle omhändertas på ett värdigt vis berättade han, snickrades likkistor ihop på firman Väg & Maskin Entreprenad i Skurup där det fanns ett snickeri.

– Menar du verkligen att den där Garrincha berättade detta för er?

– Ja, det gjorde han. Han liksom njöt av att berätta det och de kanske även var för att skrämma oss.

– Lyckades han skrämma er då?

– Jag tror de, sa Nasir och nickade.

Kistorna hade sedan körts till Västra Ryd och den gamla likboden för att begravas av de nya kyrkogårdsarbetarna, men man hann inte innan polisen kom farande troligen tipsade av klockaren vid kyrkan, numera pensionerad vaktmästare som sett ett och annat med egna ögon.

– Låter otroligt i mina öron. Den där Garrincha berättar alltså att han hade åkt ner till Bjärsberga gård för att berätta för sina

landsmän, Ali Ahmadi och Farid Chalho, att han tänker av-
rätta dem så pakistanier de än var. Så här kan det gå om man
inte gjorde som han sagt att de skulle göra. Man hade, med vår
vetskap, tydligen inte gjort det som dom hade blivit tillsagda
att göra. Ren avrättning, menade Janne.

Firmatecknare och agent för jordbruksmaskinerna i Skurup
är en Huang He Bincheng vid Gula floden i Kina… där av,
Gulfadern! Vice VD är en Garrincha. Låter namnet bekant?
Här måste man också skilja på skjutandet mellan de kriminella
gängen och Gulfaderns fabriker med droger. Garrincha var
Mister Huang He Binchengs förlängda arm. Nåde den som
inte följde kinesens pekande finger, gällde även Garrincha.

– Då så, sa Mia. Vi har bandat förhöret med Nasir Abbas i sin
sjuksäng på Karolinska sjukhuset i Solna. Närvarande har
varit Mia Bengtsfors och Janne Klinga. Klockan är nu 15:32
förhör och fotokonfrontation är avslutat.

Mia stängde av bandaren och tittade på Nasir.

– Har det varit jobbigt för dig, undrade hon?

– Nej, det har känts befriande att få berätta.

– Om du inte känner till det, så har du polisbevakning utanför
dörren där, sa hon och pekade mot hans rumsdörr. Där utan-
för sitter två poliser dygnet runt för att ingen ska kunna nå dig
och göra dig illa.

– Då kan jag sova en stund, det var nog ganska tröttande ändå
att gå igenom allt. Kanske är en del glömt, men jag pekade ut
Garrincha och det var viktigast för mig och för lille Khalil.

– Sköt om dig nu. Nästa steg när du mår bättre blir antagligen
en rättegång mot Garrincha i Stockholms Tingsrätt.

Man plockade ihop sina saker, reste sig och gick mot dör-
ren. Mia vände sig om och såg att Nasir antagligen redan sov.

När de kom ut i korridoren mötte de AT läkaren Isa Hansson som hade undrat hur det gått.

– Det gick bra, förstår jag sa hon?

– Det gick väldigt bra sa Mia. Men han blev trött och det verkar som han somnade nu när vi var klara. Tack för vänligt bemötande och för hjälpen, avslutade Mia.

– Mitt jobb, sa Isa och nickade.

De släntrade iväg mot hissarna och åkte ner till entréplanet där de styrde stegen mot en caféteria. De hade gjort sig förtjänade av lite lördagsfika. Sedan, medan intrycken var som starkast, skulle Mia skriva ner en rapport från deras förhör med Nasir. Allt var ju bandat, men en utskriven bandning är alltid en utskriven bandning som alla föredrog och var vad i första hand Krister Wickström ville ha för att kunna gå vidare. Nu kommer han säkert bestämma att anhålla Garrincha för mord på Ali Ahmadi, Farid Chalho, Nils Einar Augustsson och Khalil Sahim samt mordförsök på Nasir Abbas. Dessutom för grov narkotikahantering. Straffskalan kommer utan någon som helst tvekan ligga på livstids fängelse, tänkte hon. Från platsen där hon satt med det porlande vattenfallet i bakgrunden som ljudkuliss, såg hon damen från Röda Korset oförtrutet lotsa besökare i den stora entréhallen. De där systrarna från Röda Korset tänkte hon, ger aldrig upp förrän någon planterar en röd ros och krattar på hennes vård... kanske inte då heller för den delen.

– Du Janne... vad är det första du tänker på när du ser denna entréhall. Rent spontant alltså, utan att fundera längre än att du kan öppna mun och berätta?

– Rent spontant, skulle jag vilja påstå, och då inom Sveriges gränser, att det här är terminal 5 på Arlanda där du kommer upp ifrån Arlanda Expressen.

– Du har ingen tanke på att det är ett sjukhus, alltså?

– Nä, det skulle inte föresväva mig om jag fick förfrågan och inte visste att vi just nu satt på fiket i entréhallen vid Karolinska universitetssjukhuset i Solna, ett stenkast från rättsmedicin. Men jag skulle också kunna tänka mig taxfreegatan på en av finlandsfärjorna, Viking Line, för att nu nämna någon.

– Själv har jag aldrig åkt med dom där färjorna och det har jag heller ingen längtan till, sa Mia. Men du har tagit en tur om jag förstår dig rätt?

– Ja, jag har varit ombord några gånger och från vissa vinklar kan det påminna om den plats där vi sitter just nu. Det kan vara exakt så. Men där vi sitter nu, känns det absolut inte som på något sjukhus, mer som Arlanda som ja sa rent spontant. Det är nog någon typ av trend inom arkitekturen när alla sådana här ytor påminner väldigt mycket om varandra, knappast något slumpartat.

– Jag tänker som du i detta fall. Det är trendigt.

– Ska vi dra, undrade Janne så slapp hon undra?

– Dags att dra sa hon bestämt, utan att fråga…

51

Taxin de hade åkt med från Köpenhamns Airport, hade nyss släppt av dem vid hotellet. Samma hotell som för ett år sedan, Mercur Hotel. Ska det vara, så ska det upplevas som i repris, man ska minnas sötman, hade Sigurd tänkt.

De bodde in sig på rummet, inte alls samma dock som förra gången, de hade renoverats på alla de ställen märkte han. Nu hade de panoramafönster bort mot Rådhuset och nere, snett till vänster, kunde de se den stora järnvägsstationen Vesterport som ju ligger i hjärtat av Köpenhamn. Sigurd visste att detta hotell låg perfekt för deras weekendtripp. Enkel tillgång till shopping, restauranger och kultur av alla de slag. Rådhusplatsen, Ströget, Tivoli och Köpenhamns centrala järnvägsstation Vesterport, samtliga ligger inom fem minuters promenad från hotellet.

– Jag anser det nu är lunchdags, eller vad säger konstapeln om detta förslag.

– Nog med förslag, fru Svanstrand.

– Får man då föreslå ett smörrebröd?

– Nog med förslag även på den punkten.

– Gärna då i så fall ett likadant som vi avnjöt på Ströget förra gången, eller för ett år sedan?

– Får jag föreslå i så fall, *Stjerneskud* sa Sigurd?

– Var det så de hette, undrade Britta och rynkade pannan i djupa veck. På danska då i så fall.

– Ja, det är ju i Danmark vi befinner oss kära lilla du, sa han. Du känner det kanske lättare som smörrebrödet Stjärnfall som består av franskbröd, sallad, tomatskivor, stekt panerad rödspättafilé, pocherat ägg samt räkor och kaviar?

– Ja, precis så var det. Tror du vi kan hitta detta smörrebröd igen? Vore jättetrevligt med en Aalborg sup till, samt en kall Tuborg. Skulle sitta som en lokalbedövning, sa Britta.

– Hvergang!

– Jo man minns, skrattade Britta. Man minns reklamaffischen.

De tog till en början samma promenadstråk som året innan, men beslöt att inta sitt smörrebröd vid en annan matkontroll så de travade nu på bland betydligt fler turister än förra gången. Då var det ödsligt på Ströget, nu var det hela tiden en strid ström med folk, till största delen turister. Det var inte som då, för ett år sedan. Nu såg det bara ut som en gågata med en massa billighetsbutiker som sålde sådant man inte behövde eller ville ha. Men det positiva var att alla gick åt samma håll, så man slapp knuffa sig fram. Troligen var deras mål nöjesparken Tivoli. Sigurd och hans Britta följde med en bit i strömmen av folk av alla nationaliteter. Här fann de så sin efterlängtade oas plötsligt. Men det var långtifrån krogen Røde & Hvide, men det fick duga som lunchkrog. Spelade ingen roll, bara de fick ett bord. Nu hade de ju tur som en tokig.

Man hade på menyn, Stjerneskud. Och turen visade sig fortsätta för nu stod där en servitör vid deras bord och hälsade dem välkomna och undrade vad man önskade?

– Vi hade tänkt oss ett smørrebröd, det här sa Sigurd och pekade på listan av smörrebröd i menyn.

Servitören hade nickat som att han förstod vad Sigurd sa, men kunde även se vad han pekade på.

– Sedan blir det två Tuborg, två sexor Aalborg och var sin Gammel Dansk. Vi vill gärna ha in våra Gammel Dansk innan smörrebrödet, förklarade Sigurd.

Att vara bestämd vid en beställning, brukar skruva till serveringspersonalen en del, de hade Sivert berättat. Det verkade fungera, tänkte han. Han hade ett tag tänkt säga "och rappa på lite"! Men avstod genom sin gamla goda uppfostran från uppväxten i Mjölby.

– Gammel Dansk, sa Britta, vad är det för något?

– Det är som en aptitretare, en aperitif. Den är lite bitter och sätter igång matlusten. Man serveras den i små glas. Tydligen kände dom blåslampan i ändan, för se här kommer vår servitör med våra Gammel Dansk Bitter Dram. Se bara avmätt glad ut, Britta.

– Ja fru Svanstrand, sa Sigurd och markerade med sitt glas. Skål och tack för ett härligt första år av livets höjdpunkter i alla lägen. Måtte vår resa fortsätta med välgång och lycka på de sju haven, sa han och smuttade på aptitretaren.

Britta hade också smuttat och sedan sett ut som den bittra dekokten beskrevs av hennes lagvigda konstapel.

– Det smakade inte gott, undrade Sigurd?

– Det kan jag inte med bästa vilja i världen påstå.

– Men, har vi tagit fan i båten, får vi väl sänka resten i det här lilla glaset också för matlustens väl och ve, menar jag. Som en slags anestesi, bedövning.

– Va?

– Nej, Pierre, jag skojar naturligtvis. Är man yrkesskadad så är man, som du sa.

– Den här gamle dansken var en kul dräng den har jag inte träffat på tidigare.

– Nu blir det mer destillat, Pierre. Här kommer hovmästaren tror jag, med våra Aalborg och Tuborg… tror han har med sig våra mackor också.

Woops, Britta höll upp båda händerna som för att försöka hindra verbal vedergällning för hennes "mackor" om smörrebröden.

– Det här kommer sitta fint sa Sigurd. Jag fick nyss ett samtal från spangruppen om hur det börjar dra i snören för att tillsluta säcken om den där Garrincha. Så fort man vänder ryggen till, börjar det hända saker. Som jag sa tidigare, jag känner mig aningen överflödig och mest i vägen. Rannsakar mina tillkortakommanden, helt enkelt. Det är onekligen dags att vända blad göra något annat, sitta på en brygga och meta abborre. Skål för mina jobbande kolleger!

– Nej, nu låter du så där dyster igen.

– Ja kanske det, sa han. Men man måste liksom inse när sista tåget har gått och man står kvar på plattformen och ser tåget rulla iväg efter blänkande räler, man greppade inte chansen att stiga ombord vid tid för avgången.

– Tycker vi gör heder åt det här stjärnfallet och hugger in, sa Britta och markerade med sitt glas. Skål min lilla konstapel!

– Skål Britta, sa han. Puss, du är den bästa anestesierska som hänt mig.

– Kan vi inte ta vägen förbi Tivolit sedan? Jag har aldrig varit där, knappt sett det på vykort, sa Britta när hon skrattat färdig.

– Absolut! Det blir en bra promenad. Vi rundar Tivolit och tar på återvägen till hotellet en sväng förbi Rådhusplatsen. Allt ligger på promenadavstånd, kortare tid än jag tar på mitt gåband.

Han vände sig om för att föreviga krogen S:t Gateau Smörrebröd, de nyss suttit på för en suveränt god lunch. Britta hakade på under sin makes arm för promenaden mot Tivolit. Det var en slottsliknande byggnad som mötte dem.

– Oj, sa Britta när de nådde något som påminde om en triumfbåge som den i Paris, men naturligtvis betydligt mindre, men ändå och med massor av gnistrande lampor i valvet. Trevligt att se det så här från utsidan, säkert på samma vis från insidan. Men nej, sa hon då hon såg blicken ifrån Sigurd... nej, jag vill inte gå in. Räcker bra för mig att frottera mig från utsidan.

– De råkade komma till huvudingången av Tivolit, det finns annars entréer lite varstans i kvarteret, förklarade Sigurd. Man behöver verkligen inte fundera över var Nöjesparken ligger någonstans i Köpenhamn. Dess svindlande höjder med bergochdalbanan gick inte att missta sig på. Ja, inte de höga roterande tornen heller för den delen. Men, man har inte öppnat ännu för dagens åkattraktioner och annan förströelse heller för den delen. Det såg onekligen stängt ut och tomt med besökare om man såg mellan det höga gallerstaketet.

– Då styr vi kosan mot Rådhusplatsen.

– Nu får farbror konstapeln visa mig vägen, för jag har inte en susning om var det ligger i förhållande till det här Tivolit. Det susar mest runt i skallen bara. Bara vi inte får blåsa…

– Då tar vi ut kompassriktningen mot väster och ställer in avståndet på tvåhundratrettiosju meter så är vi framme vid Rådhustorget. Det låter nästan som ett armlängds avstånd sa Sigurd.

– Armlängds avstånd, undrade Britta?

– Ja, allt beroende naturligtvis på hur långa armar man har, som en storfiskare exempelvis.

– Pierre, vad tror du om att äta vår bröllopsmiddag här, sa hon och pekade på en ståtlig krog som hette Vivaldi?

– Tja, det ser onekligen ut som att kunna servera oss något ätligt i en sober miljö. Tycker att även gatunamnet är av sådan sort.

– Och du menar vad då, då?

– Att gatan heter H. C. Andersens Boulevard. Gatan har troligen fått namn efter den store danske sagoförfattaren och poeten med samma namn, H C Andersen.

– Kan det var han, sa Britta och såg fundersam ut, han som skrev sagan om Flickan med svavelstickorna? Det var en sorgesam saga, en dyster berättelse. Om det nu var HC Andersen som skrev den sagan? Något som jag däremot nästan är säker på att han skrev, var den där Kejsarens nya kläder. Den var rolig, den har jag även sett på teater.

– Jag är ingen som helst expert på HC Andersen. Denne författare kan du säkert mycket bättre än vad en enkel odalpojk ifrån Mjölby har kännedom om.

– Sa jag att Vivaldi låter bra i mina öron, som musik?

– Då föreslår jag sålunda också Vivaldi och en smördegsinbakad oxfilé med rödvinssås, mandelpotatisgratäng samt smörslungade champinjoner.

– Låter som taget, Britta. Har du kollat på menyn i skyltskåpet bredvid inkastaren?

– Ja, det var väl inte förbjudet? Jag bara såg bara att det stod i menyn, Pâte feuilletée cuite filet de bœuf supplémentaire Vivaldi, och tänkte, det var länge sedan jag åt inbakad oxfilé. Visst var det hyfsad franska, ma police?

– Suveränt uttal, och icke alls förbjudet att kika på menyn, det var istället mycket vaksamt av dig. Tänkte på krogens namn, Vivaldi? Då tänker jag på den där italienske kompositören Antonio Vivaldi och hans violinkonserter, Det fyra årstiderna. För att nu inte blanda ihop namnet om det fyra årstiderna med tal om den där pizzan, le Quattro Stagioni. Men nu skippar vi pizzan för den smördegsinbakade.

52

– God morgon och välkomna ska ni känna er till morgonmötet. Jag har vetskapen om ett stort genombrott i spaningsläget och du Mia, kan väl dra en sammanfattning om vad som hände i lördags så vi alla är på samma informationsnivå. Men innan vill jag även hälsa vår överåklagare Krister Wikström välkommen till mötet.

Sigurd visade med handen mot Mia så hon kunde dra sammanfattningen av mötet med Nasir på Karolinska sjukhuset.

– Ja, började Mia. Vi har alltså gjort en fotokonfrontation med den som blev skottskadad när deras bil besköts. Han kunde med hjälp av bilderna utan tvekan peka ut attentatsmannen. Det gjorde han utan minsta tvivel, ska jag säga. Allt bandat och godkänt av patienten Nasir. Han har för övrigt en allvarlig skottskada i huvudet men är numera utan risk att avlida på grund av denna skottskada.

– Ni har gjort ett strålande jobb, sa Krister. Nu ska vi bara plocka in den person man kallar för Garrincha och se till att få en rättegång snarast möjligt.

– Jag kan tänka mig han är minst lika ljusskygg som sin chef Gulfadern sa Anton, så det gäller att vi gillrar upp snaran försiktigt. Span får nog rycka ut ett tag.

– Men som sagt, jag vill ha in honom utan föregående kallelse. Det är bara att hämta honom rakt upp och ner. Ni känner till hur ni normalt brukar göra, så följ bara den invanda proceduren. Gärna i ett stycke som ni förstår. Men som sagt var, bra jobbat hela vägen in i kaklet även om vi hade lite tur på vägen, men det är inget ni behöver be om ursäkt för.

– Vad har vi mer då, undrade Svanstrand?

– Vi har väl sedan bara samlat på oss en del om denne Garrincha mest av indicier som ju är den som allt cirkulerat runt hela tiden här i stan. Vi har också Gulfadern som beordrat avrättningarna, som basat över alla cannabisodlingar och logistiken runt den, men Mr. Huang He Bincheng, den farbrorn tar ju Indien hand om. Om de inte redan klarat av den biten, undrade Anton och tittade på Sigurd?

– Du tittar på mig som om jag har svaret, sa han och log lite inåtvänt. Men något svar har jag inte på denna fråga. När något av den kalibern är känt, får vi säkert veta det av Sivert för dom har ju förtur på alla nyheter. Vet du något, undrade han vänd mot Krister?

– Nej sa han, jag har inte en aning. Det kommer nog på löpsedlarna i så fall i flertalet länder. Jag ser verkligen fram emot denna löpsedel. För jag anar en lugnare tillvaro för de ensamkommande i så fall. Jag vet bara att man gör en väldig massa husundersökningar på flertalet platser både inom Sveriges gränser liksom inom många andra länder efter drogfabriker och cannabisodlingar av ofantliga mängder.

Här har de ensamkommande figurerat storskaligt som cannabisbönder och farmare.

– Men detta påverkar väl inte de gängkriminella skjutandet, undrade Anton?

– Nej just det, sa Krister. Här har man ju skjutit på varandra i liksom olika divisioner. De kriminella gängen hämnas bara på varandra hela tiden. Blir en skjuten i det gänget, då kan man vara ganska säker på en vedergällning efteråt.

– Men, de gängkriminella saluför ju knark som troligen är orsaken till skjutande, har jag fått lära mig, sa Mia?

– Stämmer det också. Det kan vara så att gängen köper in större partier narkotika via Gulfaderns profithungrigt seniga fingrar. Så i förlängningen är det denne kines som måste oskadliggöras i första hand. Vår, eller hans man, här i Sverige ska vi bara plocka in först så får ni ett behagligare tempo på er grupp efteråt, sammanfattade Krister igen.

– Ja, det känns som det drar ihop sig, menade Sigurd. Vad säger våra tekniker som varit med och letat kulor och krut, sa han för att skoja till de om inte annat så för sig själv.

– Tror allt vad gäller kulorna i alla fall, finns dokumenterade i mappen startade Wilbur sin och teknikernas gemensamma analys. De där med krut, finns det nog inte riktigt lika mycket om, men en del finns. Det tråkiga med krut är att det finns med i så många olika uppsättningar patroner och kan vara mer vilseledande än dess raka motsats. Det är ju så att från Bjärsberga gård där två pakistanier avrättades, har vi inte funnit några kulor. Här har vi bara hört av Nasir hur Garrincha skrutit om hur han knäppt sina landsmän i Skåne och sedan låtit snickra ihop några likkistor för deras hädanfärd. Men de kulor vi fann efter avrättandet av kyrkvaktmästaren i Västra Ryd och i bilen som besköts med bland annat Nasir i, så är det exakt samma typ med exakt samma typ av laddning i dessa höghastighetsprojektiler. Och ska man följa rättsläkare Sokolovska och hennes utsago, så ska skytten vara van vid vapnet och troligen en tävlingsskytt eller någon från militären eller, Gud förbjude, någon inom polisväsendet med stor skjuterfarenhet. Träffbilden var mycket väl samlad i vaktmästarens kropp.

– Tack för den föredragningen Wilbur. Har vi något mer inom vårt fall?

– Mycket, eller det mesta, så är det hörsägen från Nasir i sjuksängen på Karolinska Universitetssjukhuset i Solna. Det kan ibland låta alldeles för bra för att vara sant. Men, som jag ser det, finns det heller inget som säger emot vad han berättade. Det blir mycket av indicier. En del kanske går att följa upp, som det där att han berättat för dem om sitt deltagande vid VM i terrängritt och att han bestigt de högsta bergen, bland annat Kilimanjaro, som han påstod han utfört. En vältränad man med andra ord. Han ska ju även ha deltagit i både OS och VM för Pakistan. Sådant måste ju vara väldigt enkelt att kontrollera vad jag förstår.

– Indicier Krister, vad kan vi dra för nytta av dem?

– Ja, det beror på, helt och hållet, skulle jag vilja säga. Det handlar om i vilka hörn den frihetsberövade målar in sig i, om jag får säga så. Det som dock är graverande för den frihetsberövade är ju utpekandet av honom som den som sköt mot iraniernas bil och därmed tog livet av den ene i bilen och allvarligt skadade målsäganden vid det andra skottet som nu kan peka ut skytten som kallas Garrincha. Av fallets art, mål och mening, är han nu anhållan i sin frånvaro på sannolika skäl. Jag kommer lämna in en häktesframställan till domstolen under dagen vad gäller Caricho Banzaie från Pakistan, även kallad Garrincha, för mordet på **Khalil Sahim 21 år från Iran**. Det är så att säga den primära anledningen. Sedan tillkommer en del annat troligen efter förundersökningens gång på häktet när vi har honom nära för möjlighet till förhör. Jag kan säga så här, mellan tummen och pekfingret, det rör sig.

– Tack Krister för en bra föreläsning för oss vanliga asfalttrampare. Vi kommer nu dra upp riktlinjer för att hämta hem denne man. Troligen får vi åter låna in folk ifrån Annica Nielsen på span. Men vad gör väl det. Du ska alltså ha tack Krister, jag vet att du är på språng åt annat håll. Vi lär höra av varann å det närmaste gissar jag mellan, min tumme och mitt pekfinger, den här gången…

– Jag vill minnas att de där två pakistanierna som låg nedstoppade i kistor, de vi fann i den gamla likboden bakom Västra Ryds kyrka, var avskrivna på grund av ej utredningsbart. Drar mig också till minnes i den vevan det berodde på att våra tekniker inte fann något som pekade åt något håll. Vi hade inga saknade personer, ingen brottsplats inga vittnen och inte ens en pistolkula. Vad vi visste var att de var avrättade, skjutna i nacken båda två och att de var från Pakistan. Den tredje kistan, den som endast innehöll vapen, handeldvapen, kom vi inte heller längre med än att det tidigare hade stulits ur en svensk militärkassun och därför fanns med i den svenska logistiken. Men idag har vi kommit en bit på väg genom Nasirs berättelser, men fortfarande naturligtvis endast som indicier.

– Stämmer som du säger, Sigurd.

– Så att det är avskrivna, är i sig inte något jag kommer ändra
på. Vad vi vet, om det Nasir sagt stämmer, är vad som hänt
dem och Bjärsberga gårds register över sina boende. Det var
där vi fann namnen på dem. Men vi har inte en tillstymmelse
till bevisning, bara hörsägen.
– Tackar igen för denna utläggning, Krister. Nu får du kanske
springa iväg till ditt nästa uppdrag. Hej!
– Får en annan undersåte föreslå en balja lut för att hålla igång
tankarna?
– Jamen, absolut Anton. Tur att du är med och håller reda på
din virriga chef, men det blev lite mycket plötsligt.
– Alltså, kaffe i femton raska, hojtade Anton!

<h1 style="text-align:center">53</h1>

När alla hade farit iväg som ett fyrverkeri, ut ur mötesrummet och med siktet inställt på kaffeautomaten, tog Anton upp sin bok Röjning igen. Det var väl fan om jag inte ska hitta något matnyttigt i den ändå. Att det var arrendatorn Thunholm på Sylta Länsmansboställe som plitat ner dessa rader hade han egentligen svårt att föreställa sig. Och det som stod i boken rimmade illa mot hur August hade uppträtt som person och som även Anton uppfattat honom, som påhopp! Han läste…

August var så noga med ditten och datten som det verkade, hade Edla siat medan hon rörde om i kaffekitteln. Han tog så allvarligt på sin syssla som klockare en gång hade hon nog märkt, ja inte bara hon för den delen. Det hade även Petter varsnat med egna ögon och öron. Därmed för den skull, misskötte han eljest för syn, veterligen inte sin syssla, vad hon förstått. Hans förfader, häradsskrivaren Alvar E. Augustsson, var dock klockarens raka motsats ältades på byn. Han kunde göra, och gjorde, det en häradsskrivare önskade för sin egen skull. Han såg till att tillskansa sig större uppbörder hos allmogen och bönderna än vad som föreskrevs. Petter var ofta uppvaktad av just honom och inte utan att länsman fick bistå, hade Edlas gubbe Johan och dottern Elvira bevittnat. Denne häradsskrivare var precis som man kände och anade hos gemene man och gumma med för den delen. Han såg till att sko sig och lägga på hög. En häradsskrivare hade ju sigill och ämbetsmannafullmakt från Kammarkollegium och tillsattes på förslag av landshövdingen. Ingen kom härför att ifrågasätta hans metoder. Gjorde man det, stod de denne dyrt och kunde sättas på fästning visste man att berätta. Det var därför han å ämbetets vägnar, kunde utse sin egna son till klockare vid Västra Ryds kyrka.

Elaka tungor, tyckte och påstod, det fanns andra duktiga och kunniga som borde städslats som klockare.

Ja ja, jag undrar bara om ni fick era penningar för slitet under kyrkan i gravkoret. Johan tyckte inte om mödan och uteblev.

Om ni inte fått betalt för vad ni gjort, så gjorde ni i alla fall en barmhärtighetens tjänst som ni förr eller senare får igen på något annat vis. För denne Herre som rår över liv och död, välsignar alla goda gärningar. Det har jag själv erfarit. Det är ett under att tänka på, som de nu är. Måste den ensamme hjälpa den andre så gott en kan.

Jomen, den där häradsskrivaren må Gud förlåta i hans oförstånd. Själv har jag nu börjat sitta uppe, men jag är så dålig. Fötter och ben svullnar. Inte finns här en pall att vila fötterna på, ja käre tid vad ska det bli av mig en dag när Herren kallar.

Här kan man ju undra vad det var man grävde efter i kyrkans gravkor? Var det häradsskrivarens undansnillade uppbörd han gömt där *"att ha till städes när det behövdes"* tro? Det känns nästan som det var Västra Ryds egen Gudfader. Som hade sådan tillit till Herrens hus?

Ja ja, mer konkret än så var det inte. Nu återkom alla kaffe-
pimplare igen efter den där snabba kvarten.

– Men vad bra, sa Sigurd när även han återkom till talarstolen.
Ni kom på idealtid. Suveränt! Nu måste vi dra upp riktlinjerna
hur vi ska kunna hämta hem denne Garrincha innan han anar
att något är på gång, men han kanske är så självupptagen att
han inte märker hur det blåser. Han kanske själv använder
någon sorts stimulantia. Vi gör så här, för vi har väl alla upp-
gifter var han bor, eller hur är det med den saken?

–Vi känner till att han har sin tjänstebostad kvar som han
också bebor på Banérgatan på Östermalm. Garrincha och den
bil han använder oftast är en senaste modell av Mercedes som
för övrigt hela ambassaden använder sig av. För Garrinchas
del är det endast lånta fjädrar eftersom det är en bil ur konsu-
latets fordonspark och i deras körcentral. Han har tillgång till
körcentralen och går bara till garaget för att hämta den utan
att någon höjer så mycket som på ett ögonbryn. Visserligen är
det att skylta med sig själv med denna diplomatbil. Han slip-
per polisens eventuella kontroller bland annat. Han var ju
immun som diplomat även om immuniteten fråntagits ho-
nom. Men det är ju inget han trumpetar ut över gator och
torg. Han kunde som tidigare arbeta i Gulfaderns tjänst och
hämta ut ett betydande gage för sin smutsiga hantering med
ond bråd död, utan att fråga och med ambassadens skyddande
mantel. Men efter sina snedsteg som uppmärksammats av
ambassaden, lever han så att säga i exil vad gäller Pakistan.
Däremot får han fortfarande använda tjänstebostaden, och det
är där jag menar vi ska kontrollera om han befinner sig, om
han nu gör det. Det är här Annica Nielsen kommer in.

– Annica med sina medarbetare på Span ska jag kontakta efter mötet för att låna ett par av hennes bästa, ja det vi brukar få låna, det vill säga Jonna Edelman och Tessan Lövgren – Kneck. Det bästa är gott nog åt oss skulle jag vilja påstå.

Vi kommer placera, senare under dagen, en holk mitt emot den adress där Garrincha har sin tjänstebostad. Var kan det bli i så fall undrade Svanstrand och såg sig om. Någon?

Han ställde sig upp för att se om någon viftade. Ingen gjorde något för att ett asplöv skulle kunna dallra.

– Nämen, sa han och såg lite indignerad ut? Ingen som vet? Har ni somnat om?

– Var på Banérgatan i så fall, undrade Mia?

– Jag har hört att det är nummer 37, på andra sidan gatan är det en skola där vi troligen kommer få sätta upp vår holk. Vet inte vad för typ av skola det är, om det är förskola, vilket jag inte tror, eller mellanstadieskola… vet jag inte heller, men Jonna och Tessan ska ju inte sitta där för att förkovra sig ytterligare, utan mest sitta där när det är som mörkast.

– Blir det inte enklast om Span tar den biten, kollar upp vilken lägenhet det handlar om, vilka fönster det gäller, vad som står på dörren till tjänstebostaden och om någon är hemma, ansåg Svanstrand som hade ryckt upp sig. Jag menar, om vi ringer på för i syfte att sälja majblomman, så är det bara att bära med sig Garrincha ut med väntande transport till Krister. Men om ingen öppnar, ja se då kan det bli en lång väntan, men det är ju i så fall inte vårt problem, utan kollegerna på Span.

– Om jag får tycka, så tror jag denne Garrincha är halare än en sådan där med positiv.

Ingen hade reagerat på Antons liknelse. Han såg sig om.

– Har aldrig sett så många moraklockor med locket öppet tidigare, sa han och log.

– Hur menar du nu, undrade Svanstrand?

– Jo, eftersom han verkar så beräknande och iskall, måste vi kanske gå den väg du beskrev Sigurd, sa han. Vi låter Span lokalisera honom först och främst. Han kanske har åkt till Maldiverna eller Jönåker? Jag tycker nog, om jag skall vara seriös ett tag, att det är hela programmet som gäller. Då menar jag, telefonavlyssning, mobilkontroll kolla alla eventuella hangarounds och möjlig vänkrets. Nu tror ju jag i och för sig att en sådan som Garrincha har en ganska så återhållsam och snäv vänkrets. Jag hade inte tänkt bli så här långrandig, sa Anton och fortsatte. De personer som har den största problematiken kring det här, precis som vi uppfattat Garrincha, är ju ofta de med psykopatisk läggning. De har oftast oförmåga att känna empati. Det är en av deras stora brister, som gör att de är mer benägna att utföra sådana här saker. Vi har ju känt att det måste vara någon med sadistisk läggning som bara sätter pistolpipan i nacken på en landsman och trycker av, samt omedelbart efteråt, upprepar sin handling på ytterligare en ung landsman. Man har innan även berättat för offren hur illa det kan gå om man inte gör som han sagt till dem. Man kan ju även undra över varför han valde pistolskytte som tävlingsform en gång i tiden. Pistolskytte är en ganska våldsam handling det vet inte minst vi som genomgår prov på skjutbanan för att hålla oss uppdaterade. Att kunna hantera en pistol, är att kunna skapa makt för sitt inre. Man kan känna sig överlägsen och bevisa sin förmåga genom att skjuta någon, oskadliggöra. Dom har säkert inte tänket att mörda, bara skjuta.

– Tack för redogörelsen av hur en narcissistisk psykopat fungerar. Vilken utomordentligt uttömmande diagnos. Vad jag tror Anton egentligen ville ha sagt med detta, var att vi ska vara försiktiga med honom. Jag kan tänka mig att om han så mycket som anar att det är poliser i hans närhet, så kan det tända hans våldsbenägenhet, hans psykopatiska läggning.

– Vi får alltså se till att inte klanta till det, fortsatte Anton. Allt det här har säkert även Annica berättat för sitt folk. En psykopat är ju en själsligt abnorm person som man ska handskas med på ett försiktigt vis. Hur är det Sigurd, när kommer Annica sätta upp holken?

– Tror den mycket väl kan vara uppe redan. Hos Annica Nielsen sitter det inte fast. Jag har själv vid en av våra bensträckare, ringt på hans telefon av fast karaktär, eftersom det är en tjänstebostad, men det var ingen som svarade. Det fanns heller ingen telefonsvarare som gick igång. Men, att ingen svarade behöver inte betyda att inte någon fanns i lägenheten. Han kanske litar mer på sin mobiltelefon där han kan se vem som ringer.

– Därmed tycker jag vi drar igång och inte sitter här längre för att bränna lyse med tanke på elpriserna. Den som känner sig bekväm med en skyddsväst, kan hämta ut en sådan förstår jag om ni inte har en egen i skåpet.

54

Jonna och Tessan klev in genom den högra av det två dörrarna till skolan. Dörrarna såg onekligen ut som något renoveringsobjekt. Märkligt eftersom skolan låg på Östermalm som ju allmänt ansågs som lite finare. Vari det bestod kunde i varje fall inte skolan vara något exempel för.

– Ser ganska nedgånget ut sa Jonna när hon petade upp den gamla dörren som var skodd med rostfri plåt längst ner. Allt andades femtiotal, den breda baldakinen över dörrarna och det tre rundade inglasade lysrörsarmaturerna.

Kanske hade det varit någon gammal kvartersbiograf, det var deras första intryck. En typisk förortsbio vill jag påstå. Så minns jag dem. Det där typiska dörrarna, baldakinen, eller regnskyddet ovanför. Men, det här är ju bara en grundskola, då kanske man inte lägger så stor vikt vad som ska födas till morgondagens förmågor.

– Låter som en tagen analys, Tessan. Jag köper den. Vi kanske passar in som pedagoger i plugget. I så fall kommer inte vårt objekt heller att reagera om han skulle se oss.

– Kollar han i fönstret, fortsatte Jonna, ser han bara två kärringar som kliver in bakom dörrarna till skolan och det innovationsbenägna och framstegsvänliga eleverna. Inget märkvärdigt i det, om han är misstänksam och känner sig iakttagen.
– Jag tror inte han känner sig iakttagen sa Tessan, när dörrarna slog igen bakom dem.

De möttes av sorlet ifrån tjugotalet förmågor som en dag ska se till att även Tessan och Jonna kommer få en pension, förhoppningsvis. De sökte upp vaktmästeriet som skulle lotsa dem till de rum som vette ut mot Banérgatan och huset på andra sidan gatan, trettiosjuan var den aktuella adressen.

I en blink befann de sig nu i ett mindre rum en trappa upp i skolan efter en anvisning av en manlig vaktmästare med runda glasögon.

– Vet du vad jag tänkte på när jag såg vaktmästaren, Jonna?
– Nej, vad då?
– Jo när jag minns min skolgång så hade de vaktmästare jag råkat på i plugget varit äldre, haft runda glasögon, brun basker med antenn och en grå arbetsrock. Kanske ett tecken på yrkeskategori. Jag menar bagare, då handlar det synonymt om en brödkavel. En kam, är de facto frisör.
– Spade, är liktydigt med en dödgrävare, menar du?
– Jamen precis. Så bra och fyndigt, Jonna!

Rummet de befanns sig i var ett kartrum. Jonna och Tessan såg sig om och hade registrerat toaletter i korridoren till vänster utanför dörren. Annars var det spartanskt möblerat, så spartanskt man kan tänka sig i ett kartrum.

Det fanns bara ett fönster, men det räckte ju och det var förhoppningsvis på samma höjd över havet som Garrinchas.

Idag, visste man ju inte på vilken våning den lägenhet på andra sidan gatan de skulle hålla i uppsikt, låg. De räknade med att få detta berättat för sig inom det snaraste liksom annan behövlig information man hela tiden fiskade upp på inre span.

Jonna monterade upp deras fina kamera i sitt stativ och började ställa in skärpan för bästa möjliga bild. Även en mörkerkikare fick ett stativ och hon ställde in skärpa där också. Nu är ju sådana inställningar med okular, personliga, för man har olika synskärpa och finjusteringar kommer den få göra som skall kika i tuben, så var det.

På andra håll än i den där grundskolan, jobbade man på alla håll och kanter. Numera hade Svanstrand hela tolv stycken ordinarie utredare och inlånat folk ifrån Span, Nationella insatsstyrkan och rikskriminalen, så han hade tjugoen poliser till sitt förfogande.

Nu körde man med inre spaning, yttre spaning och dold avlyssning samt även dold övervakning genom span. Man gjorde även klart för husrannsakan med Pakistans ambassads tillåtelse, det var ju ändå en tjänstebostad för ambassadpersonal om än med starkt reducerad verksamhet och befogenhet. Man hade åter förklarat från ambassadens håll att någon pakistansk immunitet inte längre var att betraktas som giltig och tillämplig för Mister Caricho Banzaie, från Pakistan.

Även tillgången till en ur fordonsparkens bilar, var inte längre applikabel. Man hade med andra ord strypt alla hans forna befogenheter. Den enda förmån han hade kvar, var den tjänstebostad på Banérgatan 37 han var skriven på.

– Han bor relativt nära den ambassad han tidigare arbetat vid, ett berömt stenkast bara på femhundra meter fågelvägen.

– Jag har ju tidigare funderat och luftat mina tankar om man inte kan infiltrera de kriminella gängen, men här kanske det skulle vara enklare med att börja hänga upp ett sådant där klibbigt flugpapper eller spreja med något medel mot ohyra. Nu har vi ju inte dessa gäng som vårt dagliga bröd, men man funderar ju på deras något underutvecklade tankar och värderingar om sin nästes rätt till fortlevnad och fortsatta existens på den korta tid vi har på jorden. Deras primitiva tankesätt förmedlar de tyvärr till sina avkommor. Garrincha hoppas jag inte är någon förebild, men fan tro't sa Relling!

– Så sant som det är sagt Anton, menade Janne och höll upp en gillatumme.

– Är det någon här som inte varit sedd av Garrincha, undrade Svanstrand?

– Jag har aldrig sett denne Garrincha och han har aldrig sett mig, sa Berit Stenberg en av Svanstrands kriminalinspektörer som jobbar i det tysta på inre span, för det mesta.

– Strålande Berit, då har jag ett specialuppdrag åt dig. Tror du att du kan vara trovärdig att sälja tidningen, Stridsropet?

– Menar du nu Frälsningsarméns tidning?

– Rättare kan du inte ha Berit? Vad tror du, låter det lockande?

55

Genom Anna Winkler på Säpo, hade Anton fått reda på att man satt Huang He Bincheng bakom ett gallerförsett utrymme och man håller som best på att göra en husis där Gulfadern hållit till den senaste tiden. Från den hemliga och indiska polisen, Hipo, berättar man vidare att hans bankkonton är spärrade och hans stab på tiotals människor, är skingrade.

Vad är det egentligen Bincheng hade varit generalagent för, i bland annat Sverige? Jo, cannabis! Kokain är narkotika som görs av bladen från kokabusken. Denna buske växer på många platser i världen som t ex i Sydamerika. Hans handel med jordbruksmaskiner, var bara ett taskspeleri. Han for runt som en resande marknadsgycklare.

Gulfaderns lilla verksamhet var ju alltså droghandeln. Ingen konfronterade honom, eller? Nej, min bestämda uppfattning är att man inte gjort så innan Indien fick nog. Jag är ju inte hundra. Jag kan dock utan att rodna, se honom som en av den värsta sorten vad gäller export och import av droger samt att kliva över lik för att i förlängningen bli överflödigt välbärgad.

Svanstrand satt och filosoferade över vad som gått fel, om det nu hade de. Han tänkte att det var dags för honom att åter ta upp sin avskedsansökan med länspolismästaren som han ämnar lämna in. Den var färdigskriven och behövde nu bara länspolismästarens underskrift och godkännande. Svanstrand skulle samtidigt påminna länspolismästaren om att upphöja kriminalinspektören Anton Franke, till kommissarie.

Sigurd skulle gärna kunna tänka sig Anton som den nye chefen för sin grupp inom grövre brott, fylla den plats han skulle lämna tom. Anton har alla kvalifikationer på alla områden man kan tänka sig. Borde upphöjts redan för två år sedan, men nu kan det vara både dags och passande.

Sigurd kände sig upprymd av dessa tankar och vetskapen att man satt Gulfadern på fästning i Indien. Nu ska vi bara fullfölja och slutföra de fall vi tidigare fick på vårt bord. Det har varit en lång och krånglig väg, nu återstår bara att finka Garrincha. I dessa tankar ringde så hans privata mobiltelefon.

– Ja, Sigge, svarade han!

– Men tjena Sigge, hörde han en bekant röst. Stör jag mitt i bovjagandet? Lundin, tänkte han. Vad kan Ludde vilja?

– Ingen fara! Bara du fattar dig kort. Vad har du på gång?

– Jo, du ville ju skaffa dig en sommarkåk minns jag vi talade om för ett par år sedan och vi talade då om en kåk på halvön som heter Ängsholmen, innanför en annan trevlig ö som heter Råholmen. Men där är det svårt att hitta något bra som är till salu. Ingen säljer därute, man ärver.

– Jamen visst, såklart jag minns.

– Ja, nu är det en som du känner som ska sälja. En före detta kvinnlig åklagare. Kan du gissa vem?

Det blev lite tyst ett tag i luren.

– Ann-Sofi Hamilton, sa Sigurd när han funderat en kortare stund. Hon var överåklagare, numera pensionerad. Rätt?

– Rättare kan det inte bli, Sigge! Hon ser gärna dig som ny ägare till hennes smultronställe har hon berättat för mig.

– Det här kom plötsligt, men ändå väldigt trevligt samt lägligt, sa Sigge. Men jag måste få betänketid och så måste jag naturligtvis prata med hustrun. Var det den där sjötomten vi talade om tidigare?

– Nu blir jag imponerad Sigge. Vad du minns! Där finns bryggan, där ligger roddbåten… med aktersnurra, förtöjd.

– Jag har varit hemma hos Ann-Sofi, hon bor på Lidingö. Men jag har inte varit hos henne på Ängsholmen. Du skojar väl inte nu? De här var trevligt Ludde, om det inte är på skoj?

– Nej, sånt här kan man inte skoja om. Jag träffade henne tidigare i veckan och då frågade hon mig om du fortfarande var intresserad av en stuga ute på Ängsholmen. Jag sa ju att vi talat om detta men mer än så har det inte blivit. Sedan har det andra trillat in lite vartefter, Sigge. Det är en välskött kåk, bastu och tre rum samt en mindre gäststuga på tomten. När solen går upp kan du sitta där på bryggdäcket med din kaffemugg och hustrun vid din sida. Bläddra i morgonbladet, eller bara vara. Visst låter det väl bra?

– Låter alldeles för bra. Vad ville hon ha för pengar?

– Ja se det får du nog prata med henne om. Jag tyckte det var lite för närgånget att fråga. Hon sa bara att jag skulle be dig ringa henne. Uppdraget slutfört, klart för landning, rote Rudolf blå. Höres!

– Du ska ha tack. Vi hörs!

56

Tidigt påföljande morgon hade Jonna Edelman informerat Svanstrand hur spaningarna mot Caricho Banzaie förflöt.

– Det har varit lugnt i huset på andra sidan gatan, chefen. Ingen lampa har tänts i objektets lägenhet, men det behöver inte betyda någonting. Inga bilar, bara en gammal kollega som släntrat förbi mitt i natten. Men inget har varit av den arten att vi blivit särskilt uppjagade.

– Men vad då gammal kollega. Vem då?

– Trulle!

– Trulle? Men, jag trodde han var död sedan länge. Du menar alltså Odd Trullson... Trulle?

– Högst densamme, Sivert.

– Jag minns bara honom, kriminalinspektör tror jag, som krökade på dagtid och fick sparken från polisen. Började köra taxi som han antagligen inte alls skulle göra med den bakgrunden han hade.

– Stämmer. Trulle såg oförargligt fräsch ut, lite trasig kanske men verkade i övrigt fin och nykter.

– Och, undrade Sigurd nästan lite uppfodrande?

– Han gick till en taxibil som stod parkad här. Öppnade bagageluckan och tog upp taxiskylten som hade legat där och klämde fast den på takbågen och drog iväg. Sedan har det varit tyst och fint från vår holks panorama.

– Bra jobbat Jonna. Är det frukost nu, eller hur kommer ni lägga upp dagen?

– Helt rätt, nu ska vi gå iväg till bespisningen här i plugget, det fick vi tips om av vaktisen igår. Vi är alltså väntade i matbespisningen, så vi ska dit strax innan vi hungrar ihjäl.

– Strålande, sa Sigurd och man hörde på hans röst att det var trevligt från skolans sida att de utfodrade hans medarbetare. Innan du kutar, vet vi något mer från de andra observatörerna?

– Nej, jag har ingen susning just nu. Vi har ju folk vid ambassadens garage, men de kanske ringer snart. Just nu är ju din telefon upptagen. God morgon chefen!

– God morgon min duva!

När Svanstrand precis stängt av sin mobil, gjorde den väsen av sig igen. Signalen lät lite irriterad, tyckte han.

– Ja, kommissarie Svanstrand!

– Jag vill bara informera om spaningsläget, sa rösten.

Hm, rösten lät som Berit Stenbergs kriminalinspektör, hann han tänka innan rösten fortsatte…

– Här hos Janne Klinga och mig Berit Stenberg, är det lugna gatan. Var det inte så att den där Garrincha var portad ifrån ambassadens garage och någon av bilarna därinne?

– Stämmer Berit, sa Svanstrand. Har dom bytt kod till låset, vilket jag tror, kommer han inte in där.

– Varför ska vi då sitta här?

– Han kanske dyker upp i ovetskap om att han är utestängd han får väl nu ta bussen som vi alla andra? Men då får vi ett grepp om var han befinner sig. Det vet vi inte i nuläget.

– Okej, då är det over and out för tillfället, Sigurd.

– Yes!

Det rullade på precis efter planerna. Inte utan att Svanstrand log för sig själv. Bättre, än planerat. Snart sitter han i rävsaxen där sådana som han skall sitta och borde gjort så för länge sedan. Den ambassadbil Garrincha brukade använda, den han ansåg vara sin tjänstebil, stod inlåst i garaget. Han kan möjligen åka taxi, det är nog på den vägen, eller rättare, på det sättet han förflyttar sig, inte med buss.

Alla ute på fältet var också medvetna om att han troligen hade ett vapen på sig och inte skulle tveka det minsta att använda det om han kände sig hotad.

– Hur gör man med råttfällor, undrade Anton? Betar man inte med ost eller så? Dom, ja råttorna, rör sig väl mest på natten och det stämmer nog även på deras frände. Vi får nog koncentrera oss på konsulatets garage med diplomatbilarna. Men jag tror ju att det är kameraövervakat, frågan är om Garrincha förstår det eller vad tror chefen?

– Jag är övertygad att det är både kameraövervakat och larmat. Men jag vet att idag kommer Annica Nielsen och hennes folk sätta upp en holk till. Det blir en skåpbil det står Lindgrens läder på, ja företagets logga.

– Kan man få ta den i besittning, var Antons nästa replik?

– Annica blir säkert glad då, så behöver inte hon fixa några från sin armé till holken. Den kommer stå mitt emot garaget.

– Oj, allt framkört och klart nästan så man bara behöver en
sådan där fälla för skadedjur. Jag hade tänkt mig en vanlig av
konventionell modell, en pryl som jag minns morfar hade på
landet och som består av en träplatta med en kraftig fjäder, en
slagbygel, samt en beteshållare. Klart! Äh, skojar bara chefen.
Nu tror jag bara den här råttjakten handlar om väntan. Indien
oskadliggjorde ju den där Gulfadern, på vilket sätt vet jag inte,
råttgift kanske? Dags att vi får svara upp och korta av kinesens
förlängda arm.

– Anton, inget basebollträ den här gången, sa Sigurd och log.

– Lovar sa Anton när han stegade iväg för att bli skjutsad upp
på Östermalm och Tyskbagargatan i kvarteret bakom ambas-
saden där Berit och Janne sitter i en holk vid garageporten för
ambassadens bilar.

Alla vägar bär till Rom, sägs det. Alla grupperna runt Svan-
strand hade indikationer på att det var runt den gamla tjänste-
bostaden och fordonsparken på Tyskbagargatan bakom am-
bassaden, allt handlade om nu.

Anton hade med sig en ryggsäck som så många andra i staden
men hans var fylld med en kamera, en kikare och en hel del av
ätlighet. Han hade ju fotografiet på deras spaningsobjekt väl
inpluggat i minnet. Han såg den uppställda holken på lång väg.
Den kända loggan om Lindgrens läder, fångade hans blick.
Det fanns en sidodörr i skåpet där han snabbt smet in. Lika
snabbt installerade han sig. Där fanns till och med en säng.
Tonade rutor gav honom ett perfekt skydd. Eftersom han var
ensam, skulle inte något samtal med en kollega avslöja dem
om man befann sig utanför bilen. Perfekt sa Anton till sig
själv. Han kontrollerade sitt tjänstevapen och lutade sig bakåt.

Gatlyktorna hade tänts även över Tyskbagargatan och så antagligen även över övriga staden. I öronsnäckan hörde han strax Jonna från sin holk i skolan på Banérgatan.

– Allt väl, Anton?

– Stämmer, svarade han.

– Anton? Sitter du bra, undrade Janne Klinga i huset bakom honom en trappa upp?

– Stämmer det också, kvitterade han.

Man hade upprättat kontakt mellan de olika holkarna och fann dem vara tillfredsställande. Nu återstod det bara att vänta. Han satt mest och lyssnade av polisradiotrafiken i sin hörsnäcka medan han då och då kastade en blick ut mot trottoaren på andra sidan gatan. Praktisk vägstump för hans del eftersom Tyskbagargatan var enkelriktad. De avgjorde hur han skulle sitta för att slippa få strålkastarna från någon bil, mitt i det så kallade plytet. En taxi hade långsamt rullat förbi och han undrade ett tag om det kanske var Trulle som körde ett nattpass.

Strax efter taxin kom, ifrån andra hållet, någon gående på trottoaren. Genast kände Anton igen nattvandraren.

Han öppnade sidodörren ljudlöst på skåpbilen, gled ut och gick över gatan för att möta mannen som spänstigt kom gående på väg mot garaget där Pakistans ambassad, hade sina bilar. Anton stoppade handen i jackfickan och kände den kalla pistolkolven mot handen innan han konfronterade den gående.

– Garrincha, sa han lite frågande?

Garrincha stannade och vände sig om mot Anton. Såg lite frågande ut för det var ingen han kände igen. Han sa ingenting, bara tittade på Anton som hade nämnt hans alias.

Han stod stilla precis som om han överlade någonting inom sig själv, med sina egna tankar.

– Polisen, sa Anton och höll upp sitt legg väl synligt mot Garrincha som nu vänt sig med ryggen mot garageväggen.

Sedan hände allt väldigt plötsligt och oerhört snabbt. Ett skott brann av mot Anton som skulle kunnat skaffa honom en ny mittbena, men som av ett mirakel blev inte Anton träffad. I alla fall inte som han kände just då, men han hade sett mynningsflamman. Skytten hade egendomligt nog missat sitt mål. I samma stund kom nästa skott och den här gången hade Garrincha inte missat. Anton stod som förstenad, han visste egentligen inte om han var träffad och hur allvarligt skottskadad han i så fall var.

Försökte känna efter om det gjorde ont någonstans medan det skarpa knallarna nyss, ringde i hans öron. Han såg sig om med viss möda. Han var ensam på trottoaren med den ljuskalkade betongväggen framför sig, garageportarna åt vänster. Han kramade fortfarande pistolkolven i jackfickan med fingret runt avtryckaren. Väggen framför honom hade färgats blodröd. Röd med olika sorts pigment med mörkt röda nyanser som hade stänkt högt upp över väggen. Nedanför, på trottoaren, låg en livlös Garrincha, eller det som återstod av honom.

Anton stod fortfarande kvar där han stod. Han vågade inte röra sig, kunde inte röra sig, för då kanske det skulle göra ont någonstans. Genast fick han sällskap av både Janne Klinga och Berit Stenberg som sett hela det skakande förloppet från sitt fönster en trappa upp i huset bakom, i holken.

Nu var hela Tyskbagargatan upptagen av bilar med blått blixtrande ljus. Anton fick kaffe och en filt över axlarna, för trots den kaxe han ändå var, fans där en vanlig fungerande människa som också kunde bli chockad med den påtagliga vetskapen av hur nära det hade varit, med den där nya mittbenan. Han rös så han skakade och tänkte på sin Anna...

Allt blixtrande blåljus i mörkret runt honom, blev mentalt plågsamma och gjorde inte att han mådde psykiskt bättre. Men han började trots allt förstå att han inte var skottskadad, men förstod det ändock inte. Anton hade bara stått två meter ifrån Garrincha och icke förty, hade han missat Anton. Trots sin dokumenterade skjutskicklighet inte minst ifrån de senaste världsmästerskapen i pistolskytte. Märkligt, minst sagt!

Kaffet hade gjort en positiv inverkan på honom och han började röra sig mer normalt igen, men inte med samma hastighet som hans tankar roterade. Politivagnen var där nu för att hämta resterna av Garrincha i en liksäck. Han hade skjutit bort halva huvudet genom att ha avfyrat sitt vapen med pistolpipan i munnen snett uppåt och antagligen med en ammunition som svampar upp rejält när den träffar målet. Därför hade halva huvudet spridits upp och ut över garageväggen bakom honom. Anton tittade upp över den rödbestänkta väggen och rös. Ja tänkte han, hut går hem.

– Om du orkar, hade Svanstrand sagt när han slöt upp vid Antons sida och lagt sin arm om hans axlar, så har vi en debriefing klockan två i morgon. Vad tror du, orkar du?

– Jo, det är klart jag gör. Det är väl en vanlig arbetsdag, sa han
och log samtidigt som han släntrade iväg och satte sig i en av
tjänstebilarna som skulle köra honom hem, utan att fråga…

Persongalleri

Pierre Sigurd Svanstrand
kriminalkommissarie grova brott, uppvuxen i Mjölby

Anton Franke
kriminalinspektör grova brott, utredare

Mia Bengtsfors
aspirant grova brott, utredare

Janne Klinga
kriminalinspektör grova brott, utredare

Berit Stenberg
kriminalinspektör, utredare inre span

Annica Nielsen
kommissarie Span

Jonna Edelman
kriminalinspektör Span, sambo med Tessan

Tessan Lövgren – Kneck
kriminalinspektör Span, sambo med Jonna

Arnold Steen
kommissarie och områdeschef Västerort

Nils Jönsson
länspolismästare i Skåne

Barbro Grenhage
polisinspektör i Skåne

Herbert Bergman
kriminaltekniker

Alfie Kron,
kriminaltekniker

Viktor Karlsson
kriminaltekniker, ej släkt med Wilbur

Wilbur Karlsson
kriminaltekniker, ej släkt med Viktor

Krister Wickström
överåklagare, förundersökningsledare

Anna Winkler
kommissarie, Säkerhetspolisen, Säpo

Emma Winston
rättsmedicin Solna

Milena Sokolovska
patolog, rättsmedicin Solna

Tryggve Ekholm
Rättsläkare

Pernilla Öste
intendent, chef på underrättelseavdelningen

Sivert Uno Fredriksson
kommissarie, underrättelseavdelningen

Huang He Bincheng
"Gulfadern" med ursprung vid Gula floden i Kina.

Mister Caricho Banzaie
kallas Garrincha f.d. diplomat vid Pakistans ambassad

Alvar E. Augustsson
f.d. häradsskrivare Håbo församling

Nils Einar "August" Augustsson
f.d. klockare och kyrkvaktmästare vid Västra Ryds kyrka

Adolf Wilhelm Thunholm
f.d. arrendator, Sylta länsmansboställe Håbo Tång 2 hemman

Sten Elevings
företagare av Elevings Trav & Stuteri

Britta Elvira Svanstrand
narkossköterska SöS, gift med Sigurd, kriminalkommissarie

Ali Ahmadi
ensamkommande Bjärsberga gård 20 år från Pakistan

Farid Chalho
ensamkommande Bjärsberga gård, 20 år från Pakistan

Nasir Abbas
kyrkogårdsarbetare Västra Ryds kyrka, papperslös från Iran

Khalil Sahim
kyrkogårdsarbetare Västra Ryds kyrka, papperslös från Iran

Övrigt löst folk…

Tack till

Flöte / Förlag för glada tillrop och idéer
Atina Stigsdotter för lånad släktforskning
Riksarkivet Arninge arkivinformation digitalt stöd
Antonio Nordmark **PRV** design- och varumärken
Rune Lindqvist **M. D.** allmänläkare, medicinsk konsult
Johanna Jonasson på **BoD** för engagemang med boktiteln

med flera…